ZHONGGUO WEIXING XIAOSHUO
PAIHANGBANG

U0671970

2023年

微型小说选刊杂志社 选编

中国微型小说排行榜

百花洲文艺出版社
BAIHUAZHOU LITERATURE AND ART PRESS

图书在版编目（CIP）数据

2023年中国微型小说排行榜 / 微型小说选刊杂志社选编. — 南昌：百花洲文艺出版社，2023.12

ISBN 978-7-5500-5368-7

Ⅰ.①2… Ⅱ.①微… Ⅲ.①小小说—小说集—中国—当代 Ⅳ.①I247.8

中国国家版本馆CIP数据核字（2023）第228557号

2023年中国微型小说排行榜

微型小说选刊杂志社　选编

出 版 人	陈　波	
责任编辑	李梦琦　万思雨　李晗钰	
书籍设计	方　方	
制　　作	周璐敏	
出版发行	百花洲文艺出版社	
社　　址	南昌市红谷滩区世贸路898号博能中心一期A座20楼	
邮　　编	330038	
经　　销	全国新华书店	
印　　刷	湖北金港彩印有限公司	
开　　本	720 mm×1000 mm　1/16　　印张　18.5	
版　　次	2023年12月第1版	
印　　次	2023年12月第1次印刷	
字　　数	300千字	
书　　号	ISBN 978-7-5500-5368-7	
定　　价	42.00元	

赣版权登字　05-2023-401

邮购联系　0791-86895108

网　　址　http://www.bhzwy.com

图书若有印装错误，影响阅读，可向承印厂联系调换。

目录

L教授的火车

安石榴

L教授二十世纪五十年代末出生，家中老大，父母可能因为贫困也可能因为天天吵架，早亡。

L教授的两个弟弟两个妹妹，不，还要加上两个弟妹、三个妹夫——其中一个妹妹结了两次婚——和八个侄辈，共十七人，全由L教授一手带大。虽然他和一个弟弟一个妹妹年龄相距仅一岁和两岁，可他们还是由他带大。

L教授有时候觉得自己是一棵大树，而他们是树上的红果子。有时候又觉得和他们在一起，就仿佛成了中学历史书中的一幅插图：张衡地动仪。自己是中间那部分，而他们是那一圈张着嘴的蟾蜍，等着每一次地动，等着"珠子"掉进比脸大的口中。不过说实话，L教授想象自己是大树的时候更多，因为他喜欢绿树红果。关键是，他确定他爱他们。

L教授没结过婚，也就没有老婆，没有孩子。他的床上永远都是他一个人，任何人都没有上过他的床。他的两个妹妹总是哭着说他们连累了他。他解释过很多次，他说没那回事，与他们一毛钱关系也没有，他就是那么怪僻。他们都不信，就是不信，就像不信他没有安排好自己的遗嘱一样。他们总会抽冷子问上一句：将来这个大别墅给谁呀？其中两个侄子、一个外甥受他资助留学过欧洲和北美，谈论这个的时候加上一句洋腔儿：我无意冒犯。

L教授没有和女学生发生过绯闻，一次也没有。他也没有"奴役"过他的研究生和博士生。

L教授退休后没有停下来，开讲座、参与学术研究、给企业当顾问、为客户上庭辩护，这些和他在教职的时候没有什么太大变化。就像人们常说的那样，生活在继续。

L教授捐助的事情也依然在继续。他每个季度匿名登录一次水滴筹，他并不查验求助者的申请资料，排名前十位的账号，他依次每个捐助200元人民币。有时候暴雨如注，雨滴在他的窗玻璃上不停地倾诉；或者落叶飘飞，他在树篱下见到一只僵直着身体的红尾巴蜻蜓；或者大雪迷离，他隔窗追随着一个孤独的人，踽踽独行。这时候，这样的情形下，L教授就继续滑动手机屏幕，捐助的名额可能增至二十名。

每年农历十二月三十日，照例所有亲眷都聚集在L教授家里，整个家族欢聚三天。L教授预备好丰盛的食物塞满厨房和两个超大立式冰箱，并总在新年钟声响过之后，拎起他的拉杆箱去参加一个重要的会议。亲眷们把他送到车上，他叮嘱他们在他的家里玩好吃好，随后，便驾驶他的车，离开郊区别墅小镇，直奔市中心。

市中心一处超高建筑中有他一个公寓房间。这是L教授在人间唯一的秘密，世界上没有第二个人知道。房间里家具和摆设一律是当代北欧风格，隔音做成家装中的顶配。房间正中间被一个超大火车沙盘占据。这个巨大沙盘里的所有模型都精工细作，和实物一模一样，只不过微缩了很多。

L教授输入指纹解锁房门，把拉杆箱推到角落里的柜子中，拉上窗帘，摁下几乎所有开关，房间里立马雪亮，一列火车奔驰而来！它从一座山中隧道呼啸而出，奔向一片松林，闪过与铁轨平行的高速公路上的各种车辆，进入高楼耸立的城市，但它没有停，继续奔驰。它爬上一架铁路桥，桥下江面开阔碧蓝，却只有一叶扁舟漂浮在水中，大江两岸绿色田野的尽头错落着几点黑瓦粉墙的农舍，平畴当中偶尔有一两棵孤独的树挺立着。火车车轮与铁轨摩擦出令L教授沉醉的声音，前方已见一个沿铁路铺展的小镇，在镇外一条乡间小路与铁道交界处，黑黄条纹隔离杆外站着一个西装男，他拖着一只黑色拉杆箱，目光越过铁轨，注视着远方。

火车前途上依然千山万水，高峻的岩石山、茂密的竹林交错横陈，岩羊在山坡回望，溪流掩映在竹林中，更远处还有水库、风力发电大翅膀、湖泊以及半圆形欧洲风格的机车库……这时候，另一列火车相向而来，火车带起细腻风声，瞬间交缠成一股复杂的流变。它们在小镇水塔旁边相遇，又各奔前程。相向而来的火车驰过十字路口的西装男，他的目光未变。火车循环往复、嘶嘶作响，风起风息，一次一次经过十字路口的西装男，他拖着他的黑色拉杆箱，一直注视着远方。

L教授坐在房间西南角上的皮质单人沙发中。他已经换了一身家居服，左手端着一杯红酒，两腿分开，赤足，舒舒服服地坐在自己的单人沙发中。他这个位置正好与十字路口拖着拉杆箱的西装男遥遥相望——他是巨型沙盘中唯一的人类。火车还在奔驰，铁道口的信号灯亮起红色，L教授隔着山山水水、铁轨、红色信号灯、铁轨与车轮间辗转的嘶嘶声、空气中微微震颤的风声，向那个人举起了杯。

无名之树

刘永飞

补过三个轮胎，换好两个车闸，上午的时间已过去大半。

杨积余随手从工具车下拉出个坑坑洼洼的铝盆，手插水里，脑袋习惯性地往左探。以往这个节点，老马准会递话过来，开场白五花八门，比如天气、抖音上的奇闻趣事、新闻里的"俄乌冲突"……

可是今天，老马不仅没有如约递话，待他转头细看，那个老马常坐的板凳上竟然空空如也。杨积余一边用毛巾擦手，一边琢磨老马是否来过。他今天实在太忙了，客人商量好了似的一个比一个着急，会不会老马来的时候自己没注意？

在他印象中，只要出摊，老马就一定会出现在这里，生着病也不例外。有一次，杨积余见他脸色不好，坐在板凳上左右摇晃，问他怎么了，是不是不舒服，老马说："发着烧呢，坐会儿得去医院挂盐水。"

哪怕家里来了客人，他去超市买东西的工夫，也会过来坐坐，只是刚坐下便又起身说："来客人了，去买袋酱油，等着炒菜呢。"说完，也不等忙活计的杨积余搭话，起身走了。杨积余这里仿佛是火车的中转站，老马这列火车无论何时都要在此处停留一下。

眼见时间过午，还没有看见老马，他这时确信老马来过，否则都这个时间了，不可能还没有出现。但又不能十分肯定。他问隔壁小卖铺的老丁，老丁摇头说："没来过，肯定没来过，我还正纳闷呢，这家伙早该出现了，今天咋回事？"

老马的不出现，让杨积余总觉得自己的时间里缺点什么。他不住地看那个板凳，板凳是榆木做的，板面虽不平整，但光滑锃亮。这光亮就是老马的屁股磨出来的。

到了吃饭时间，来了生意。他一边帮人家换脚踏板，一边不住地张望那只板凳，以至于走神被螺丝刀戳破了手。

其实老马和杨积余并非亲戚，甚至一开始连朋友都说不上。但是自从杨积余在小区对面的空地上支起修车摊，老马就熟人似的拉过那条榆木板凳坐下来。板凳原本是给修车的客人坐的，没承想老马在这条板凳上一坐就是十多年。

后来他们熟识了，杨积余才知道，他出摊的那一天，老马正好退休。那天，老马习惯性地走出小区时，蓦然发现自己再也不用上班了。那一刻他无比失落，茫茫然不知去向何处。就在那时，他们的目光不期而遇，杨积余礼貌性地朝他点点头，而老马像正好抓住了救命稻草似的，随手拉过那条矮凳就坐下来。于是他们一坐一聊，一问一答，就这么熟络了。因为他们聊得来，因为老马对琴棋书画、养花弄草、外出旅游以及广场舞都不感兴趣，从此，吃过早饭，搞好家务，来这里坐坐，成了老马的固定节目。他仿佛被另一种惯性支配着，这一支配就是十多年。

十多年来，他们不是亲人，胜似亲人。他们奇闻趣事、时政新闻聊完了就聊生活。老马跟他聊去世的老伴，跟他聊住在城市另一个角落的儿子，跟他聊原来厂里那个贪色的、被人家丈夫打断腿的销售经理。杨积余也跟老马聊生活，聊自己的老婆，聊自己的两个儿子，聊自己家里曾养过的一只五条腿的羊。什么都聊完了，就把聊过的事情再聊一遍、两遍、三遍……

他们只在闲暇时聊天。杨积余修车时，老马就坐在板凳上静静地看着，专注得像个学徒工。有时候忙得不可开交，杨积余会朝老马伸手，老马立刻递给他某号扳手，再一伸手他又能准确地递过来某个配件。

等忙好了，待杨积余洗手的工夫，他们的聊天立刻启动。每次都是老马先开头，开场白五花八门，比如天气、抖音上的奇闻趣事、新闻里的"俄乌冲突"……聊到中午了，各自回家吃饭。饭后没生意时，他们接着聊。他们几乎成了形影不离的朋友。

此刻，老马的不出现，开始让杨积余坐立不安起来。他本想打个电话，掏出手机才发现彼此没有存过号码。想想一个人如果没了影子，该是一件多么可怕的事情。实在忍不住了，他决定去老马家看看。

这一看不当紧，他发现了倒在客厅地板上的老马……

老马出院了，第一件事就是到杨积余这里坐坐。现在，脑梗后遗症让他走起路来颤颤巍巍，嘴角往右下方耷拉着，口齿也变得含糊不清，还时不时不自知地流下些口水。

以后的日子老马依旧每天来此坐坐，每次过来，杨积余总是先开口，无论忙或不忙，他的第一句话就是："老马，药吃了吗？"

老马嘴角一扯一扯地说："吃啦。"

三个月后的一天，老马见杨积余的工具车被一块塑料布包裹得严严实实，有客人过来，他还摇手。老马说："咋还不出摊？"说着要帮他卸工具，手却被杨积余握住。老马说："你冷吗，手恁凉？"

杨积余苦笑着说："老马，我要回老家去了，今天就是为了等你，告个别。"

老马万分惊诧："不，不是，为，为啥呀？"

"街道不让摆摊了，说影响市容，其实我也不愿意在外边漂了，你也知道，我父母的年纪大了，也离不开人了。"杨积余说。

杨积余回乡下去了。那块修车的地方砌了矮墙，矮墙里堆了土，最终被改造成一处"微景观"，很漂亮。

现在，老马每天喜欢拿个垫子在矮墙上坐一会儿，他的旁边是一棵新栽的不知名的小树，老马时常望着那棵树发呆。每当看到这一幕，老丁都觉得心里酸酸的，因为他知道，那棵树的位置，就是杨积余每次跟老马聊天时坐的地方。

曾陪曾伴花栗鼠

张　港

花栗鼠，在小兴安岭，这小东西蹦蹦跳跳的，多得是。

下乡第三年，我参加了新点垦荒。垦荒嘛，先得到人迹罕至的荒野搭马架子。马架子没窗户，更没电。一到晚上，闷得要死，我们只能趴枕头上，胡说海吹，讲在学校气老师的故事，讲班级的女生，讲曾经养过的狗。闷得慌，憋得慌。天天如是。

天一亮，林子里热闹了，布谷鸟儿咕咕咕，五彩雉鸡忽地飞起，还有兔子，还有狍子，狼与熊也看见过，最多的是花栗鼠。这家伙两手捧个橡果，坐得像个老大爷，小嘴飞快啃着，见人来也爱答不理的。

有一只花栗鼠，进入了我们的马架子。马架子里有吃剩的馒头、土豆块、大头菜叶子——这些远比林子里的橡果好吃。

我们故意把馒头掰成小块扔到门口，扔成一条线，引它入室。

渐渐地，它大模大样地进进出出，我们吃饭，它就立坐在边上，瞪大黑眼睛盯着人的手。我们故意馋它，它竟然跳上板铺，有动手抢的意思。可能是让我们喂的，这只花栗鼠胖乎乎的，毛乎乎的，很是可爱。

雨天不能出工，我们躺板铺上耍懒。大宝突然光着腚跳起来，大叫："耗子！"这环境，耗子多如土块，踩都踩死过。朝那儿看，只见大宝的被子一伏一起的。我上手摁住，本意是想捉个活的，然后塞进某人裤子或书包里。被子一掀，里面并不是老鼠，而是那只花栗鼠。被抓的花栗鼠根本没有当俘虏的表情，吱吱叫着，左顾右盼，眼睛倒眯上了。人就这玩意儿：喜欢将宝物藏起来，将可爱的动物关起来。我们决意将花鼠子关进笼子。志和用笤条编个笼，就塞花栗鼠进去。这样一来，随时随地可以逗它玩它，随时随地可以喂它吃的。比方说，大宝想骂志和，就指着笼子说："你们哥俩一个德行。"比方说，我认为大宝太笨，就说："你连它都不如。"

多一只花栗鼠，马架子里笑声多了，苦闷中增添了乐趣。

那天收工，累一天了，又拿花栗鼠寻开心。志和说："还是当花栗鼠好，不用干活。"可是，一看笼子，我的妈呀，空空如也，一个大窟窿。我说志和："你可真笨，比花栗鼠还笨。它牙那么厉害，笤条子关得住吗？"志和说："你比它聪明，你咋不早说？"正吵着，那花栗鼠从板铺下跳出来了，瞅瞅这个，瞅瞅那个，好像说：吵什么？根本就不该把我关进笼子。

运石头的土篮是铁丝编的，两个一扣，再经加密，合成一个铁笼子。花栗鼠这回跳不出如来佛手心了。

我们遂心了，守着花栗鼠开逗开闹。看着它徒劳地嗑得铁丝嘎嘎响，本身也是一种开心——人就这玩意儿。

我们在马架子里，花栗鼠在铁笼子里，看它逗它，人就开心，人就愉悦。我想好了，等回到场部，带条红布条来，系它脖子上，那样子一定更好玩。

这天，花栗鼠突然大闹天宫，在铁笼里翻跟斗打把式，吱吱叫得不停。我们乱了方寸，不知它得了什么病。是不是关疯了？不能呀，头一天还好好的。

送给养的大马车来了，赶车的老田头看了花栗鼠，大叫："不好，坏菜了！要发山洪。快快，快转移！再晚就完蛋了！"

万里无云，会有山洪？但老田头是山里通，他的话不能不听。

虽没亲眼见过山洪，但是住在山里，知道山洪的厉害。我们胡乱捆上行李，带上吃的，我忽然想起，有一支笛子应该带走，又把笛子塞进行李。志和跑出门又返回来，从板铺下拎双球鞋。大宝更是丢三落四，掀开炕席摸出几个信封。

我们慌慌张张跳上给养车，准备回场部。屁股挨上车板，老田喊："你们听！"

突然来了大风，凉凉的。

"要下雨？"

"不是下雨！这是洪水带出的风！"老田头解开马套子，喊，"往山上跑！跟着马跑！"

我们可真怕了。四匹解套的马，全都朝山顶跑去。

我们跑到山上，喘息着。老田头说："幸亏是花栗鼠，要不然，全完蛋了。"

正说着，洪水像一面移动的墙似的下来了。排山倒海，摧枯拉朽，势不可当，这些成语全是实实在在的，恰恰当当的。我们的马架子，打个巨大的旋，轰然漂走。土篮、柳条、木板打着旋上上下下，时有时无，还有我的帽子，我的脸盆。

山洪来得快去得也快。

我们返回来时，看到的是废墟，原来的东西还是东西，就是挪了位置，乱七八糟。

翻弄东西时，我大吃一惊：关花栗鼠的铁笼子，已经裂开成两半，花栗鼠没了。

我一拍大腿，这个后悔。要不是花栗鼠发出警报，我们全得跟铁笼子一样，变成两半儿。可是，我们没有一个人想到将花栗鼠带走。花栗鼠，花栗鼠，哪儿去了？

"哪儿去了，要是不关笼子里，它早就跑了。关笼子里，肯定是没命了。"

这个悔，这个后悔，忘了花栗鼠。忘了花栗鼠。忘了救命的花栗鼠。人就这玩意儿，老是忘了根本。

大宝怨我，我怨志和，志和怨大宝。人啊，就这玩意。事后全怨别人。有个屁用！花栗鼠没了。

一个泥水匠的完美生活

王千里

孙宝平一直固执地认为，泥水匠这门传统手艺，传承是个问题。

他的观点自然引来众多工友的嘲笑。

"咱们这活，只要是个人就能干，都会干，还传统手艺，你咋不说是门艺术呢！"

"孙宝平，你是不是放工以后在家里闲着没事短视频刷多了？咱们这就是砌墙抹灰的活计，自古以来哪个村没有十个八个泥水匠？你说说，这能叫什么传统手艺呢？还传承呢，传给谁！"

"孙宝平呀孙宝平，你真会往自己脸上贴金，如果砌水泥都是一门传统手艺的话，那俺家媳妇的烙饼技术，得称得上是非遗了。"

……

众人在笑声中调侃着孙宝平。

孙宝平不吭声，不回答，不理会他们，自顾自拿了靠杆往砌好的一堵墙上靠，严丝合缝。他砌的墙砂浆饱满，砖块均匀，一条直线样。

在脚手架下打下手的孙平江早就跃跃欲试："宝平哥，你歇会，我垒几行砖试试。"

他胸有成竹，嘴角挂满自信。

孙宝平不声响，拍了拍手，小心地下了脚手架。

孙平江撅着屁股爬到脚手架上，片刻的工夫开始吆喝起孙宝平："宝平哥，你上来吧，我真的不行。"

孙宝平抬头看去，一行红砖逶迤如扭动的蛇身，砖体把绷直的线绳挤得东倒西歪。

他叹了口气："下来吧！"没埋怨，没嘲讽。

倒是孙平江，脸膛红如猴屁股。刚才说这活人人都能干都会干的是他。现在的他，在心里感叹一声，咱就是个打下手的命，砌水泥真的就是一门传统手艺呢。

孙宝平砌墙前，要求提前把红砖洇透。砂浆灰的水泥标号、稀稠程度，也是有要求的。他如此细心关注这些，是跟砌墙息息相关的。干砖、干灰、稀灰，水泥标号低了、高了，直接影响墙体的质量。

他的完美主义到了什么程度呢，就他放工以后的行装，都让那些一块儿干活的工友留作茶余饭后的谈资。

乡村建筑队收工的时间相对来说要晚一些，夕阳西下，鸟雀归巢，饭菜的香味在村庄里飘起的时候，工头才让他们收工回家。

那些建筑工下了脚手架，拍了拍手，随手点着一支烟，拖着疲惫的身体朝家里走去。

孙宝平下了脚手架，先去水池洗手，然后甩了甩手，把手上的水甩干。接着，来到搅拌机旁的工具箱旁，拿出一个鼓鼓囊囊的布袋，来到垒砌成框架的房屋里墙内，掏出衣裤换上，换下的衣物随手放进布袋里。

从里墙出来的孙宝平，衣着干净，一双黑布鞋，一身白褂黑裤，有些仙风道骨了。

还有没走的工友，浑身沾满泥浆，望着换好衣服出来的孙宝平，咂着嘴："宝平呀，你真是多此一举，咱就是干活的人，又不是放工以后去相亲。"

孙宝平笑笑，提着布袋朝家里走去。村里有人知道他在村东干活，见了他，笑着招呼："放工了宝平！"

孙宝平回之一笑。

他们望着一身干净衣服，步履轻松的孙宝平，眼里满是艳羡。

有不知道孙宝平在村东干活的，就问："宝平，又进城了？"

孙宝平笑笑，摇头："干活呢。"

大家都是穿着脏衣服回家，明天再穿了过来，水泥浆将衣服浆得很硬，可以竖在地上过夜。

孙宝平跟别人不一样，回到家以后，掏出布袋里的脏衣服，自己去水池边把衣服洗了。搭在门廊旁的晾衣绳上，一夜风吹，第二天早上衣服就干了。

孙宝平种菜种地都是好手，还有一手好厨艺。村里谁家有红白喜事，他是大厨，家里的饭菜都是他做，有滋有味的生活啊！

有时放工晚些回来，锅台上也有切配好的菜等着他。

有人背地里感叹，打拼了二十年，还不如一个泥水匠的日子过得舒心呀！

说这话的是张秋生，一个早年进城打拼，如今定居在城里的一家装饰公司的老板。有一次回乡，他听说了孙宝平的事，就在镇上悦客来酒楼特意请孙宝平喝了一场酒。

一个公司老板请一个乡村的泥水匠喝酒，说出去也是稀奇事。实际上的情况是，张秋生和孙宝平是从小玩到大的发小。孙宝平从小水性好，张秋生是个旱鸭子。早年，孙宝平从村后两米多深的水塘里，伸手拉过一把正在水里挣扎的张秋生。

张秋生发达了，是来报恩的。

那晚，张秋生端着酒杯，望着衣着月白小褂，黑色长裤，千层底布鞋，一脸泰然的孙宝平，眼里忽然就汪满了泪水。自己在外打拼二十多年，见惯了钩心斗角，厌恶了商场争斗，遽然回首，再见到幼时朝夕相处的玩伴，内心陡生几分温暖。

他举着酒杯，一脸真诚地跟孙宝平说："宝平哥，泥水匠在城里已经不叫泥水匠，叫新产业工人。你就放一百个心啦，传统手艺有人传承，国家重视着呢！"

孙宝平抿了一口酒，深深点头。

窗外，夜色温柔。小镇的街道上亮起了霓虹灯。健身广场上开始热闹起来了。

飞雪漫天

阎秀丽

夜，被雪地映照成灰白色，大片大片的雪花漫天横飞，在天地间拉开白色的帐幕，让人找不到方向。这让梆子的心里更加惶恐，感觉有无数双眼睛，在帐幕后面窥视着他，梆子便又踉跄着奔跑起来。

天亮了，雪还是没有停。

梆子躲在一块巨大的岩石后面，大口地喘着气。四周杂草丛生，能够把他很好地隐藏起来。

梆子知道，那个人就在不远处的某个地方，瞪着狼一样的眼睛，蓄势待发，等着将他扑倒在地。

这让梆子的心里蓦地升起愤怒的绝望。

雪还在下，覆盖在梆子的身上，成了一个天然的屏蔽体。他无力地靠在岩石上，让自己疲惫的身子可以稍作休息。

天地间苍茫一片，梆子的视线逐渐模糊起来。他不知道那个人到底躲在哪个方位，但是他心里清楚，如果想离开或者是动一下，那个人一定会出现。

梆子曾经笑着说他有一个狗一样灵敏的鼻子。那个人搂着梆子的肩膀，说我这个鼻子只能闻到你的气味。听完这句话，梆子的心里热辣辣的。

同样，梆子熟悉那个人就像熟悉自己一样。

他们从小在一起长大，在玩警匪游戏的时候，梆子喜欢扮演义正词严的警察，而他，却只能扮演俯首投降的坏人。每当梆子半蹲下，双手合在一起，两根食指伸出，一只眼睛闭上，瞄着他的眉心，嘴里"啪、啪"地大喊时，他都会双手高高地举起，蹲在地上向梆子投降，梆子便得意地哈哈大笑。

那是他们最开心的时候。

长大后，他们各奔前程。再见面的时候，那个人眉眼未变，但是身上却有种说不清的气势压迫着梆子。

梆子使劲让自己挺直腰身，上下打量着那个人，用玩味的眼神看着他说："哥们儿，你还是老样子，和小时候没啥区别，不过，那时候你可是我的手下败将……"

那个人便笑，搂着梆子的肩膀只是笑，这让梆子心里很不舒服。

那天他们喝了很多酒，灯光闪烁里，那个人的眼神很深邃，像海，深不见底。

梆子在那深不见底的海水中苦苦挣扎着，他不敢看那个人的眼睛，因为他知道那个人找他是为了什么。所幸他没有找到梆子的把柄，要不然，他们不会坐在这里喝酒。

他们客气地分手，梆子没有回头，因为他能感觉到，那个人在看梆子。就站在夕阳的余晖里看着，直到梆子在他的视线里消失。

在拐弯的时候，梆子眼角的余光瞥到那个人的影子拉得很长很长，长到梆子遥不可及的距离。

当梆子再次遇到那个人的时候，他正坐在警车里，那尖厉的警笛声，似乎要把梆子的魂魄惊散。梆子的同伙被他们一个个抓获，而梆子，凭借多年的经验，逃脱了他们的追捕。

直到这次，梆子和他狭路相逢。

他竟然能找到梆子藏身的地方，这是他们小时候的老家。梆子无处可去，只能来到这里，这片山林，他很熟悉，也觉得很安全。

同样，那个人也很熟悉这里，他们从小就一起上山抓兔子，打猪草。

梆子知道，只要那个人不说，就没人能找到他。

但是，那个人却找到了这里。他不仅长了狗鼻子，而且，最了解梆子。

虽然那个人当时说的是玩笑话，但是梆子清楚，这话一点也不假。

这让梆子更加绝望。

梆子的咽喉火烧火燎地疼，饥饿和连日的奔逃让他一阵阵地晕眩。他能感觉到肠胃在打结，并且互相缠绕。

雪下得愈发大起来。梆子深吸一口气，从地上捡起枪，扶着大石头一点点地站起，摇摇晃晃地走出来。梆子知道，他不能在这里耗着，要不然只能成为大雪覆盖下的一粒尘埃。

梆子看到了那个人！

就在不远处，那个人也摇摇晃晃地站起来。他的状态没比梆子强多少，衣服被撕扯得又脏又破，几乎看不出本来的颜色，脸庞更加瘦削，但是他的眼神，还是那样深邃。

梆子声嘶力竭地冲他喊道："你他妈的是不是不要命了？你是属狗的吗？走到哪你追到哪！"

说完，梆子举起枪，对准了他。

那个人依然站着，像一座山。虽然他很瘦小，虽然他也在摇晃。

梆子看到，那个人竟然在笑！因为笑，那个人眼睛里的海水开始荡漾起来。

梆子有了刹那间的晕眩。

雪不知什么时候已经停了，天地间一片苍茫的白。梆子的手在抖，随即腿也跟着不争气地抖起来，甚至连眼神都是抖的。梆子知道，现在哪怕是一片雪花，也能把他压倒在地上。

梆子不敢看他的眼睛。

那个人忽地半蹲下，双手合在一起，两根食指伸出，一只眼睛闭上，瞄着梆子的眉心，嘴里"啪"地喊了一声。

他的声音很大，山谷里响起延绵不断的回音，树枝上的雪也应声落下。

梆子恍惚间看到那个人射出的子弹呼啸而至，准确无误地击中了自己的眉心。梆子的心跟着剧烈地抖动起来，来不及扣动扳机，手里拿着的枪"啪嗒"一声掉在雪地上。

梆子倒了下去。在最后的一刹那，梆子这才看清，自己手里拿着的那把"枪"，只不过是一根木棍。

敝 屣

王东梅

老窝的修鞋摊上放着一双棉拖鞋。半旧的，很干净。原本是给来修鞋的顾客预备的，鞋脱下来，脚就凉了。顾客把脚放进棉拖鞋里暖着，脚不冷了，多等一会儿也不急了。

这鞋装过男人的脚，也装过女人的脚；装过年老的脚，也装过年轻的脚；装过大闺女、小媳妇的脚，也装过大小伙子、粗老爷们的脚。老窝想，这鞋里，也算是这世上热闹的地方了。

春风吹过春风街，春风街上的店面又换了一茬。老窝仍旧闷着头修他的鞋，任那些粗的细的长的短的腿从眼前一一经过。

修鞋！

一声招呼，老窝的眼前就多了一双嫩白的脚，脚下踩着一双蛇皮花纹的细跟鞋。

鞋是踩在脚底下的，却把整个身子撑住了。老窝觉着，脚上的鞋最是不能马虎的。带着主人温度的一只鞋就递了过来，老窝赶忙把拖鞋递过去。一只温热的小脚，迅疾蛇一样钻进了棉拖鞋里。

嚯，这鞋跟足有十来厘米高，细细的，像个锥子头。老窝在心里悄悄地想：城里是不用种地，这要是回了村里，在地头上走一趟，前面走，后面就能点豆子了。没说出口的话，就在老窝的嘴角憋出了两道笑纹。唉，眼气呀！他老窝这辈子是穿不上这样一双鞋了。不要说这样的鞋，就是一双像样的鞋，他也没穿过。老窝扯扯裤腿，想盖住自己扭曲的腿和永远也摆不正的一只脚。

老窝给"锥子头"钉了一个胶垫，顺着鞋跟的形状，用削刀削，该圆了圆，该方了方。用锉刀锉，去毛边，去毛刺。收拾完了，打眼一看比原先的鞋跟还精巧。再踩在地上，嗒嗒的声响就绵了许多。

老窝把鞋推过去，鞋主问，多少钱？老窝答，五块。丢下一张票子，嫩白的小脚穿上修好的鞋子，咯嗒咯嗒地走了。

顾客们不看他的脸。他也不看，一天下来他只记住了修过的鞋子。高跟的，平底的，红的，绿的，棉的，单的。

从街头走到街尾也就是一根烟的工夫，可是老窝没走过。每天一大早他都是从街尾的路口走进来，走到摊子边，坐下，一坐就是一天，天黑了，再从街尾走出去。南风吹过来，他就向北蹭蹭身子。北风吹过来，他又向南挪挪屁股。挪挪，蹭蹭，就是一年，又一年。

敲敲打打，缝缝补补，粘粘连连，好像只是一眨眼，小窝就变成了老窝。

老窝说不清从他跟前走过去多少人，那些人也不记得他在街上坐了多少年。仿佛他一直在，像他头顶上那块油漆斑驳的街牌。

拉过水盆，老窝在水里撩了几下，一年到头和鞋底打交道，老窝的指甲缝里永远是黑的。老窝抠过，用刷子刷过，用洗衣粉洗过，可指甲缝里的黑泥像是长进了肉里，怎么也洗不干净。也因此，除了接鞋主手里的鞋，老窝从不肯伸出自己的手。

手上又多了几道口子，一沾水就丝丝拉拉地疼。

一辆电动自行车贴着修鞋摊停下来，一双黑皮鞋也随之丢在鞋摊上。

老窝弯腰捡起鞋，是一双男士的黑色皮鞋，鞋不算旧，有五成新，穿得却是够狠的。左脚已经变了形，鞋跟有点歪，前掌大脚趾的地方已经开了胶。右脚还好些，只是穿鞋带的鞋眼掉了一个。

老窝刚要开口问，车上的人却什么话也没说，蹬上电动自行车，走了。

这样的客人老窝遇到过，急脾气吧。

一只鞋倒扣在鞋撑子上的时候，老窝像看见一个撅着屁股等着挨打的人。

歪了的鞋跟，用锤子敲正。踩偏的鞋底，用胶垫补平。开胶的地方清理干净，抹了胶水。掉了的鞋眼费了老窝老大一会儿工夫，配了几个，不是颜色不对，就是大小不合适。找了老半天，终于配上了。

老窝擦去鞋上的尘土，打了鞋油，再在鞋里撑上一对鞋楦子。一番打理出来，一双原本五成新的旧鞋子，又像七八成新了。

老窝把鞋子整齐地摆在摊前最前边，等着主人来取。

老窝最喜欢这样的时刻，觉得特别有成就感。他想象着鞋主人看见自己的鞋子焕然一新，会不会也特别地高兴，会不会还要夸上他几句呢。

老窝想着，就把自己想得美滋滋的。老窝高兴了，就想找个人说话。老窝想说，他不光是个"锥破鞋的"，他也是个自食其力的，他老窝也还是个手艺人。

"手艺人"这个词，让老窝异常兴奋。

可是，没人听他说。老窝，找不到一个说话的人。人们都匆匆忙忙的，忙着回自己的家，忙着想自己的事。

老窝就那么坐着，守着他的鞋摊，守着那双修好的旧鞋。望着眼前来来往往的行人。

其实，老窝的家里也摆着一排一排的鞋，都是顾客丢弃的。老窝把它们都修好了，收拾干净，码整齐。老窝说，那就像辛苦了一辈子的人，咋能说丢就丢呢？

天黑透了，不会再有顾客来了。老窝推起小车，一拐一拐地从街尾走出了春风街。

晚上，老窝把自己的一双脚在温水里泡了又泡，洗了又洗，擦干，就也放进了棉拖鞋里。老窝觉着，这世上的热闹，也与他有关了。

老窝的一双脚，很白。

稻田晚宴

刘国芳

  忽然记起一个叫聂波的人，他是嵩湖乡聂家村的人。很多年前，他在梦港河边也就是他的家乡聂家村办了一场稻田晚宴。梦港河上有一座梦港桥，稻田晚宴就摆在梦港桥两边，一共200桌。据聂波说，那天杀了10多只土猪，2000人参加了稻田晚宴。当然，到聂家村的人远不止这些，有人观光，有人旅游，还有人搭帐篷过夜，总计3000多人抵达现场。那是个秋高气爽的日子，村里村外人山人海。只是繁华过后，聂家村又沉寂了。有一天再去，忽然发现梦港桥塌了，两边荒草萋萋。

  这段文字，我发在朋友圈。当然，我还配了两张照片：一张是当年稻田晚宴的场景，梦港桥因长龙一样的桥灯而璀璨；另一张照片是倒塌的梦港桥，两边真的荒草萋萋。

  有人在下面点赞。

  也有人评：当年的稻田晚宴确实办得好。

  一个叫李晓东的人在下面评：那年我也参加了稻田晚宴，真的是人山人海，现在还记忆犹新。

  一个叫华林的在下面评：我也去了，还碰到了你，刘作家你记得吗？

  我回复：我不记得了。

  华林说：我记得你，你当时还写文章发了朋友圈，我收藏了，现在还在我手机里。

  立刻，华林把我先前写的文章粘贴在下面：

天上人间

  若干年前，我站在梦港桥上，我前边是抚河，梦港河在那儿注入抚河。我右边是嵩湖乡聂家村，我左边是钟岭缴上村，而我背后，则是乌石山。但不管哪边，都荒草萋萋。乡村在这个秋天里静静的，静得只能听见瑟瑟秋风。有人走来，是一个老人。又有人走来，还是一个老人。再有人走来，依然是一个老人。我看着老人远去，忽然想到，留在乡村的，只有这些老人了，随着他们的消失，乡村也将消失。站在桥上，我为那些行将消失的村庄而哀叹。

当然，我眼里不会总是看到失望。2014年10月18日，同样是站在梦港桥上，我眼里有了不同寻常，聂家村举办了稻田晚宴，这富有诗意的名字吸引了无数人，我看到了梦港河两岸彩旗飘飘，人山人海。夜幕降临，篝火烧起来，一堆堆烧红了天空。孔明灯也亮了，一盏盏飘向远方。梦港桥上打桥灯，长龙一样的桥灯（也称龙灯）从梦港桥上缓缓滑过，随着灯光渐行渐远，它们和篝火、孔明灯融在一起。远远看去，仿若天上的街市，不，是天上人间。

聂家村人无疑是智慧的，他们要证明，乡村没有消亡，那些散落的乡村文明，在这里被一一点燃。那些流光溢彩，让我看到了乡村的希望。

华林说：写得真好，所以我收藏了。

李晓东也说：确实写得好。

我说：不是我写得好，是人家的活动办得好。

一个叫红梅的人也评论：不错，我当时也在现场，那场面的确让人兴奋。

华林说：不知道后来为什么再没举办这样有意义的活动。

红梅回：我问了聂波，他说主要是村民没赚到钱，当年那场稻田晚宴，聂波自己贴了好几万块钱。

我回复：我也问过聂波，他当年举办稻田晚宴，就是想帮村民赚点钱，但因为没有经验，并没有赚到钱。

华林说：聂波一直想为乡亲做点事，我敬重这样的人。

我说：我跟你的想法一样。

忽然，聂波冒了出来，他说：谢谢你们还记得我。

我回复：当然记得，那场稻田晚宴，让我们记住了聂家村，记住了梦港河，记住了梦港桥，还记住了你，聂波。

红梅回复：可惜梦港桥塌了。

华林问：好好的梦港桥怎么就塌了呢？

聂波回复：被 2019 年的特大洪水冲垮的。

接着，聂波在下面问：刘作家，你有几久没去过聂家村，没去过梦港河了？

我回复：大概一年了。

聂波说：有空你再去看一下吧。

我回复：好。

几天后，我和朋友又去了聂家村，去了梦港河。忽然，我看见梦港河上有桥了，像以前一样的石板桥，我以为是幻觉，但揉了揉眼睛，不错，我看见梦港河上真的有一座桥。

朋友说：什么时候建的？和以前的一模一样。

我说：不知道，这也太让人意外了。

忽然就看到聂波了，他向我们走来，还说：刘作家你真来了呀？

我看着聂波，忽然说：这桥应该是你牵头做的？

聂波点了点头，跟我说：梦港桥差不多完工了，今年秋天，我们继续在这里举办稻田晚宴，你文章里写到的天上人间，又将在这里重现。

我也点头，然后把手机对着聂波，我知道，我应该再为他写点什么。

为谁辛苦

申 弓

镜头一

天刚蒙蒙亮，中年男人骑上老式摩托车，箭一样向鸿发市场冲去。他将车停靠在一棵树下，上了车头锁，拔出钥匙，又开了一把大锁，锁住前轮，然后手拿两只编织袋，匆匆进入市场。看到地上有堆散菜叶，眼睛一亮，箭步过来，蹲下，一手打开编织袋，一手掐了菜叶往袋里塞。在收进三分之二的菜叶后，又一穿着邋遢的男人快步过来，弯下腰抢过了一把。男人将手一拨，去去去，这是我发现的。

邋遢男人眼一瞪，发现就归你？那个女人你发现了吗？怎么不去了？

男人停下了手，顺着邋遢男人的目光，果然，三五米外有一女子，风姿绰约，让人心旷神怡。等到再收回目光，那堆剩下的菜叶已被邋遢男人收入囊中。

中年男人狠瞪，妈的，你的身痒了？

想打架吗？邋遢男人放下手中袋，双手紧了紧裤腰，摆出了一副少林架势。

中年男人的拳头已然捏起，看到邋遢男人一副拼命相，便又慢慢松开：不就是一堆烂菜叶子吗？值得吗？他也明白，现在是有钱的怕没钱的，没钱的怕拼命的。

中年男人看看袋子也将满了，便放置一旁，提着另一只袋子，换上另一副架势，来到菜贩子跟前。男人拿起一握的蒜苗问：多少钱？

答曰：8角。

7角行不行？

答曰：7角6。

给你7角5，不卖拉倒！

一分之差，中年男人终于如愿以偿。再抬眼看向远处的邋遢男人，一股老板的自豪与大度油然而生。

镜头二

华灯初上，都市之夜，到处闪烁着鬼一样的眼睛。

绿丹岚夜总会门上的霓虹灯更是多情、诡谲、浪漫、放肆。出租车停在门口，车上下来一群男女，染得一头青绿的帅哥，潇洒地甩给司机一张大票，在众男女的簇拥下，步上台阶，进入喧嚣的大厅。

青年男女占据了一角，将三张方桌拼近，一边吆喝着小姐拿酒，一边各自扭着腰身，随着那些震撼心肺的音乐，翩翩起舞。

一会儿，桌上摆满了瓜子、水酒、果盘。一帮人疯狂着，一会儿猛喝一通，一会儿猛跳一通，一会儿又勾肩搭背。音乐在激越，大厅在疯狂，所有人都忘了前世，忘了今生。

长发袒胸的妖女手搭男子：帅哥，上个三珍拼盘，怎样？

行，只要我的小娇高兴，上！

侍者递来单子签名：三珍拼盘，168 元。

阿哥，不点支歌送妹吗？

男子双眼迷离地看着那女子：好，喜欢哪支，点！

一首"我醉了"袅袅娜娜，可怜、忧伤、颓丧渗透着大厅，博得阵阵掌声与喝彩。侍者递来单子签名：《酒醉的探戈》，238 元。

一会儿，超短裙女郎又提要求：帅哥，啤酒不够劲，来红的好吗？

好，只要阿妹开心，上！

侍者递来单子签名：法国红酒，368 元。

凌晨三点，音乐稀落，顾客去尽，只剩下帅哥一人，侍者递来账单：2998 元。帅哥掏出三沓大票一掷，不用找了，脚步虚浮地走了出来。

镜头三

老三大排档里，中年男人在里面忙上忙下，既当采购，又当师傅；柜台前的女人，收银员兼服务员。中年男人在厨房里一个吆喝，上菜，柜台前的女人锁起钱箱，奔跑进去，手捧盘子，笑脸盈盈地来到大厅：先生，您的菜来了，请慢用。

顾客看这女人，我说大姐，你虽然年纪不轻，可风韵不减嘛。

托贵人的福，身子骨还算可以。

不过来坐坐？我做东。

谢谢了，我还要做工。

那下班后邀你去夜总会享受。

谢了，那地方不是我们去的。

怎么不能去？你儿子不是常客吗？

中年男人炒完菜出来，眉头一皱。

3号台的卷发小子，吃完便走。女人说未埋单呢。中年男人追了出去，卷毛小子站住。想要钱？问它。一把明晃晃的刀子从袖口露出。

中年男人先是一愣，接着一步跨前，连手带刀一起扭住。知道阿叔什么出身的吗？法卡山特种兵！卷毛小子乖乖掏了12元丢下，头也不回地跑了。

5号桌的顾客突然呼叫：老板过来！

女人走来，那顾客用筷子挑起了一只苍蝇，你是卖菜还是卖虫？

啊，对不起，不知是几时掉下的。

怎么处理？

对不起。

对不起就行了？另一个说，交给卫生防疫站算了。

女人面色铁青，叫来了男人。

中年男人上前：我看看。食指与拇指一捻：一颗豆豉，大惊小怪的。说完纳入口中，喉结一动，进去了。

镜头四

中年男人过生日。老婆给煮了五只鸡蛋，还有一碟猪头肉，半斤白酒。青头帅哥一看，咳，有这样过生日的吗？不吃了，我带你们去享受享受。

不由分说，青头仔拉出摩托车，将父母双双推上后座，一溜烟来到了绿丹岚夜总会。

红绿小姐热情相迎，小子如回自己的家，选了张靠边的桌，将二老安顿好，便叫小姐点食。小姐上来一打啤酒。中年男人抽出一瓶，比拇指大不了多少，精致得像法国香水。问那漂亮小姐多少钱，答曰：28 元。

什么？28 元？是十瓶吗？

十瓶叫一打，280 元。

中年男人"啊"的一声，一口红色液体随即喷出，倒在地上不省人事。女人慌忙背上中年男人逃出了大厅。

乌 鸦

侯德云

村里人哪有不羡慕老钱的？要吃有吃，要喝有喝，还一人吃饱全家不饿。这是全村的共识，谁都没有异议。他唯一让人看不惯的，是五冬六夏一身黑，瞅着有点像乌鸦。

老钱不光是要吃有吃、要喝有喝，一人吃饱全家不饿，还傲气得很。组织上原打算安排他当个生产小队长，他不干，怎么劝都不行。他说自己颠着一条腿呢，当领导影响组织形象。让他当会计，他没法推辞，整个卡屯，确切地说是整个生产小队，实在找不出比他更有文化的人了。他早年在皮镇的一所小学里当过勤杂工，会写张王李赵，会背乘法口诀，他不当会计，谁还敢当呢？

大家说老钱有吃有喝，指的不是棒子面饼子和稀粥，也不是咸菜疙瘩和凉白开，而是吃香的喝辣的。谁不知道炒花生吃着香，白酒喝着辣呢。老钱对白酒要求不高，一块钱一斤的瓶装酒，或者七八毛一斤的散装酒，都行。

老钱能吃香能喝辣，全依仗老朱。老钱跟老朱，有过命的交情。很多年前，一支队伍跟另外一支队伍，在皮镇附近打拉锯战，老钱和老朱都是支前民工，在拉锯战过程中老钱救过老朱的命，那条受过伤的腿便是铁证。后来老朱在皮镇的国有单位里一路高升，当了个一把手。老朱不忘老钱的救命之恩，每月开了工资，都要来卡屯看望老钱一次，伴手礼永远是二斤花生米和二斤瓶装白酒，临走再留下五块钱。五块钱的正面，是戴前进帽的钢铁工人，如果不是老朱，老钱哪能月月都跟钢铁工人打上个照面呢，那是不可能的。老钱站着不比别人高，躺着不比别人长，别人一天挣五毛，他也是五毛，挨到年底才分红，扣下口粮钱不剩个啥，哪有票子吃香喝辣呢？

老钱每天除了记记账、算算账，再就是一颠一颠地四处溜达，等于说是半个闲人。闲有闲的好处，但也有闲的坏处。老钱一闲下来，就想吃点香的喝点辣的，不知不觉就喝高了。

老钱酒量不大，一过二两就醉，有时醉得一塌糊涂。要是醉在家里也就罢了，他不，他是随时随地，有时醉在海防林里，有时醉在海滩上，更多的时候是醉在皮镇。老钱进了皮镇供销社，来到卖散白酒的柜台前，说，来一提。一提一两，倒在一只小搪瓷缸里。老钱从兜里抠出两粒花生米，扔嘴里，嚼，嚼得满嘴喷香，用力一咽，迅速端起搪瓷缸，一仰脖，一两酒就下去了。说，再来一提。再抠出两粒花生米，再嚼，再一仰脖，又一两酒下去了。到此为止，啥事没有，关键是他逛完街，回家路上走到供销社门前，又管不住自己的腿了。钻进去，再来一提，喝完出门，一见风人就不行了，晃晃悠悠，没走出三步就倒在路边。消息传回卡屯，小队长便打发人，用粪筐把他抬回去，有时扔在饲养员的小屋里，有时就扔在场院上，供全体社员围观。

老钱的形象就这么一天天一年年被自己弄得猥琐起来，他的身体也这么一天天一年年地委顿下去，直到某年的大年三十，他永远地醉了过去。

老钱小时候是孤儿，死前是光棍。死后不久，老朱就搬到他生前居住的小院套里，直到退休后，仍然住在那里。对老朱的到来，卡屯说什么的都有，但都是背后嘀咕，没人敢上前去质问老朱，就连生产队队长也不敢。

老钱住在卡屯最东边，独门独院，紧挨着海防林，离老五家四五十米的距离。老五读初中和高中那几年，经常在老钱家门前走动，那是老五去海边的必经之地。

老钱家已经不是老钱家了，是老朱家，老五在心里头对自己说。

老朱搬过来没几天，就在院子里立起一根索伦杆。起初老五不知道那东西叫索伦杆，是听屯中老人说的。老人还说，索伦杆是用来喂乌鸦的，满族人有乌鸦崇拜的习俗。

老朱的索伦杆离房檐很近，高出房顶不到两米。老五亲眼看见老朱踩着梯子登上房顶，往索伦杆顶部的方斗里撒高粱和玉米，逢年过节，还要撒点花生倒点白酒。

老朱很快就跟乌鸦交上了朋友，老五也很快跟老朱交上了朋友。老五不记得他是以什么借口走进老朱家的，或者是老朱主动招呼他进去的也说不定。老五吃过老朱的炒花生，看过他的《红岩》和《暴风骤雨》，对乌鸦也有了别样的了解。

老朱说他在海湾里钓鱼时，中午去树林里睡了一觉，醒来发现一只乌鸦把钓线从水中拽上来，正在偷吃他钓到的胖头鱼；老朱说他看见两只乌鸦合作，从水獭口中夺食，一只先去啄水獭的尾巴，另一只趁水獭分神，迅速把鱼夺走；老朱说乌鸦可以模仿其他鸟类的叫声，比如猫头鹰；老朱说乌鸦是最早识别出稻草人的鸟，它们喜欢站在稻草人的肩膀上嘲笑农民；老朱说乌鸦爱做游戏，衔一根小树枝飞上天，一张嘴，紧接着一个俯冲，再把树枝叼住，如此循环往复……

哇，乌鸦这么厉害，老五都有点仰视它们了。

某日黄昏，老朱脸色凝重地对老五说，一大早，他家的房顶上，有一大群乌鸦在盘旋，呱呱地叫，像开会一般，随后由一只硕大的乌鸦带队，扑棱棱向长山岛的方向飞去，只见飞去不见飞回。

老朱说，老钱活着的时候念叨过多次，说死后要变作一只乌鸦。

老朱说他立索伦杆就是为了祭奠老钱。

老朱说三十年前的今天，老钱站在海边迎接来自长山岛的新娘，到天黑也不见人影，后来得知，新娘搭乘的渔船，遭遇了一场龙卷风。

老钱就是从那天开始酗酒的。说这话的时候，老朱眼睛直勾勾的，往天上瞅。

天上空荡荡，几丝云，一缕风。

翻越冰达坂

谢志强

那是我父亲第一次也是唯一的一次违抗"军令"。

1953年3月8日，父亲所在的那支部队，就地整编，屯垦戍边，成立了农业建设第一师。在浩瀚无垠的沙海，寸草不生的戈壁开荒种田。那是一个马的辉煌年代。

我于1954年6月出生。后来，父亲讲起了1956年9月去北疆接马，任务很简单：付款领马。

师部点名让我父亲和几个懂马的老兵去接马，父亲提了个条件：接了马，多分几匹，武装他所在的连队——团部已打算成立运输队。当时，运输主要靠马。

他们赶到指定的北疆牧场，付7.5万元就可领252匹马。一看马群，几个老兵都傻了眼：马瘦得皮包骨头，一排排肋骨像手风琴的键盘，还有一部分马瘸了腿。一群老弱病残的马怎么能从北疆走到南疆？到了又怎么能承当劳动力？

父亲向农一师驻乌鲁木齐办事处苏主任汇报：不能接这批马，应该自行到别处买马。

苏主任也是老兵，习惯了接受命令"不打折扣"，理解要执行，不理解也要坚决执行。他指指头顶，说：自治区和兵团决定配给的这批马，必须接收。

父亲发愁：我不能看着屎拉在裤裆里装着不知道，这群马可能没到终点，就倒在半途中了。

苏主任说：马死了，割下两只耳朵、一条尾巴，到师部交够数量即可。

父亲说：耳朵和尾巴只能算死数字，可是，我们要接活马，不然，就是拿了那么大笔钱，打了个水漂。

苏主任代表了师部的"命令"。几次商量，他都不通融，还强调："上边"有统一安排，你们来接马，见了指定的马群，就领走，只要保证最后的数字不少就行。

父亲和几位战友单独商量，很快统一了思想：将在外，军令有所不受。已到南疆，何不自行买马？道理很简单，买马要买好马。

由一个会写字的老兵执笔，写了封检讨书，每个人都签了字，明知故犯，愿接受处罚。

随后，瞒着苏主任，把款汇到伊犁州——伊犁马有名。

苏主任获悉几个老兵背着他违抗"军令"，立刻向师里汇报。师部发来电报：马不买，人速归。

几个老兵临去伊犁前，回电：买马就买良马，回去愿受处分。

父亲向我回忆当时的情景，他还流露出自豪，像小孩的逆反，做了一件大人反感的事情——我曾瞒着父亲进过塔克拉玛干沙漠，差一点儿死在里边。

几个老兵，精打细算，精心挑选——都知道要好马。结果，花费6万，挑选了588匹好马，还节省了一笔"巨款"。当时，农场还实行供给制，每月发一位数的津贴。

走公路，还是翻冰达坂。假如走公路，每五十公里，设一个饲草供给站，起码要设四十个站，预计走两个月，何况，临时筹集饲料有困难。最后制定了方案：走捷径，翻越天山冰达坂。十匹马雇一个赶马工。

10月的天山，已大雪纷飞，天寒地冻。一队马由缰绳串联起，有一匹马失蹄，就会带动一队马。路滑而窄，路旁就是陡峭的峡谷。遇到塌方或陡坡，要用干草或大衣铺路，牵马小心翼翼地穿行。花了七天时间，不少一匹，他们将马活生生地带到了师部。

1981年，父亲离休。第二年，我也随父调回浙江老家。2007年秋，去新疆采风，采风团租了一辆客车，走的就是父亲当年护送马的路线。司机选定夜幕降临时翻冰达坂。

我们十几个人的性命都系在那个方向盘上，大家紧绷着神经。司机提醒大家不要看窗外。我疑惑：为何不选择白天翻冰达坂？就可以好好看路。

司机说：白天不敢开。

老兵带领的那群马，过了冰达坂，太阳升起。跟我们的车到达时间差不多。车停在一个客栈，石头垒砌的房子。吃早饭。我看见几只秃鹰，在山脚下，看不清啄的是什么动物。在我想象中，那是一匹马。

父亲说：过了冰达坂，就是南疆，带上两支老步枪，听说有土匪出没。

几个老兵来了兴致，提议，打几发子弹，庆祝胜利。

父亲认为：不能随便打枪，浪费子弹，因为没碰到敌情。

不过，还是同时开了三枪。在我心目中，父辈翻越的不仅仅是实实在在的冰达坂。

交了马，结了账。还交代了六发子弹的去处。然后，到师参谋长那里"负荆请罪"。参谋长摸摸后脑勺，突然冒出一句：那个苏主任呀。父亲递上了检讨书，说：苏主任很负责，我们几个像脱缰的野马，不服从命令。参谋长已了解整个事情的经过，说：祝贺你们翻越了冰达坂，不但不处分，还要通报表彰。

我小时候，在连队的马厩里玩耍。父亲是饲养员。高中时，运输连装备了汽车，马已完成了历史使命。

2007 年，父亲病逝。弥留之际，他时而清醒，时而糊涂。有时还说冷，好像还在冰达坂上。记得有一天，在病房里，他说：山上怎么有马受惊乱跑，发生了什么事情？你去把马都拴住。

回到南方，我还没看见过马。病房外边的院子里，花草树木繁盛，有鸟鸣。我知道，父亲还沉浸在记忆里。我出去片刻，回到父亲床前，说：爸，马都拴好了，还喂了新鲜的草料。

父亲合上了眼，表情平静，但张着嘴，似乎要说或喊什么话。

酒　人

袁炳发

我准备写一本与酒有关的书，采访了几位对酒有研究的人士。

我最后一个采访的是在小城素有"酒仙"之称的徐福林。采访结束后告别时，六十多岁白须飘胸的徐福林，双眼盯住我半天，说：若论酒道，在咱们这个小城，悟其最深的当数我们同门之后徐小奇，人称"酒人"，你可以采访一下他。

徐福林给了我一个手机号，又嘱咐我说：千万不要说是我给你的。

一个周日的上午，我打通了徐小奇的手机，他有点爱答不理。我和他谈起酒事时，他立即有了兴致，和我约定了下午见面的时间。

午后，我驾车到了徐小奇家的小区门口。徐小奇早就在小区门口等候了。徐小奇看上去有四十五六岁的样子，个子瘦高，大背头梳理得很严密，看着是很稳重精致的那种男人。徐小奇坐上车和我说，如果想把酒的主题谈明白，你得先到我的酒窖看一下。

车行二十分钟左右，到了一个小区。在一个车库门前，徐小奇打开卷帘门，车库内有进入地下室的梯形台阶入口。

我和徐小奇进入地下室，他打开酒窖的门，一股凉气扑面而来。

徐小奇打开灯，我放眼望去，整个酒窖有二百多平方米，室内布满了一排排的酒架，上面摆满了各种酒。酒架上有卡片，标注着编号，记录着酒的产地、年份、收藏时间。

我大致记了下徐小奇收藏的酒：白酒、红酒、啤酒、黄酒、保健酒、葡萄酒、果酒、鸡尾酒、米酒、药酒……

徐小奇把我领到一个墙角处，那里放着一个保险柜，这个保险柜是指纹锁，徐小奇手指贴上柜门一侧，门便开了，里面有一个紫色的瓷坛子。

徐小奇小声告诉我，说，这是我酒窖里最值钱的一个宝贝，这是大诗人李白喝酒用过的酒坛子。

我以为徐小奇是和我开玩笑，但他认真的样子，又不像开玩笑。他说，这个酒坛子是我花十万元，从外省的古玩店淘回来的。

我问，怎么确定是李白用过的坛子呢？恐怕连考古专家也难以确定吧？

徐小奇说，有些事不必较真，信则有，不信则无。

我觉得徐小奇说得有道理，便没坚持自己的想法。参观完酒窖，我和徐小奇来到一家茶室，开始聊酒。

泡了一壶碧螺春，喝过头一泡之后，徐小奇谈兴浓了一些。他先给我讲了酒的起源与发展，说酒在五千年前，是天然成酒，比如山中的葡萄，葡萄皮破裂，流出汁，就自然发酵成酒。

我在本子上记录着。

徐小奇又说，旧石器时代，人类开始饮酒。四五万年前，人类学会了酿酒，到了青铜器时代，人类开始大规模地酿酒。

徐小奇还给我讲了中国酒文化与现代酒的发展。

徐小奇对酒的研究，下的功夫真是挺深的。酒仙徐福林说徐小奇对酒的领悟之深，确实不算为过。

我和徐小奇加了微信，成了好朋友。有一次，我问徐小奇，那个酒窖的投资很大吧？

徐小奇告诉我，前些年他投资服装生意赚了些钱，全部投资到酒窖上面了。

我问，这个酒窖的升值空间有多大？

徐小奇说，从投资酒窖那天开始，我就没考虑过它的盈利。

我好奇他对酒为什么这样喜欢。徐小奇说，我讲了，你可能不相信，我是从恨酒开始喜欢上酒的。

徐小奇就讲了下面的事情。

我父亲是个嗜酒如命的人，从我记事起，就知道在他的生活中，什么都可以没有，但不能没有酒。

我父亲的酒量特别大，平常二斤，早上都能喝上七八两。

我九岁那年，父亲和母亲带我去一个小镇看姥姥。到姥姥家的第二天，吃过早餐后，父亲和我妈说，我带儿子去逛逛街，说完父亲就带我出来了。到了小镇的街中心，父亲站住撒眸了下，便拉着我进了一家早餐铺。屋子不大，有烧饼、大馃子、豆浆。父亲给我买了一个烧饼、一碗豆浆，他自己要了三根大馃子，三两一杯的六十度小烧白酒三杯。

父亲用筷子把一根大馃子从中间折断，便吃一口大馃子，喝一口酒，如此反复。很快，父亲就把那三杯酒喝光了。父亲喝光酒时，我的烧饼才吃掉一半，父亲等我吃完后，我们离开了早餐铺。父亲叮嘱我说，刚才喝酒的事千万不要对你妈讲。

回到姥姥家，父亲先在外屋喝了一水舀子凉水，来稀释酒味。我父亲是特别聪明的人，没有多少文化，却是改革开放后，小城第一个成为百万富翁的人。

母亲曾对我说，你爸的脑袋瓜贼精明，如果不天天灌那些猫尿（母亲把酒称为猫尿），他的人生会比这更辉煌。

父亲因嗜酒误事，家业逐渐衰败，他经营的那个企业破产，母亲因此抑郁成疾离世。我父亲后来喝酒也喝死了。

酒的魅力究竟有多大，让父亲如此着迷？我开始去探究酒的奥秘，没想到自己竟也深陷其中，不能自拔。

徐小奇开始让我介入他的朋友圈子，聚会了几次之后，我发现他的朋友个个能喝，基础量应该在一斤左右，而被称为酒人的徐小奇自己却滴酒不沾。

再后来，有朋友告诉我，徐福林就是徐小奇的父亲。

我说不可能，徐小奇亲口对我说，他父亲喝酒喝死了。

朋友说，那是徐小奇瞎说。

拔步床

聂鑫森

曲曲巷的老班辈，说起于爷于干丰和他的夫人巴晓月，都说他们几十年来相敬如宾，没红过脸，没吵过架，感情巴酽得像牛皮糖扯都扯不开，或许是因为每夜都睡在一张古旧的拔步床上，连做梦都相同。

这不是说笑话吗？但曲曲巷的男女老少都相信。特别是一些人到中年的堂客们，羡慕得直咂嘴巴。

"拔步床真是个好东西，可惜我家没有。怪不得我那当家的，早和我分床了。"

"于爷两口子，无儿无女，庭院里空落落的，不能不抱团取暖。"

"那倒也是。"

于干丰 70 岁了，干干瘦瘦，腰有些弯，说话声音低。退休前他是本市华湘家具总公司的细木匠，专做仿古家具，而且雕花刻朵，手上有绝活。巴晓月也是这个单位的油漆工，年纪只比丈夫小两岁，身体却健旺得多。他们虽不是一个车间，但上班、下班可同去同回，比翼齐飞；退休了，有了整块的时间长相守，四目含情相对。于干丰有时也要出去一下，老朋友邀他去小酌几杯。

做大工匠、细木匠的，都爱喝酒。于干丰也不例外，只是他量大，喝得猛也喝得多，把肠胃喝出了病，不得不时常去麻烦医生。巴晓月劝过他，劝不住。直到几年前，于干丰才收敛了许多，因为妻子几句掏心掏肺的话，把他震住了："老于呀，你知道我素来胆小，你一旦先走，漫漫长夜，我怎么挨到天亮？但愿这拔步床上睡的总是两个人！"

于干丰一拍拔步床的雕花围板，说："我……们不能辜负了这张床。"

于家世代都是细木匠。床、桌、几、案、柜、椅、凳……上面还施以浮雕、深雕、圆雕、透雕，花鸟、山水、人物，无不栩栩如生。代代有传人，在古城湘潭名声广为人知。

这张拔步床，是于干丰爷爷的爷爷制作的，时为晚清。采用的是明代中晚期流行的款式，由两部分组成，一是架子床，二是架子床前的围廊，围廊与架子床连成一个整体。床前的廊庑两侧放置桌凳，人跨步进入铺嵌木板的廊，有如进入室内。故拔步床又称踏板床。床顶下周围有挂檐，床下端有矮围，都雕着各种图案："花好月圆""举案齐眉""鹊桥相会""琴瑟和谐"……充满吉祥、欢乐的情调。

这张床一直拆散、包扎好藏在于家放杂物的阁楼上。1977年丹桂飘香时，26岁的于干丰和24岁的巴晓月要结婚了，父亲把这张床在新房里拼装好，说："这是个吉物，祝你们和和睦睦，生儿育女，白头偕老！"

于干丰夫妇在拔步床上睡了44年。父亲、母亲相继辞世，他们也老了，只有床还是原样！

可惜他们没有一儿半女。于家的细木匠手艺，只能到此为止。

巴晓月说："老于，我对不住于家，没让于家的绝活有个传人！"

于干丰说："这是什么话？我带出了多少徒弟，他们难道不是于门的传人？"

"可惜你和徒弟，没做过拔步床。"

"这玩意，费时费材料，价格贵，没有订货的，公司领导不让做。"

"爹当年搬出拔步床让我们用，是不是还有别的意思？"

于干丰的眼里忽然有了泪水。

记得10多年前，市博物馆有专家来于家观赏拔步床，问于干丰："这是真正的明式好玩意，虽制作于清代，但做工、雕工都是一流，可否出让？价钱好商量。"

"祖上留下的东西，我不能出让。你们可以到家具公司去定做，我的手艺自信可以达到这个水平。"

"可博物馆不能收藏当代的东西，这是有规定的。"

……

秋风凉了，重阳节迎着菊花香翩然而至。

曲曲巷传出了令人惊诧的新闻：于干丰和巴晓月分床了！

是居委会主任带着人去看望离退休老班辈，在于家时，巴晓月忍不住说出来的，还引着人到卧室去巡看，果然言之不虚。

拔步床的旁边，摆了一张于干丰亲手做的简易平头床，没有上漆，杉木的香气很好闻。窗前的长条桌上，放着一个木雕的不倒翁，头型、脸相酷似于干丰。

桌边靠着一支木雕拐杖，杖头雕的是钟馗的头像，拐杖与人肩等高，是握杖而行的形态。

主任问："于爷，你们亲亲热热几十年，是这块地方的榜样，怎么忽然分床了？"

于干丰低声说："我身上有不好闻的气味，怕熏了堂客。"

巴晓月说："我不怕熏，我……喜欢。"

"可我自己都受不了，总要下床去室外透口气，不另外睡会吵着你。我知道你胆小，就雕制了这支钟馗头像拐杖，它可以为你驱邪壮胆；还有我雕的不倒翁头像，你瞄一瞄，就知道我在你身边。"

主任微微一笑，说："巴大姐呀，你误会于爷了。你们虽不同床却同屋，于爷想得这么周到，难得。我们就告辞了。"

两个月后，于干丰因肺癌晚期，溘然离开人世。落气时，他挣扎着坐起来，靠着平头床的挡板，对巴晓月和几位老邻居说："我早就知道自己身患绝症，活不长了。晓月胆小，我得趁着还在世，赶快和她分床，让她习惯一个人睡拔步床。至于我睡的这张平头床，我走后，丢掉就是……"

巴晓月大声号哭起来。

待于干丰的后事料理好，巴晓月将拔步床捐赠给了市博物馆，只收下一张朴素的"捐赠奖状"。没上漆的白坯平头床，她没有丢掉，夜夜安详地睡在上面，枕头边放着丈夫的不倒翁像。有时出院门上街去买点什么东西，她一定会手握雕着钟馗头像的拐杖。

"巴娭毑，你健旺！"

"谢谢大家关心！"

头 碗

王琼华

筵席八大碗，头碗算一绝。裕后街摆啥席面，少不了这一道大烩菜。散席时，头碗中稍见馋余，主人也会觉得自己脸上无光。

头碗第一勺，掌在刘一勺手上。

街坊办喜事，皆以刘一勺头碗上桌当成面子。

刘一勺怎么能把头碗做得这般勾魂？放了祖传秘料，或者念了啥口诀吧。私塾先生也曾摇头摆脑念道："但从刍豢选肥美，昔人烹饪有绝技。"

其实，谁问头碗做法，刘一勺皆是竹筒倒豆子般说得明明白白。花上十个时辰文火熬成高汤，将高汤剔去渣沫，煮开，加猪肉、蛋卷、鱼肉丸子、油炸猪皮、去壳熟蛋，煮开；续加玉兰片、香菇、木耳、黄花菜、姜片、蒜子，又煮开；再加猪心、猪肚、猪腰、猪肝片，敞锅煮开十分钟，然后加盐，撒葱花，接着便是起锅。

"还有什么诀窍？"街坊眨眨眼。

刘一勺反问："还有什么诀窍？"他笑了。

刘一勺掌勺，从不遮掩。常有街坊站在刘一勺身旁，把他做头碗的过程看上一遍。之后便是嘀咕，手法与别的厨子毫无差异。

莫非跟刘一勺熬高汤时爱哼小曲有关系？

起锅时，刘一勺偶尔也会大喊一声：成啦！

真有厨子学会唱小曲，起锅时也要大喊一声。不过，他们做成的头碗仍没刘一勺的头碗好吃。

街坊即猜，刘一勺，灶神童子投胎。

那年夏日，谭延闿在城里旧衙署宣誓就任湘军总司令。当晚，他包下福星楼，设宴庆贺。福星楼菜肴非常精致。但谭延闿素以"刁食"著称，福星楼老板不敢有丝毫闪失。他跑进裕后街，邀请刘一勺亲手做头碗这道菜。头碗上桌时，众人邀请谭延闿开菜。谭延闿刚尝一口，两眼放光道："绝味！"

第二日，福星楼老板把一幅字送到刘一勺手上。上面写着："一勺即绝"。

刘一勺好奇地问："谁写的？"

"谭司令。"

"不、不会吧。"

"这字貌丰骨劲，味厚神藏。即便没落款，但一看就晓得是司令墨宝。他副官捎过来的。"

刘一勺大喜。

装裱后，四个字挂在伙房墙上。

他扯扯衣服，跟弟子们说道："一勺落碗，再无美味。这般褒扬，不得受之有愧。从今往后，我们做头碗，精益求精，容不得半点马虎。哪怕放蒜子，该是几颗，便是几颗，多一瓣、少一瓣都不行。放葱花，拿量筒量一量，不得随手抓。谁敢打刘某这张脸，刘某就拿勺子砸碎他的狗头！"

三更时，刘一勺起床上茅房，顺道拐进伙房瞧瞧，发现守夜熬汤的弟子窝在灶门口睡了。他勃然大怒："一夜任由食材泡在锅里，不举火，明日大早再用大火急炖，这汤哪还有地道味？"

他把这弟子逐出师门。

那天，刘一勺掌勺婚宴。往锅里撒葱花时，他看看刚抓上的一把葱花，犹豫了一下，往碗里抖落一些，才将手中的葱花扔进锅里。紧跟着，他觉得葱花刚才放得稍少，再补了一小撮。

散席后，主人向刘一勺道：

"头碗头碗，碗碗剩不少！"

"眼花了呗。"

刘一勺跑进宴厅一看，果是如此。他拿起一个小勺子，从碗中舀起些许汤汁，用舌头舔舔。

味不正！

他少收了人家一半的钱。

没隔几日，他再遭街坊质问："你琢磨娶小姨太吧。"

"哪怕有这闪念，雷也会劈了我。"

"那就是你也抠门。"

原来，刚上桌的头碗太淡了。

回到伙房，刘一勺劈头盖脸地大骂："哪个兔崽子，背着我往锅里多添了半瓢水吧。"

弟子们挤眉弄眼，没人搭话。

刘一勺磨磨牙。头碗怎么被自己做得越来越容易走味？他寻思不出原因，睁着眼睛，瞧着生意渐渐冷清许多。

"该是拿错了勺子吧？"他看看墙上的那幅字，又看看手上的长勺。

其实，大铁锅、长柄菜勺已经被他换过几次。

但他还常常苦着脸。

秋日，福星楼老板又来见刘一勺。他说："你把墙上这幅字给撕了。"

刘一勺说："面对这四字，我已羞愧万千。幸亏司令没再让我做头碗。要不，我得找个茅坑钻进去。"

"它并非司令的墨宝。"

刘一勺眼鼓鼓。

"我也才弄清楚。那晚，司令副官，喝了几杯酒，便写下这幅字。这人平时喜欢临摹司令书法，神似几分。第二天，他将这幅字送来时，又没留句话，我也就把它当成司令墨宝。"

"这回事……"

"他刚被司令给毙了，私吞军饷。"

刘一勺"啊"了一声。

当即，他将墙上那幅字扯下来，塞进灶膛了。接着，他抓一把盐，扔进锅里，又抓一把葱花，也扔进锅中，破口骂道："一勺即绝？放狗屁。狗屁！"

福星楼老板耸耸鼻子，说："让我品上一碗吧。"

"是做给弟子跟我吃的，吃完便关门散伙了。"刘一勺舀上一碗，递给福星楼老板。福星楼老板喝了一口汤，叫道："这头碗味道是你做得最纯正的一锅。"

"还说上一句这么好听的'悼词'？"

"你舔舔——"

刘一勺撇撇嘴，拿勺尝了一口，即刻惊诧道："这地道之味，怎么又回锅来了？"他弯腰看看灶膛，那幅字烧成了灰烬，喃喃道，"莫非这幅字早先作怪了？"

"有啥怪不怪的？"

"只要瞧见纸上四字，头碗我就做得不踏实，生怕配不上这金字招牌。"刘一勺愣了愣，接着跟福星楼老板说，"你往后别再跟我说了，什么最入味，什么最地道。"

"说、说不得……"

"哪怕灶神老子下厨，做出来的还不是一道菜？"

没多久，刘一勺头碗名声又响了。做菜时，他没那股神气了，哼着小曲，随意撒一把盐，再撒一撮葱花。街坊见了，就晓得这锅头碗菜又做成绝味了。

轻舟已过万重山

非　鱼

从混沌中清醒过来之前，吕青舟的脑子是满的。

满到什么程度？她感觉微微地侧一侧脑袋，那些密密匝匝的东西就会像水一样淌出来。那些东西是什么？她不确定。

手机还在播放着小视频，一个接一个，各种正常不正常的声音交替着。电视机也开着，是一个老的家庭剧。也许就是这些嘈杂的声音让她的午睡似睡非睡，也让她的脑子满满当当。

吕青舟关了手机视频，调低了电视机的音量，泡一杯绿茶，努力让自己清醒起来。

她把茶杯靠近面部，热气升腾，毛孔一个一个张开，就像杯子里慢慢舒展的茶叶。喝一口茶，青涩的味道在口腔里氤氲，一直到咽喉。睡眠不好，她并不经常喝茶，但她喜欢看那些嫩芽在杯子中起起伏伏，喜欢闻来自春天和草木的那种味道。

茶是女儿寄回来的西湖龙井。一想到女儿，吕青舟的心又乱了。漂泊在远方的女儿总是说累，说没意思，工作没意思，周末休息没意思，甚至正在谈着的恋爱，她也觉得没意思。她想让女儿回来，可老周不同意，他说孩子都是她惯的，矫情。

谁的日子好过？我一天天还累呢，到单位被领导使唤，到家被你唠叨，我还烦呢。老周说。

她很讨厌老周这种态度。一辈子没有什么大的追求，得过且过。对，一个平庸的好人。可最近，他连一个平庸的好人都当不下去了，牢骚渐多，尤其是提到女儿的事，他总是态度消极，很不耐烦。

能怎么办呢？老周、小周，她似乎都无能为力。浓重的挫败感袭来，前一刻营造起来的一丝平静又被打破了。

她赶紧放下茶杯，换电视频道，转移注意力。这是她这两年屡试不爽的一个办法，当发现即将陷入某种不良情绪时，立即喊停，她不能让自己变成那种脸色蜡黄、焦躁不安的怨妇。

一个人文栏目在讲车马慢时代人与人交流的方式——书信。一字一句一笔一画，字斟句酌，传情达意，红笺小字，云中谁寄锦书来？看得出来，主持人和嘉宾都有过无数"见字如面"的经历，两个人聊得很投入，也很有感染力。

"轻舟已过万重山"，怎么就提到了这句诗呢？吕青舟感觉从后背到脸上瞬间热了起来，冒出了薄薄的一层汗。曾经，有过那么一个人，也与她鸿雁传书，每封信的结尾都是轻舟已过万重山，或者轻舟没过万重山。

三十多年前的吕青舟沉浸在自己的世界里，满脑子都是同班的他，是晚自习后操场上澄明的月光。除了语文和历史，她的其他科目学得一塌糊涂。高考后，他顺理成章收到了来自哈尔滨的大学通知书，她不出意外没过线。两个月后，为了和他一样，她选择了复读，还倔强地选择了理科。也就是在复读的那一年，他们开始频繁写信。

他的字很好看，写出来的句子也很好看。他用桦树皮给她写舒婷的诗，她视如珍宝，他写下的每句话，她都视如珍宝。每周最快乐的时光，就是去学校传达室取他的信。

一年之后，她除了积攒的厚厚一摞信，还有各种绚丽的梦，最终依然一无所获。

老吕从老师口中知道了这件事，大为光火。他把吕青舟再次落榜的原因全归结在他头上。等他暑假去找她时，老吕将他痛骂了一顿，让他永远死了这条心。

原本属于青春的一段美好时光，就这样迅速凋零。她把他的信捆扎起来，用报纸裹得严严实实，放在一个隐秘的角落。连同他。

后来，吕青舟和他走上了两条相似又不相似的道路。她进企业，读汉语言文学函授大专，自学考上本科，调进机关写材料，和老周结婚，生了小周，按部就班地工作，按部就班地受到提拔。他读了研，又读了博，成为国内知名的植物园林专家，担任一个国家级森林公园的领导，应该也会结婚，生子。她在心里叫他"教授"。

那些信，婚后她悄悄带到了她和老周的家，却无意间被老周发现，他们大吵了一架，他撕开报纸，把信封扔得满地都是。她抱着不满一岁的小周哭了半夜，最后一气之下一把火全烧了，包括那张桦树皮。实际上，那些信她后来从没有打开过。

信，被烧毁的信。他，写信的教授。她的心紧紧地缩在一起，缩成一块石头一样，几乎不能呼吸。

她赶紧换频道，一闪一闪中，一张既熟悉又陌生的面孔突然出现在她面前，是教授。他作为栏目顾问正在讲述中国园林艺术，娓娓道来，博雅温和。

脸与脸不足两米，四目相对。吕青舟惊呆了，她什么也听不到，只牢牢地盯着他。

这个世界，竟如此奇妙。太玄幻了。

两分钟之后，画面切换，教授不见了。握在手中的茶已经凉了，黄昏一点一点降临，客厅的光线渐渐暗下来。

关了电视，看看手机，到了该做晚饭的时间了。

吕青舟长长地舒了一口气。不过是一个平常的下午，两档电视节目的拼接，却让她的轻舟再过了一次万重山。

仅此而已。

打瞌睡

安　谅

在一家知名报社，明人与校友老金总编侃侃而谈。老金忽然回忆起当年的往事："我们上大学语文课的第一堂课时，那位脑门前秃，身子瘦若芦苇秆，穿着有些宽大的旧白衬衣、蓝色长裤，脚蹬一双灰不溜秋的牛皮凉鞋的老教授，用带有浓重的苏北口音的普通话自报家门，说自己是头上不长草的卢姓，也就是人们口中的虎头卢。他说，我也属虎，却无虎性。所以，开课之前，我先声明一下，上课要来，不来得请假。但上课允许耳不闻，允许打瞌睡，或者闭目养神。不过，不得打呼噜，影响别人。如果出现了呼噜声，那得罚站，还得罚背诗文。否则，考试成绩要降一个等次。我都听呆了，哪有这等好事，你知道，我那时老是睡不够，半夜了，宿舍的几个舍友，牌瘾还很大，点着蜡烛硬扛。"

老金向明人述说着，三十多年前的情景，仿佛就在昨日。

老金说："我当时听了挺开心，我的舍友苏缘回头向我眨眨眼。我想，你别太得意，你不是半夜老耗着，不想放下牌吗，现在咱们课上可以比试比试了。我知道他睡觉呼噜声响，而我没感觉打过呼噜。以后，我和他及其他同学熬个夜也不怕了，老先生允许上课睡觉，就不用常找理由请假赖床了。"

"你还真在课上睡觉了？那位卢老师的课，我也上过，讲得还是挺生动的，特别是随口说起的文学典故，简明扼要，很有意味，很博学，很吸引人的。"明人说。他当年听过卢老师的系列讲座。

"是呀，他讲得确实精彩，我眼皮都没耷拉过，听得津津有味。连着好几堂课，笔记都做得很细致。"老金叙述着，手舞足蹈的，表现了当时的兴奋状态。

"但有一次，我真憋不住了。前一晚睡得太迟，打牌时又喝了点咖啡，两三点才上床，苏缘他们脑袋一搭枕头，就都睡着了。苏缘还打起了呼，浪涛一般跌宕起伏，把我吵得在床上翻来覆去，更难以入眠了。可想而知，第二天一早的大学语文课，我坐在后排，撑了十来分钟，不得不闭一会儿眼。老先生慢条斯理的讲课声，我能依稀听见，我感觉自己似睡非睡。而苏缘那些家伙至少睡足了几个小时，早起没时间吃早餐，就带了馒头，在上课时偷偷地吃。骤然，我鼻腔里发出了一串粗重的声响，我下意识地收住，却没能收住，将我自己也彻底惊醒了。我发现，课堂上所有的目光都聚焦而来，只有老先生继续讲着课，仿佛并未听到我的声音。我故作镇静，也心存侥幸。可讲完一个段落，老先生换了一个话题，问刚才是谁发出的声音，瓦釜雷鸣似的。他要我起来，问我是背诵诗文呢，还是期末成绩在考试成绩基础上降一个等次。"

"语文成绩本不太好拿高分，很多人都碰巧在及格线上，降一个等次，可就过不了了。"明人莫名地为老金捏了一把汗。

"就是呀，我犹豫了一会儿，答应背诵诗文。老先生说好，就背课本里的，你的学号是多少，就背那一页的诗文。"老金说道。

"老先生倒是有办法呀！"明人笑道。

老金略带点苦相地说："我当时可笑不出来，我学号是 34 号，我怎么知道 34 页是谁的作品呢，课还没讲到那一页。如果是前面几页，我听过课，还听得很认真，课文也反复读过好多遍，至少还能背出个大概来。正头疼时，向我诡笑着的苏缘忽然喊了一声：'他的学号是 5 号。'我吃了一惊，乍一想，这家伙是在帮我，第 5 页应该有一段《诗经》里的词，我完全背得出的，但我抬眉瞥了一眼正凝视着我的老先生，冷静了一下，还是说了自己的学号。老先生微微点了点头。按学号，我翻到那一页，竟是巴金的一篇短文，选自他的《真话集》。我还真读过，但背是背不出的，其中只有几句警言妙句，我是记住了的。我颇觉尴尬。只得老老实实地向老先生报告，全文我背不出，但我说了这篇文章的大概内容，记住的几句，然后一字一句清晰地吐出。我还特意讲了巴老这本书的写作背景。教室里鸦雀无声。我停住了口，有些不知所措地望向老先生。老先生挥挥手，让我坐下了。他就说了一句，如果你晚上好好休息，白天好好听课，你会讲得更好！"老金眼睛发亮起来。

"听口气，老先生好像是在鼓励你。"明人说。

"岂止是鼓励，对我来讲，这是对我的表扬呀，讲得更好，不就是这个意思吗？我心里一下子轻松了许多。之后，我深想，愈来愈觉得这位老先生的高人之处，他处罚了我，实际上也批评了我，却令我如沐春风般心情舒畅，而且得到了很愉悦的鞭策。我后来控制打牌，更投入学习。当然，大学语文成了我最喜欢，也是最为用心的一门课。你猜我学期末成绩如何？"老金向明人询问道。

"估计，应该是不错的。良好吧？"明人斟酌道。

"是优秀！而且是全班唯一的优秀！"老金笑逐颜开地说。

"哦哟，没想到，一个呼噜让你这么幸运，真是难得！"明人由衷赞道。

"应该说是老先生卢教授带给我的激励。老先生说：'你不仅考得不错，那次打呼噜，报学号时，我发现你也很诚实。这是最为重要的。'我深深地感谢他！我常常会想到他，特别是今天这个日子。他真是一位好人，好先生，真的祝他在天堂快乐呀！"

说完，他朝天空合掌高举，深深一拜。

这天是教师节。卢教授十多年前仙逝了，但他还在他学生的心中。

伊 人

欧阳明

一看到报亭，刘一米就走了过去。

刘一米爱好文学，平时喜欢买些报纸杂志看。

守报亭的，是个十八九岁的姑娘，额前一小片刘海，眼睛大而明亮，脸蛋俊俏白嫩。刘一米一见，瞳孔陡然放大。他没想到县城里还有如此漂亮的姑娘，选杂志时，便故意磨蹭，还不时偷偷瞟她。可姑娘只顾坐着看书，直到他选定杂志付钱时，才起身抬头和他对视了一眼。

刘一米对姑娘念念不忘。之后他一有空，便往报亭跑。有一次，他无意间发现一本杂志选载了他的一篇文章，他很兴奋，指着文章得意地对姑娘说，这是我写的。姑娘打量了他一下，又看了看那篇文章，笑着说，你叫刘一米？

他说，嗯。

你名字挺奇特的。

是吗？

有了这次对话，刘一米再去报亭时，姑娘都会用微笑和他打招呼。姑娘笑起来很迷人，像一朵百合。刘一米想问她芳名，又觉得不太礼貌，私下里便叫她伊人。《诗经》里，伊人是美人的别称。

伊人的模样，白天黑夜，都在刘一米的脑子里挥之不去。他想自己是爱上伊人了。思前想后，他决定向她吐露心声。可一见面，又怕遭到拒绝丢脸，只好把话闷在心里。

就在他犹豫期间，伊人和报亭竟突然消失了。

是不是搬去别处了？刘一米找遍了县城每一条街，也没看到伊人和她的报亭。为此，他失魂落魄了很长一段时间。

刘一米是机关干部，有稳定的收入，长得还有点帅，给他介绍女朋友的人很多。每次与女方见面，他都拿对方和伊人比较，都觉得她们不如伊人，见一次面就拒绝了。

刘一米想，如果能再见到伊人，一定向她表白。可半年、一年、两年过去了，机会都没到来。刘一米心灰意冷。第三年，他经人介绍，认识了一位护士。护士没有伊人漂亮，但性情温和，善解人意，收入比他高一倍，一起过日子没啥可挑剔的。于是，交往半年，他们便结了婚。

婚后，刘一米还时不时地会想起伊人，尤其是经过原来报亭位置的时候。

再次见到伊人，是刘一米刚当爹后不久。那天，他下班回家，路过公园，遇到一个孕妇。孕妇穿着一条宽大的灰色长裙，仔细一看，竟是伊人。一个三十多岁的男人，正牵着她的手散步。看样子，应是她丈夫。男人个子不高，比她矮了半个头，长相也一般，看上去和她极不般配。刘一米想和伊人打个招呼，又担心她男人误会，便迅速绕开了。

为什么鲜花总插在牛粪上？回到家，刘一米呆坐在沙发上一言不发。老婆问他在想啥，他说，没啥，只是有点累。

十年后，刘一米当上局长。大圣为表示祝贺，请他吃饭。大圣姓齐，是刘一米的初中同学，在城里开了家酒楼。

席间，大圣叫新招聘进来的大堂经理来敬酒。

让刘一米没想到的是，经理竟是伊人。

伊人比以前胖了些，却胖得恰到好处，凹凸有致的身材，在紧身的白色短袖衬衫和黑色长裤的勾勒下，性感迷人。

大圣要向伊人介绍刘一米。刘一米说，不用，我们认识。伊人一脸迷茫，说，是吗？

这话让刘一米有些失落。自己曾心心念念的女人，却根本不记得自己。但他毕竟已见过很多世面，面不改色地对伊人说了那个报亭。伊人想了一会儿，说，大作家呀，失敬！失敬！

不仅是大作家，还是局长。大圣说。

对不起，怪我有眼不识泰山，自罚一杯。伊人说完，手一抬，一杯酒就下了肚。

罚完酒，伊人便开始敬酒。先敬刘一米，再敬其他人。敬完，就出去了。走时，弯下腰在刘一米耳边说，刘局，不好意思，今天客人多，得去招呼，下次您来，妹妹一定把您陪好。

她现在是单身，有没有想法？伊人走后，大圣低声问刘一米。刘一米想都没想，说，别把我想得和你一样。

之后刘一米去大圣的酒楼吃饭，伊人都会过来陪他喝几杯，每次，都坐在刘一米和大圣中间。有一次，刘一米去了趟厕所回来，无意间，竟看到大圣的手贴在伊人性感的屁股上。这让刘一米瞬间明白了他俩的关系，心里不禁酸溜溜的。

大圣和伊人的关系，最终被大圣老婆发现了。老婆跑到酒楼大闹了一场，还狠狠打了伊人几个耳光。

之后刘一米就再没见到伊人了。他问大圣她去哪儿了，大圣说不知道，自从老婆大闹酒楼后就再无联系了。

几年后的一个秋天，刘一米去邻县办事。在那儿工作的一个大学同学知道后，请他吃饭，还叫了几个朋友陪他。其中一个是房地产老板，姓朱，六十多岁，瘦且黑。朱老板带了一个女人。让刘一米没想到的是，那女人正是伊人。

同学说，伊人是朱老板的老婆。

伊人一眼就认出了刘一米，却装作第一次见面似的，礼貌性地微笑着向他点了下头。

开席不久，伊人接了个电话就走了，说是朋友找她有事。

饭后，刘一米问同学，朱老板带来的那个女人，真是他老婆吗？同学说，不是，是情人。

刘一米闻言，内心五味杂陈，有惋惜，也有厌恶。

刘一米在工作上小心谨慎，有时还得委曲求全，结果却没讨到个好。由于一次没让领导的朋友中标工程，便处处遭领导为难。一气之下，他辞职不干了。大圣为了安慰他，请他喝酒。二人谈天说地间，说到了伊人。大圣说，她当年为了到百货公司上班，才嫁给了百货公司经理的儿子。没想到几年后，公公因贪污被判了刑，丈夫又染上了毒品，她不得不离了婚。后来百货公司解体，为了供儿子读书，她只得出来打工。当年她和我好，不是喜欢我，是为了钱。对女人，我从来不敢乱来，但她确实太漂亮了，没法。

刘一米听了，存放在心底对伊人的厌恶，瞬间消失。回想过去的经历，觉得自己也不过是另一个伊人。

我是不是你最爱的人

胡　炎

一场大醉。约好的，老何今日还钱。三万元，我们已经打了一个月的拉锯战。可老何向我倒了一肚子苦水，又向我倒了一肚子苦酒。老何说，对不住了，等我将来有了钱，一定还你。我没说话，踉踉跄跄没入了夜色里。

灯影迷离，长街寂寥。我在路边坐下，吐了一阵，抬头看月亮。月亮隐在薄云里，像一个谜。我不知该如何向彩霞交代。她快把我逼到绝路了。一切都怪我，盲目投资，半生积蓄血本无归。眼下，女儿面临高考，文化课基础太差，只好做艺术生。美术冲刺班、文化冲刺班，几万元费用，一天都等不得……可老何，让我最后一线希望也破灭了。

夜已深，硬着头皮回家，空无一人。女儿住在奶奶家，可彩霞呢？她这样深夜不归，已经有一阵子了。

浑然一梦，很沉。梦见高三那年夏天，我们在河边一片小树林里依偎。她弹着吉他，一边流泪一边给我唱那首《我是不是你最爱的人》。她的嗓音很美，圆润清澈，赛过黄莺。从那个晚上开始，她将成为一个小小的啤酒工，而我将奔赴远方的城市，开启我的大学生活。

"你会变心吗？"

"不会，月亮做证！"

这个梦漫长而缠绵，几乎涵盖了我们爱情的全部。到了后来，我看不到她了。我只看到一个蹬着三轮车的菜贩子，在大街小巷游荡，躲避城管时，就像一只仓皇的老鼠……

凌晨三点，我听到了沉重的鼾声，那是彩霞的。我不知道她何时归来的，这样的鼾声粗鲁而丑陋，就像她从啤酒厂下岗，沦为了街头的菜贩。她的样子一天比一天邋遢，语言一天比一天粗俗……那个弹着吉他唱歌的女孩儿，再也找不到了。

五点钟，她把我叫醒了。

"钱要回来了吗？"

"哦……就这几天吧。"

"你还好意思睡，今天要是再拿不到钱，你就别回来了！"

她的声音冷硬而尖厉，就像她用来削皮切菜的刀。我忍着，既然是我惹的祸，我无可辩驳。这样的忍耐已经持续几年了。

"昨夜怎么回来得那么晚？"我竭力赔着笑。

"老娘的事，你少管！"

她走了。我知道她又要蹬着那辆破三轮，去郊区的菜农那里收菜。她不容易，真的不容易，这是我忍耐的理由。还有一个更重要的理由，是当年和她结婚前，母亲说给我的那句话："等着瞧，有你后悔的时候！"

那句话，母亲是冷笑着说的。在此之前，她苦口婆心地劝过我无数次，都以失败告终。现在看来，我太天真了，把爱情描绘成了童话。为母亲这句话，我一直硬撑着。而此时，我再也撑不下去了。我不想和一个菜贩子就这么生活一辈子，那太痛苦了。况且，我的生活中，已经有了另一个追求我的女人。

走出家门时，酒意尚存，头昏昏的，但我很清楚，我要去见马总。这个把金链子日日挂在身上的暴发户，几次邀请我为他写一部报告文学，均被我拒绝。尽管我只是一介寒儒，但我瞧不起这种人。我有尊严和人格。可如今，虎落平川，我再无其他选择。我只能厚颜无耻地去找他。

很顺利，未着一字，我拿到了五万元定金。暮色降临时，我在城市里像野鬼一样游荡。有一刻，我想抱着路灯跳舞，管别人说什么。后来，我又想狂奔，把黑夜跑丢，让它永远追不上我。但我还是忍住了，我在意自己的形象。最后，我走进街心花园，坐在休闲长椅上，拿手机拍月亮。月亮躲在云中，只有一团朦胧的光晕。我跟自己打赌，月亮一定能钻出来。十点来钟，我赌赢了。月悬碧穹，很圆，很亮。但我不想回家，我需要一场酩酊大醉。然后，我会把银行卡交给彩霞，平静地向她摊牌：我们离婚吧。

我去了城郊最大的夜市，拣一个稍显僻静的角落，要了十瓶啤酒。喝到第五瓶的时候，我听到了一个女人的歌声。不知为何，我感到这歌声异常亲切。后来，歌声渐渐向我靠近，我看到一个女人，打着腮红，涂着蓝色眼影，玫红的唇彩似乎过于浓艳。她站在一桌客人旁边，熟练地弹着吉他，唱得极其投入。有人开始喝彩、打响亮的呼哨，也有人一边付钱，一边下流地调笑。女人似乎对这些浑然不觉，只沉醉在她的歌声里。我定定地看着她，无法分辨她的年龄和真容，但是那首《我是不是你最爱的人》，却像一汪深秋的幽泉，慢慢地淌进了我的心底……

我站起来，走近她，在她唱完最后一个音符的时候，把她轻轻地抱住了。这一刻，我在流泪。

我说："彩霞，咱们回家。"

马梳理的故事和事故

刘建超

马梳理是个有故事的人，他的故事就像他脸上的雀斑一样密密麻麻。

马梳理讲故事的状态很是轻松，双手抱在胸前，一手夹着烟，不抽，任凭香烟燃出长长的烟灰，好像眼前缭绕的烟雾更能让他进入讲故事的氛围。

马梳理说，那年秋天，我去邻省出差，路过青冈县，忽然想去看看本地的一个作者——胡一坡。

胡一坡住在偏远的八拐村。八拐村不大，也就十几户人家。胡一坡有个妹妹叫二妮，她手脚麻利，做的晚饭十分丰盛，炖野兔野鸡，山菌野菜，玉米糁粥，自家菜地里采摘的小葱、生菜，自家做的香喷喷的豆瓣酱，喝的高粱酒也是农家自己酿制的，甘洌醇香。

山村的夜异常寂静，不知名的草虫轻轻地鸣叫，偶尔夹杂着一两声晚归的鸟啼，把山村的静呼唤得更远。山村还没有通电，家家户户盏盏油灯摇曳，如同山间随意散落了一把星星。我一直坐到身上感觉凉了，才回到屋里。油灯下，坐着二妮。

我问二妮，怎么还不休息？

二妮低着头，细声说，我是来陪老师休息的。

我吃了一惊，这怎么可以？

二妮说，老师是哥的恩人，也就是二妮的恩人。对恩人是要报答的，山里也没啥稀罕物来报答老师。

二妮的美是没有雕饰过的那种原生态的美，那种美会让你只专注欣赏和呵护，而没有非分之想和邪念。二妮的周身散发着野花般的体香，与你说话时嘴巴散出的味道都是清新的，不像城里的女人，远远就能闻到让人窒息的香水味，嘴巴都是用口香糖清理过的。

二妮告诉我，她父母因病去世得早，她是跟着哥哥长大的。哥哥把所有的心思都放在她身上了，快三十的人，还没有张罗娶媳妇。二妮说她十岁那年夏天，山里下着暴雨，雷电满山地劈。她急病发烧，浑身烫得像刚烤出的山芋。哥背着她去镇上的医院。村边小溪已经变成了一条翻腾的青龙，木桥早被冲得没了踪影。哥哥把一根绳子系在腰间，另一头捆绑在溪边的一棵大树上，对她说，待在家里只有等死，要死咱也死一块儿。哥哥紧紧地抱着二妮，不知被洪水冲倒了多少次，身上不知被山石磕碰划伤了多少处，终于渡过了山溪，把妹妹送到了医院。医生说，再晚一点，小姑娘的命就保不住了。为了哥，我做什么都值。

马梳理收住了口。

我问，后来呢？

马梳理说，没有后来，我能把这故事变成事故吗？

还真的就有了事故。

马梳理紧蹙着眉头，烟，一口接一口，我的屋子里乌烟瘴气。

马梳理说，原本想着这辈子不会再见到二妮了，没有想到，二妮还真的来了老街。二妮的伯父得了瞎病，不知从哪打听到老街有个啥子专科医院有疗效，就带着伯父来老街找我了。

你说，人家大老远来的，我总不能撵人家住酒店吧，我也掏不起那费用啊，只好住在家里了。我那房子也小啊，我和老婆住一间，二妮的伯父住一间，二妮只能在客厅睡沙发了。

二妮的伯父半夜三更突然剧烈地咳嗽起来，咳得人心惊肉跳。我老婆本身就睡眠不好，这几天更是被折腾得受不了，她也不给人家好脸色看。今天早上说，若不把二人请走，她就出家当尼姑去。

看着马梳理一筹莫展的样子，我说，我有个朋友在单位行政科工作。他单位有个内部招待所，条件一般，但是很干净。我这个朋友平时也喜欢写点小说散文，你能不能帮着看看，选几篇能用的在你主编的刊物上发表。二妮和她伯父就去招待所住，两个标间费用就全免了，还供应早餐。

马梳理眼睛一亮，扔掉了烟蒂，抓住我的手握握，点点头。然后一脸悲怆地撸着头发说，堕落啊，堕落啊。

我也不知道马梳理说的堕落是指我还是指他自己，反正马梳理是把二妮和她伯父送去了招待所。

我开着车送东西，看到马梳理还带上了一架手风琴。

马梳理说，二妮在家里看到我早年拉着手风琴的照片，说她还没有听过手风琴的声音，我就带上，闲了给她来一曲，缓解缓解压力吧。

马梳理说，那天也是凑巧。马梳理和二妮带着伯父去看了医生，回到招待所已经过了晌午。

马梳理要走，二妮说，你能拉手风琴听听吗？

马梳理就架上琴，来了首《莫斯科郊外的晚上》。

或许是太劳累了，听着舒缓的乐曲，二妮轻轻倚靠在马梳理的肩上睡着了。

偏偏，马梳理的老婆这时候拎着一袋水果推门进屋。

结果是一地鸡毛，手风琴的风箱被老婆用水果刀扎了两个窟窿。

二妮和伯父是悄悄离开老街的。

二妮留给马梳理的纸条上写着，伯父的病只有静养了，在城里耗着还不如回到八拐村养着。她说，马梳理拉的手风琴太好听了，她把手风琴的风箱缝补好了，不知道还会出声不？

马梳理打开琴箱，架上琴，一段悠扬的旋律缓缓流出，屋里沉闷的空气顿时欢悦起来。

马梳理对我说，不管是故事还是事故，都是美丽的。

紫　珠

陈　毓

中医药理标注紫珠：活血、通经、解毒。跟外公背过《汤头歌》的庞建华选择在他和艾小云结婚的新房门口栽下一棵紫珠，以图祥瑞。

紫珠开花了，结果了，果子从青绿变深紫真是一个美好的过程。紫珠成熟，颗颗晶莹。"宝珠一树，太好看啦。"艾小云叹息。

至于紫珠的药效，庞建华曾在艾小云掰青玉米遭蚊子叮咬后，用紫珠叶熬过水给艾小云泡脚洗腿试过。"蚊子闻见这么香这么鲜的肉，不吃太傻了。"庞建华给艾小云满是红疙瘩的白腿吹气，一边往那些红疙瘩上撩紫珠水。

一觉醒来，艾小云的小腿平滑无痕迹了。

艾小云抚摸自己的白腿，一副忧戚模样。庞建华想要躲避，来不及了，见艾小云自揭忧郁，忽然明朗，更觉惊慌，但已无路可逃。

"放我走吧。"

"我走远。你我都好，大家都好。"

庞建华当然理解，"你我"指他和艾小云，他和艾小云之间的秘密，艾小云用离去替他保全，但假如从此没有艾小云，他生活的意义又在哪里呢？他承认除了对艾小云有着深深的歉意和羞愧，他自己倒是对生活没有哪点不满意，他全心全意爱她。有她陪伴的一生就是最好的人生。庞建华不敢站在艾小云的角度想，每当他要站在艾小云的角度想一生的时候，就仿佛有堵高墙围困住他。良医无策，无药可救。

两人如何商量的外人不知，但艾小云走了。

"那么年轻，又好几年没个孩子，趁年轻出去打工多赚点钱。"外人替他们解释。

"咋没一起出去！没孩子父母牵挂。你们倒自由。"还有外人劝导。

庞建华站在岔路口上。等到年底，艾小云没回来，过年的时候也没回来。

艾小云走后，庞建华忍住不给艾小云打电话。"忍一个月，最多一个月，一个月后，她不打电话来，我就联系她。"撑到满一个月那天一早，庞建华第一件事就是给艾小云打电话，按键声如擂鼓，心都要从嗓子眼跳出来，庞建华猛然听见电话铃声，熟悉的旋律。艾小云的手机铃声是公鸡的打鸣声。自从她把铃声设置成公鸡打鸣，就再也没换过。现在，公鸡在阁楼上打鸣，庞建华脑海中一连串惊雷，刹那间，一万个念头奔袭而来，他担心艾小云是否寻短见了。循声奔去，小阁楼一目了然，艾小云的手机在一个安上就没用过的插座上充着电呢。庞建华能听见自己的心跳声，周围迅速从一片喧闹变成死寂，他双腿虚弱，一屁股瘫坐在楼梯板上，冷汗从头发里、脊背上簌簌滑落。

第二天，庞建华锁了门，拿着那枚钥匙，掂量了好一会儿，把一枚悬挂竹筐的木楔取下，把钥匙放进那个孔洞，再把木楔塞好，将竹筐挂上去。如果艾小云回家，那她一定会去孔洞里找，从前他们就是这样留钥匙的。他也要出去打工了。

有一天，庞建华趁工休走到海边，他忽然明白了，他其实是在追寻艾小云，艾小云最爱大海，他想她一定是到了有大海的地方。天阴着，海水灰蓝，只有海浪滚出一道道白，"哗啦"涌上来了，又"哗啦"涌上来。一点儿也不像他在电视里看到的那样，但生动多了，尤其是那股大海才有的宽阔气息，叫他禁不住在心底赞叹。庞建华在海滩徘徊，在一片海水打不到的沙滩上坐下，他渐渐看清海浪里有人，黑黑的小点是人，冲浪者。冲浪者衬在一片灰蓝上，只有白色的浪涌起时，他才看得清他们，他们冲上去，又快速地跌下去，有时候黑点消失，全然不见，庞建华等得担心时他们又冒出来，却在另一片海面上了，仍是小小的黑点。看得久了，庞建华不再担心他们溺水，那是些弄潮儿，是和他这个旱鸭子不同的人。

旱鸭子。弄潮儿。一种熟悉的深深的羞愧和自卑，以及灰心，提醒着庞建华。"要是能躲进海水里哭一场，也是痛快的事情。"庞建华从哭泣联想到眼泪，进一步联想到海水的咸滋味。海水是怎样一种咸？就像他不能体会和艾小云在一起，会有怎样一种甜。

庞建华决定要尝一尝海水的咸，他蹲下身用嘴够海水，够不着，他索性面朝大海躺着，一道海浪涌来，他张大嘴迎接，灌进满满一口海水，他头一仰咽了下去，带出一串剧烈的咳嗽。

转眼又是新一年，庞建华趁清明放假回了趟家，他看见青草长满院落。他取出钥匙，开了门，站在门口朝屋里望了很长一段时间，屋子蒙满了灰尘，但他确定灰尘下的一切还是老样子。他慢慢转身，又锁了门，照旧把钥匙放回原处。他走到那棵紫珠树下，紫珠正开花，树冠向外扩了一大圈，真是繁花似锦。

庞建华离开的时候，折了一枝紫珠花，插在背包上，走了。

庞建华不确定啥时候还会回栽有紫珠的屋子。但他现在的心情和身体保持一致了，一样的不起一丝微澜。

"味苦，寒，无毒。"药书上这样说紫珠。

每当有姑娘把庞建华当成白纸试图在他那里描画图样的时候，他就想起这些话。

工作之余，庞建华最爱去海边，看那些冲浪者，为抓准一个浪，冲浪者常常愿意等待那么久。

那一定是特别值得，特别快乐的吧。

棋　友

李秋善

　　1992 年春天，我从滨南采油一矿调到了滨南维修大队油管队。单位位于滨州市里。虽然归维修大队，但其实我们队就是给作业队送油管和抽烟杆的，属于运输单位。说白了，我们就是装卸工兼押运员。装卸工、押运员不是每天都有任务，有时三五天也出不了一次车，所以空闲时间挺多的。

　　没事的时候，我就研究起了围棋。那时候中日围棋擂台赛战事正酣，聂卫平接连战胜日本多名超一流棋手，国内正是围棋热的时候。我找来了许多古谱书籍，比如《棋枰要略》《玄玄棋经》等，拿来研究。此外，我还订了一本杂志，叫《围棋天地》。我还找木工做了一块棋枰，刷上淡黄色的清漆，又买了一副云子的围棋。那围棋装在木头盒里，和中日围棋擂台赛上的围棋盒一样。

　　我住在单身宿舍，宿舍是两间屋，住着四个人，只有一张桌子。室友们见我整天研究围棋，便把桌子让给我用。桌子上长期摆着我的棋枰和几本《围棋天地》。我经常自己跟自己下棋，像金庸笔下的周伯通左右手互搏。棋枰上常常摆着的是著名的棋局，少的有三十几手，多的有五十多手。我喜欢看这些棋局，它们能给我一种平衡的美感。

　　我们队新调来一个职工，叫马军，原来在地质所上班。他出了点事，好像因作风问题，被判了缓刑。缓刑是不影响工作的。所以在队上他很低调，一般不和人来往。

　　一天他到我宿舍，看到桌上的棋枰，眼前一亮，说："你也下围棋？"我说："瞎摆的。"他看着棋枰上的四十手棋说："这是富士通杯的一场赛事，张文东对车泽武下的一局棋，两人下成了大雪崩，下到第四十手，张文东投子认输。"

　　没想到马军对这局棋这么熟悉，真令我刮目相看了。

　　马军身材很结实，有一米七，卷发，头发微红，属于自然卷，方脸膛，脸白里透着红，鼻子上方有微微的雀斑。马军又拿起桌上的《围棋天地》说："我也订了这本杂志，看来我们是同道中人啊。"

自此以后，马军隔三岔五就到我屋里坐一坐，却从未说下一局的话。下围棋不像下象棋，闹闹哄哄的也能下，围棋需要一个私密的空间。当然，不讲究的就随便了。

有一天，马军对我说："周末略备薄酒，请赏光到寒舍一叙，饭后可否请教一局？"我说："别文绉绉的，听不懂。"

马军把老婆儿子打发回孩子的姥姥家了。他住三楼，是媳妇分到的房子。在油田只给已婚的女职工分房子。房子不大，有四五十平方米的样子。

马军特意准备了四菜一汤，有荤有素，酒是泰山特曲。

马军很热情，不住地给我布菜让酒。他跟我说起他被判缓刑的事儿。

他说："我也不隐瞒你，跟你说说我的事。都说女人心是海底针，这话一点儿不假。一个礼拜天，我上楼的时候，路过二楼。只见二楼的女人好像在等人。看见我来了，招招手叫我进去。我犹豫了一下，心想：我跟这个女人就是见面点头的交情，也没来往啊，她叫我进屋干什么呢？鬼使神差地我跟她到了屋里，她把门关上了。然后她就说她喜欢我，还说她老公去东营出差了。说着话，便把我抱住亲我。说实话，那女人长得不难看，高挑的个子，白皙的皮肤，一双狐狸眼能把人迷死。我没忍住，就脱了衣服。这时房门被打开了，她男人走了进来。"

"她一把鼻涕一把泪的，说我要强奸她。我百口莫辩。她老公报了案，我被刑事拘留了半年，以强奸未遂罪判有期徒刑一年，缓刑一年。我从地质所被下放到维修大队油管队。幸亏妻子相信我是遭人算计了，才没和我离婚。现在我家楼下是另一家人住着。那一家人出事以后就搬走了。我说的你可以不信，这种事谁说得清呢？"

我说："我信。"

马军紧紧地握着我的手，说："我跟许多人说过同样的话，他们都不信。谢谢你。"说完，他竟"呜呜"地哭起来。我俩喝了一斤泰山特曲。

围棋自然是下不成了，我走的时候，俨然成了他的知己。

后来马军又约过我一次，说："上次喝多了，棋也没下成。这次不喝酒，一定向你请教一局。"

这是个周日的傍晚，马军的媳妇在家，儿子回姥姥家了。马军做了介绍。他媳妇很大方地说："常听马军说起你，有空来家里坐坐。"

饭后，马军媳妇收拾好碗筷，把餐桌抹干净，又把棋枰摆上，拿过围棋——那围棋也是用木盒装着的，又在旁边的小桌上拿起一个香薰盒，把香薰点上，空气里立马有了淡淡的香味。做完这一切后，马军媳妇说："你们玩，我该去接孩子了。"说完，走出门去。

马军招呼我落座，不知何时他手里多了一把扇子，那扇子一面是山水画，一面是两个大字：净心。他轻轻摇着扇子，俨然一副围棋宗师的做派。

猜先，我猜中了执黑。古代将对弈叫手谈。我把第一颗子下在了右手边的星位。我们下得很慢。近二十手，下的基本是定式。从二十一手开始，我下起了变化，脱先，把一颗子打在了天元位置上。马军思考了好长时间。那扇子摇动的频率在明显增加。

过了半个多钟头，马军说："今天就下到这里吧，我再好好想想。"

后来的一段时间里，马军还和我很要好，只是不提下围棋的事了。1993年油管队解体，人员被分散，我和马军各奔东西了。

2022年春天，在滨州同事孩子的婚礼上，我又遇见了马军，他已经两鬓斑白了。他又说起当年的那局棋，说："这些年我研究了所有古谱和现代对局的棋谱，都没有这种下法啊。"

我笑了，说："那局棋从盘面上看，旗鼓相当。我只是脱先，追求一种变化而已，没有其他的意思。"

没想到我随意的一手棋，竟让他琢磨了三十年。这人真够迂腐的，一根筋到家了。

我笑着说："看来你是个非常靠谱的人。"

藏　羞

相裕亭

一挂小鞭，在巷口那边炸出一团淡蓝色的烟雾。一帮小孩子，如同一群争抢肉骨头的小柴狗，挤挤扎扎地"钻"进烟雾里，去争抢那些尚未燃爆的"哑鞭"玩。随之，烟雾升腾、淡化，就见两三个衣着崭新的婆子，搀扶着大川媳妇，从巷口那边踩着新铺的麦草，一路窸窸窣窣地走过来。

那一天，大川娶亲。新媳妇穿一身大红的花衣裳，踩一双软底、绣花、略显瘦小脚型的红绣鞋，来到大川家贴有"囍"字的大门口时，忽而被几个伙混子堵在大门外。他们不让新娘子进家院，一个个嬉皮笑脸的样子——要烟，要糖，要新娘子与大川亲个嘴儿。

大川呢，那会儿早躲到一边去了。

那几个头上别有小红花朵的婆娘，左右护着新娘子。她们与"堵"在门口的伙混子谈条件，由两条烟卷降为两包烟卷，两包糖果降为两把糖块。赶到条件差不多达成时，其中一名婆娘，示意新娘子给他们散烟、分糖果儿。可就在那个当口，人们似乎发现，大川媳妇只用左手在挥动，她的右手包在一团花色鲜艳的毛巾里。

那又是怎样的讲究呢？

盐区这边，十里变风俗呢，大川娶亲的当天，与他要得好的一帮伙混子，将他媳妇堵在家门外，要烟、讨糖，佯装不让对方进洞房，那叫闹喜。小巷口那边，让新娘子下轿，踩在新铺的麦草上，寓意为新人踩金（视麦草为金条）。而新娘子用毛巾把右手包裹起来，那又是何意呢？

大川媳妇是盐河北乡人。

盐河北乡的女人，是不是新婚当天，都要把右手包裹起来？那就不知道了。所以，当天人们只是象征性地"闹闹"，就放新娘子入洞房了。

次日，按照盐区这边的礼数，大川一早要领着新媳妇，拜见爹娘留宿的老姑奶奶和姑舅姨娘。那时刻，大川媳妇盘起了发髻，换上了一件竖领、收腰的紫花色旗袍，但她的右手间，仍然包裹一方手帕。好在，那手帕的颜色也是紫花的，与她那身竖领、收腰的紫花色旗袍还挺搭的。

当时，人们就犯疑了——大川媳妇的右手是否有残疾？

果然，等大川领着媳妇跪在爹娘跟前，伏地磕头时，媳妇只用左手捣地，她的右手始终握在胸前的帕子里。

那一刻，爹娘的笑容僵在脸上。大川的心里却异常平静。

事后，爹娘从大川的口中证实，他媳妇手上确实有残疾。至于是怎样的残疾，大川不说，媳妇不让外人观看，自然也就无人知晓。

大川呢，他早年跟着贾先生读过私塾。贾先生是晚清的秀才。后来，大川曾一度把书本读到江宁府去。旧制的私塾改为学堂以后，他回乡做了一名乡村教员。他与现在的媳妇相识，是在去北乡夜校当教员的某一天晚上。

当时，大川媳妇坐在教室的第三排。灯影里，她白净的脸，红润的唇，水汪汪的一双大眼睛，文文静静的样子，一下子吸引住了讲台上的大川。当夜，放学后，大川主动要送她回家。接下来，大川又送了她几回，都不知道她手上有残疾。等大川察觉到她的右手在有意"躲闪"什么时，他们已经结下山盟海誓了。

大川与媳妇，是小村里第一对自由恋爱的人。

婚后第四天，盐区那边逢大集，大川领着媳妇，从集镇的东头，一直走到集镇的西头。每路过一个摊点，他们似乎都要驻足观望。其间，媳妇把残手斜插在大川的衣兜里。大川买了一串米糕帮媳妇拿上。时不时地，他把那串米糕递到媳妇唇边，让媳妇咬一小口，再咬一小口。

集镇上，好些人都已经知道大川娶了个"残手"的新媳妇，他们"咬"耳朵，"戳"他们小夫妻的后背儿，猜测——

那女人的残手，是不是像鸡爪子一样，张牙舞爪地难看？

也有人说，那女人的手像只小铜锤——五指没有了，只有一个肉疙瘩。

还有人说，可能就是某一根手指头断掉了，等等。

大家都是在猜测，谁也没有见过那女人的残手。但集镇上的男男女女好像都很羡慕他们。女人羡慕大川那么疼爱媳妇。那个年代，即便是婚后养育了子女，都很少有夫妻在街面上手牵着手。而大川他们两口子还在新婚里，竟然膀子挨着膀子在集镇上走。看似有伤风雅，却也让一街男女眼馋。尤其是熟悉大川的男人，先是猜测那女人的残手到底残缺成什么样子，再就是想象晚上她与大川上床以后，那残手该如何摆放。

"她会用那残手挠大川的痒痒吗？"

"那不影响她扭动腰肢吧？"

"……"

男人们的议论，都很色。

大川呢，可能是因为在江宁读过书，见过外面的世界，他似乎不在乎外人怎样看待他们。每天放学以后，他就与媳妇黏在一起，帮媳妇扒花生，展领角，捏去媳妇身后的一两根散落的头发。时而他们也到码头上看风景。那样的时候，他们俩总是挨得很近。大川呢，有意无意间，还会用身体遮挡住媳妇的残手。晚间，大川在灯影里教媳妇认字儿。只是媳妇那只残手，始终不让外人看到。

白天，大川到学校去教课，媳妇就在家里。时而，她也到园子里去拔菜，但她那残手，每回都是包裹着的。

村头，溪水边洗衣服，她错开婆娘们抱团搓洗的时间，选在午后河边行人稀少时，独自蹲在那儿抡棒槌。偶尔回娘家，她左手拎着包裹，右臂挽包袱的同时，早已把"残手"藏进包袱里面呢。

后期，她怀上了孩子。临产时，大川去村西请老娘（接生婆），媳妇那残手也都是包裹严实的。有一天，学校里几个要好的老师，聚在一起下馆子，酒喝到兴头上，话题不知怎么就扯到了女人身上，有人问大川：

"你媳妇那右手是怎么啦？"

大川没有回答。

"你见过没有？"那话里的意思是说，他媳妇的残手，整天包裹着，你大川本人见过其真面目没有。

大川酒杯一端，说："喝酒！"

大川说"喝酒"时，脸色板板的，显然是被人问得有些不高兴呢。此后，就再也没有人去打听大川媳妇那残手了。

而今，半个多世纪过去了，大川媳妇，还有大川，以及小村里的好多人，早就埋进后岭的土里了。可大川媳妇那残手，始终无人见过。她死时，那残手也是包裹着的。

老那的旗

何君华

一抬头，老那发现旗杆子上的旗让昨夜的西北风扯了一道口子。

老那将旗降下来，才发现那口子有将近二十厘米长，就跟学生们使用的直尺长度差不多。怪可惜的，这么好的一面旗就这样叫风毁了。老那在心里叨咕着，去库房寻另一面新旗。

老那在库房里翻箱倒柜，却没有找到新旗。老那明明记得，库房里还有一面备用的新旗，但他把所有的柜子、箱子翻了个底朝天，愣是没找着。兴许是记错了？不应该啊，绝对还有一面！老那又是一通找，仍是没找着。老那这才确信是自己记错了。"老啦，不中用啦，这记性是越来越差了！"这么一感慨，老那忽然伤感起来。

老那是个不服老的人，也是个从来不服输的人，浑身的力气总也使不完，但终究是老了。这么想着，老那就一屁股坐在了地上。

岁月匆匆催人老，不服老不行啊。老那也不知道在冰凉的地面上坐了多久，忽然腾地站了起来。老那觉得，不能这么坐下去了。今天是星期天，明天就是星期一，他还得给孩子们升旗呢。他得抓紧时间去苏木（乡级行政区）买一面新旗回来。

在我们嘎查（村），只要看到学校的旗升起来，我们就知道该上学了。升旗的除了老那外，不会有别人，因为老那是我们嘎查（村）小学的校长。老那名叫那日苏，但没人叫他"那日苏"，也没人叫他"那校长"，包括我们学生在内，背地里都喊他"老那"。他除了是校长外，还是我们的蒙古语老师、汉语老师、数学老师和体育老师，是我们各门正课副课的老师。整个嘎查小学只有他一位老师。老那有个雷打不动的习惯，那就是每天早上六点准时起床升旗。一旦哪天没升旗，那意思就是学校放假。起初我们连什么是星期都不知道，时间久了才知道一个星期是七天，只有星期天一天不上学。在我们嘎查，谁都不习惯按照星期过日子，因此仍然每天还是看老那升旗没有，如果升旗了就赶紧起床上学。

我也说过，老那的"旗语"在我们巴音诺尔嘎查还挺实用的。我们嘎查虽然地势极平坦，但却是出了名的"地广人稀"（这个词当然也是老那用半生不熟的汉语教给我们的）。毫不夸张地说，我们嘎查可能是整个内蒙古自治区乃至全中国最大的嘎查，各家各户住得远，升旗确实是最简单有效的沟通方式。老那每回去苏木或是旗里乃至盟里，除了买回一些教具文具外，一定还会买一面崭新的国旗回来。我们嘎查地处科尔沁草原腹地，夜间风大，每天傍晚老那都要把国旗降下来收好。尽管这般爱护，可国旗还是经不住每天的风吹日晒，因此只要有机会出门，老那就一定会买一面新的国旗回来。

老那跳上一辆突突冒烟的农用三轮车就往苏木赶去。苏木有一家（也是唯一一家）文化用品商店，那里能买到国旗。文化用品商店在苏木中学南门西侧，苏木中学在苏木街道最南边，可老那搭的这辆农用三轮车到苏木街道北头就往东拐了。老那不敢耽搁，跳下车就往南走，还有两里多地呢。

老那好不容易走到苏木中学，才发现文化用品商店关门了，一把大铁锁牢牢地把着店门。老那打听一圈才闹明白，今天是星期天，商店老板回花吐古拉嘎查家里去了。这可怎么办？花吐古拉嘎查离苏木有五里多地呢！

老那咬了咬嘴里的老牙，决计去一趟花吐古拉嘎查，他要去找商店老板回来给他开门。

等老那气喘吁吁地找到商店老板时，商店老板却不乐意再跑一趟："这大周末的，不去！"商店老板打着酒嗝儿连连摆手。

老那苦口婆心地告诉商店老板，孩子们等他升旗上学呢。老板不吱声了，从炕上爬起身，默默地跟着老那回了店里。

商店老板郑重其事地将国旗交到老那手里。老那接过旗，想了想，又掏出一沓零钱来，慢悠悠地说："再买一面，买两面吧！这么大老远折腾你一趟，挺不容易！"

从商店出来，老那才发现天已经完全黑了。他还没吃饭呢！可他已经顾不上咕咕叫的肚子了，他得抓紧时间去苏木街道上找辆车赶回去。可眼下哪有车啊？这大冷天的！

老那只好迈开双腿往回走，边走边看有没有顺风车可以搭。这天可真是太冷了，西北风那个吹呀，刮在脸上跟刀割似的。也是，昨夜那风都能把旗子扯出一道老长的口子，能不冷吗？

光刮风还不算，雪忽然就下起来了，不一会儿就下大了，越下越大，大雪片子像鹅毛一样。老那心知眼下是不可能碰到什么顺风车了，他只能靠自己的双腿一步一步往回走了——或者说，往回"挪"可能更准确。

老那抬了抬头，似乎远远地看见了嘎查小学里矗立的旗杆。看着光不出溜的旗杆，老那顶着科尔沁腊月里的西北风和鹅毛大雪，坚定地向嘎查小学迈着步子。

事实上，老那哪能看见旗杆呢？还有好几里地呢！他只不过是在心里想着，孩子们明天就要上学，上学就要升旗。这么想着，他就迈开了步子。

经　岁

刘正权

鹿食九草，第一味就是它。

老中医仰起头，使劲抽动鼻子，鱼缺氧一般做深呼吸。

那串紫色的花儿闪躲着，一副不堪其扰的样子。

他确实是被扰得不堪忍受了，才躲进这家医馆的，只是，没能躲进小屋成一统。"冬夏与春秋"五个字，涵盖的可是四季人生，岂能说不管就不管。

好歹，他肩负着主政一方的重担。

葛，自然是识得的。他只是讶异，鹿，怎么就晓得这草有解毒的功效，还在食用的九种草中首先选择了葛。

可别小看了这葛，老中医再一次翕动鼻翼，在周朝，设有专门掌葛的官员呢！

掌葛的官员？倒是第一次听说，他不禁动容，如此不起眼的葛，竟得如此礼遇。

周朝他知道，一个以礼治国的朝代。

书生意气的他，为的就是一个礼字，跟书记较起了劲。

你这叫作越位，懂吗？有人这么告诫他。

市里打造美丽新农村，他没意见，推行乡贤文化，他同样没意见。可要求每个乡村推出一位乡贤，每位乡贤整理一条家风，他有不同看法，乡贤和家风，不是一朝一夕就可以推举和整理出来的。

乡贤，是品德、才学皆为乡人推崇敬重的人。不是有钱人回家乡给村里修条路，投资办个厂就叫乡贤。

家风，是建立在中华文化之根上的集体认同，是每个个体成长的精神足印，是一个家族代代相传沿袭下来，体现家族成员精神风貌、道德品质、审美格调和整体气质的家族文化风格。家风得经年累月积淀才能形成，岂是一支生花妙笔就能速成的？

学画的人都知道，藤这玩意儿，最难画。原因很简单，藤不像别的花草树木，有章法可循，有形态可依。

如同市场经济，变幻莫测，他刚任职的这个小城，正是因为讲究速成，搞什么重资产产业城，让一个曾经的农业强县，财政上出现巨大的亏空。

　　诚如老中医所叹，如今世道，动辄讲究生活提速，动辄要求弯道超越，忘了"欲速则不达"这一祖宗明训。

　　城市发展如此也就罢了，连与人医病的药材都未能幸免。市场上已经充斥着大批速生葛、速生人参、速生灵芝，这些都与大自然的生长规律背道而驰了。

　　速生，意味着什么，无须老中医赘述，其中的利弊，他拎得清。

　　从政不是结婚，可以闪婚闪离。

　　《诗经》曰："彼采葛兮，一日不见，如三月兮！"多么悠闲叫人向往的慢生活。搁眼下，一日不见是吧，简单，几个小时就能飞到你身边，哪怕你在天之涯海之角。实在不行，还有手机视频，绝不让你"活久见"，保证让你随时见。

　　为什么人会感叹，生活中少了诗和远方？

　　《诗经》尽管不是家风，但《诗经》是不折不扣的古风啊。

　　三高急剧上升的他，拿了老中医开的药，信步回到办公室。

　　所谓的药，不外乎葛粉、葛根茶，降三高，没有比这更合适的了，药食两用。老中医送他出门时还意味深长地笑，说鹿都晓得回头望一下，人，更要懂得回头反省的。

　　鹿食九草，葛只是其一。萱草、葳蕤、白蒿、水芹、甘草、齐头蒿、山苍耳、荠苨，都是不错的选择啊，何必被区区一葛叶就给障了目。

　　市政府召开的美丽新农村建设促进会议上，关于乡贤文化的推行，品着葛根茶的他慢条斯理地发了话，听说周朝，设有掌葛的官员，负责管理葛的种植、生产和纺织……

　　葛，种植、生产、纺织？

　　一干官员面面相觑，不知道这个新任市长打的什么哑谜。

　　换句话说，乡贤文化，是可以培植的，最终做到户户有家风，家家有乡贤，不用急于一时。

　　可能吗？

　　怎么不可能！

我们的美丽新农村建设，可以从"大美乡村、实力乡村、活力乡村、幸福乡村"四个方面入手，只有望得见山看得见水了，才能记得住乡愁，从而滋生出获得感、归属感。

乡贤文化说到底是一个地域的精神文化标记，是连接故土、维系乡情的精神纽带，是探寻文化血脉、弘扬固有文化传统的精神原动力。

有赞许声悄悄响起。

还是回到葛本身吧，他把老中医的话来了个现学现卖，葛根由于具备扩张血管和疏通血液的卓越作用，被誉为血管的天然支架，又被称为护肝宝！我们把重心转移到美丽新农村建设上去，等于把小城农业经济发展的"肝"给护住了。

肝功能恢复了，何愁小城经济不回升？不望指日可待，但求来年可期。

上面空降他到小城，对他的期待可想而知。

"一葛一裘经岁，一钵一瓶终日，老子旧家风。"他用辛弃疾《水调歌头》里的这句诗词作了大会发言结束语。

心 念

老 社

    老丁还有三个月就要退休了，可局里一点动静也没有。虽说早已对提拔没有奢望了，但是晋升一个职级还是早就符合条件了。但不知什么原因一次一次都错过了。早先老丁听说要职务职级并行很是高兴了一段时间，后来政策出台了不是这么回事，既要有名额，又要有干部提拔的一切程序。老丁还是希望职级能自然晋升，哪怕条件定得严格点，每年考核都是优秀也行，自己就有目标了，不好好干怪不得领导。

    干工作老丁很自信。不然为什么前后三任领导都对他褒奖有加呢？

    早几年是艾局长，老丁当时在基层已连续干了十多年，因为家里老父亲中风瘫痪在床，儿子、儿媳妇在企业打工，把小孙女留给他们，便打报告希望回局机关工作，方便照顾家庭。每年都有人调上来，但每次党委会召开前艾局长都会打电话给老丁说：老丁，你干得一直不错，这次矛盾比较多，你是最能体谅我的，再等几天，下次保证第一个安排你。老丁一听心里热乎乎的，希望的火苗又在继续燃烧着。一连几次，直到艾局长调离，老丁回局机关的愿望也没实现。

    前几年，机构改革了，老丁所在分局撤销了，全分局的人都回局机关了，彼时艾局长已调走，毕局长当家。机构改革后中央推行"放管服"，县里成立行政服务中心，要求各单位在中心设立窗口，集中办理审批事项。除了招聘几个劳务派遣人员外，需要一个正式人员负责，筛选来筛选去，没有人愿意去，最后还是定了老丁。毕局长找老丁谈话时这样说：老丁，看到你我就高兴，什么事只要交给你我就放心！老丁能说什么，只能硬着头皮去学新业务，以身作则去守新规矩，季季红旗窗口，年年中心先进个人。但就是年终机关公务员考核得不到优秀。看到公示名单，老丁鼓起勇气去找毕局长想问问为什么，没等开口，毕局长就说：老丁啊，看到你我就高兴。一下子，老丁也高兴起来。

    最让大家打抱不平的是，毕局长走了单局长来了，单局长要提拔一个市里有很硬关系的年轻人做科长，年轻人没实绩得有个说辞，就说要放在艰苦岗位锻炼，提拔到中心窗口任审批科长，老丁牵头负责几年只有打道回府。当然单局长也是很重视老丁的，局里新成立一个安全生产协调机构，事杂事多不说，弄不好还要追责，没有人愿意去。单局长找老丁，开口就说：老丁，许多人都说你不错，党组看人也是准的。你党性原则强，不管什么困难，服从组织安排是肯定的。老丁又能说什么，自己有什么资格跟组织挑三拣四的。老丁就这么又真刀真枪地干起来，真的干得让局长省心，平平安安。单局长多次在会上表扬老丁：许多人都说不错，党组看人也是准的。有时老丁去汇报工作，单局长也这么说，同时也为难地说：这是个协调机构，编办不给中层领导职数，但组织会争取的。一晃三年下来，老丁也到了退休年龄。

还有三个月就办退休手续了，老丁前几天找了单局长说工作一辈子第一次向组织开口，就想晋升个职级要个安慰，单局长立即安排人事科去组织部汇报。可几天下来，一点儿消息都没有。今天，老丁想要个准信，在进单局长办公室前，老丁想好如果再没说法就好好发个牢骚。见到老丁，单局长万分难受地说：真的好话我都说尽了，组织部就是不松口，说内部有个规定，职级晋升一定要半年前报计划，不能突击晋升。你说还剩三个月，有什么办法。老丁刚想说几句。单局长又说：许多人说小丁也是不错的，组织上会培养的。老丁这才想起，儿子凭自己不断努力，三个月前刚从企业考进了下面分局，前面的路还长呢。到嘴边的牢骚又吞进去，对单局长说道：感谢局长关心。

老丁自我安慰道：多留福禄给子孙吧。随后，平静地走出机关大院。

钢铁的味道

韦如辉

在梦蝶湖畔，我们见了面。平静的湖面，罩着一层青纱。

我伸手示意，坐吧。手指点到的地方，有一条三人长椅。她眼神游历一番，终于没下定决心。长椅上布满星星点点的露水，在太阳没到来之前，它们还要坚持待下去。我的脸红了红，感觉到了自己的唐突。

沿着湖边小道，间隔一人的距离，慢悠悠地散步。太阳从楼宇的夹缝里，露出蛋黄一样的脸庞。

昨天，她专程从省城赶来。微信里，她说，我们谈一谈诗歌，欢迎吗？

当然，对于喜欢文学的人，我都乐意和他们谈。但我不是一个诗人，甚至读不懂一首完整的诗。我只写小说，且写不好的那一种。三年来，熬了一千多个黑夜，掉了上两的头发，也没发表一个铅字。

她仰起脸，抽了抽鼻子，说，钢铁的味道。

莫名其妙。我盯着她撤回来的目光，下意识地抽了抽鼻子。绿植、湖水、尘埃和一些复杂的气息，唯独没有钢铁的味道。

不奇怪，她是一个诗人。诗人的语言与思维，总是别具一格。

她扭动细长的脖子，挑战似的追问我，不是吗？

没等我回过神来，她接着说，这里到处都是钢铁，路面、楼房、商场、水下，甚至头顶，都有随时可能掉落下来的钢铁。

一架民航客机失事的消息，还在手机里发酵。

看来，她并不喜欢由钢铁组成的世界。她的心灵，在偏僻的乡野，在近乎原始的地带。半年前，我们在一个文学群里相识。从她发的视频里，可以看到村舍、羊群、庄稼和飘散到蓝天白云里的炊烟。

昨天晚上，我坐在床上刷抖音，突然收到了她的短信：在？在！我回答。看了看手机，午夜了，再过两分钟，将开启新的一天。

她已经来到这个充满钢铁味道的城市。我们约定，在早晨，在梦蝶湖畔，在空气尚且清新的环境里见个面。没想到，她的嗅觉如此灵敏。

太阳升起来了。雾水从草尖、叶片、面颊、头发、眉梢等等可以滞留的地方，悄然而去。

我们迟迟没有切入正题。

她不远数百里来到这里，难道只是跟我说钢铁的事情？诗歌，仅仅是一个借口，或者说一个无法预测的谎言。

我觉得，除了口中富有诗意的语言，她的外貌并不具备诗人的狂放、狡诈、迷茫和玩世不恭。沉稳、内敛、气度、语速以及偶尔飘过来的浅笑，说明她的注意力并不在热情奔放的诗行里。

唉！她叹了一口气。刻意修剪的眉毛上，泛起一层青纱一样的忧伤。

"怎么了"三个字，我只在心里说。因为，说出来，才是多余的。

我跟随着她的脚步，停了下来。一只猫从草丛里蹿出来，在我们面前消失到另一丛草里。

他不要我了。她自言自语。口中的他，可能是前夫或者其他。

这么优雅且富有诗意的可人儿，怎么会被人抛弃呢？世事无常啊。

他跟一个女商人跑了。

在大学里，他拼命追求她。那时，她是校园里著名的诗人，身边不乏追求者，包括跟她走进婚姻殿堂的他。

可是，诗歌不能当饭吃。

是的。

因为写小说，我跟前妻已经无法握手言和了。前妻的一句口头禅，就是"小说能够当饭吃？"，答案无疑是否定的。前妻终于无法忍受我没有出路的小说，拉着皮箱摔门而出。她的背影里，抛下一个凌乱的客厅，以及从厨房里溜出来的隔夜饭菜的酸腐的气息。

我喃喃自语，钢铁真无趣！

她的眼睛瞬间亮了，似乎有晶莹的湖水在波动。她突然上前攥住我的双手，激动地说，这就是诗歌！

在那个无趣的早晨，我们唯一一次触及诗歌这个敏感的词语。

分别时，她让我帮她订了一张高铁票。她说，回去后，把钱转给我。

我回答，都是文学人，谈钱太俗气！

她笑了笑。我发现，她笑起来，真好看。

一个小时的约会，伴随着高铁开动时间的临近，很快结束了。

我们彼此挥了挥手。我的脑海里浮现了诗人徐志摩的名句。

抖音里，我刷到了她。在青海湖畔，她伸出两根手指，比了个 V。身后，是蓝得耀眼的浩渺的干净的湖水。

嚄，她去那里干什么？这跟我订的高铁票南辕北辙呀。

也许，诗人就应该这样吧。在心里，我回答自己。

童年鸡事

李立泰

大奶奶喜欢我，因为我能替大奶奶做事情。做饭，没醋了或没酱油了，大奶奶就喊我："莉莉，来，给我到路口打醋去、打酱油去。"给我两毛钱，一会儿我到路口酱菜门市部把醋、酱油打来。再就是带领孩子们玩，不搞破坏，大奶奶夸我，机灵、听话。

院里各户买的小鸡，都有各自的小围子，圈起小鸡来，怕走丢了。最近有两户的小鸡不知不觉没了，有小伙伴告知大奶奶，是大奶奶的狸花猫咬走吃去了。大奶奶生气，但她舍不得打猫，就想个办法送走它。

大奶奶的妹妹在济南，离临清有二三百里路，猫没法回来。大奶奶把猫装在口袋里，托去济南的人，坐公共汽车，把猫送到妹妹家。妹妹看见猫长得好看，满心欢喜。可意想不到的是，托的人还没从济南回来，猫回来啦！给大奶奶个惊喜。这家伙怎么回来的咱不知道，主要是还要过黄河啊！大汽车过黄河都是靠轮船摆渡，这家伙鬼鬼祟祟地躲在角落里看着大奶奶。大奶奶压住怒火，拿起根长擀面杖，把狸花猫喊过来。大奶奶喂的狸花猫的确好看，虎头虎脑，大眼睛，长胡须，像只小老虎似的，很漂亮。

大奶奶怒吼："过来！我问你，院里的小鸡是你吃的吗？各家各户好不容易喂个小鸡，你竟然吃了！从今往后再吃小鸡，我一棍子抡死你，扒你的皮！"

大奶奶把擀面杖往小凳子上猛地一杵，吓得狸花猫一哆嗦。狸花猫一动不动地听大奶奶训话，光马瞪马瞪眼儿。

大奶奶一声："滚！"

狸花猫夹着尾巴逃窜了。从此狸花猫再没吃过院里的小鸡。大奶奶训猫，我在场，脑瓜儿记录了全过程。

我们大杂院后边不远，有座庙，俗称杨庙。庙院子里有棵大杨树，大杨树真的太大了，好粗的树干，我们三四人合抱不过来。我仰头看树梢，帽子就掉了，小伙伴都哈哈大笑，笑得流泪。大杨树真是高耸入云，不是夸张，就这么高，上面居住着一窝老鸹，人们称为乌鸦。它们建设了一间挺大的房子，我从地上仰脸看，看见用黑乎乎的干树枝一层层搭建的老鸹窝。

就是这窝老鸹的首领，暗访我们大院儿，偷偷叼走小鸡，再飞到老鸹窝享用。连续几家丢了小鸡，有人看见是黑老鸹干的。我母亲非常气愤，因为我们家的小鸡丢了两只。母亲领着我，往杨庙去了，走进庙院，母亲站在大杨树下，审量树有多高，准备爬上去，用竹竿捅掉这个老鸹窝。母亲翻来覆去地看老鸹窝，被附近的一老太太发现了，老太太出门来，喊我母亲，说："莉莉妈，莉莉妈，它祸害人啦？这个老鸹窝好多年了，这棵老杨树也老得不知几百年了，神神乎乎的，你别动它。"

这老太太我认识，是我大姨的老婆婆，我叫她奶奶哩。母亲叫我："喊奶奶。"

我就喊老太太："奶奶。"

老太太摸着我的头，夸我："妮儿，好孩子哩。"

我母亲说："婶子，院里的小鸡叫它们祸害了。气死人呢！家家户户不容易，穷日子，喂个小鸡，它叼走吃了，我真想把它窝儿捅了！"

老太太说："别价，别价。捅就不好了，其实你这样大声地说，它们听到了。"

我母亲说："听您的，婶子，不捅它了。"

母亲领着我就回家了。回到家，母亲还气哼哼的，喘气不匀。过了些时日，院里小鸡再没丢过。

小鸡慢慢长大起来，眼看快下蛋了，院里的母鸡丢了三只。这么大的鸡，老鸹叼不走了，狸花猫也改正错误，当起了好猫。都说是被黄鼬拉走了。二大爷家的鸡被拉走了一只。二大爷沿院里，旮旯里，院子角角落落，观察黄鼬的行踪，决定下网逮。不知二大爷从哪借来的捕捉笼子，和围网是连在一起的。晚上二大爷在黄鼬出入地下网，早晨起来他去看成绩怎样，结果大获全胜，把老黄鼬一家老老少少全收到笼子里啦。

这个情况被我发现了。二大爷并不想把黄鼬全家杀了，他只要它率领老小走了即可。我在附近看二大爷怎样处置黄鼬。二大爷嘱咐我，悄悄说："莉莉，你看着院里的孩子，别让他们过来，孩子一多乱咋呼，我就办不成事了。"我说："行，二大爷。"我就在墙角那儿，不能专注地看黄鼬一家子的悲哀。如果认真看，被孩子们发现，肯定来凑热闹。但是，我还是好奇心特重，想看看二大爷是怎样处理的。我就朝二大爷这儿抻抻头儿，看一眼，再若无其事地自己玩。二大爷看着关在笼子里的黄鼬，小黄鼬不懂事还在笼子里玩耍，就是半大的黄鼬知道问题的严重性，吓得战战兢兢、瑟瑟发抖，老黄鼬镇静地挡在老小前面，等二大爷发落。

二大爷对老黄鼬说："你听着，咱商量个事儿，俺这个院里住的都是困难户，过穷日子的，挣碗饭吃你知道多难不，喂个鸡更不容易，你就别拉鸡啦。我也不怎么整你们，更不要你们的命！要不哩，你就搬家，别在这穷院子里转悠。行不行啊？"

老黄鼬一听二大爷说不要它的命也不整它们，感觉遇见好人了。黄鼬蹲在那儿，双爪合拢冲二大爷拜了拜。

二大爷说："咱说好啦，我放你们走。"二大爷打开笼子把黄鼬一大家子放出来，它们爬墙头逃走了。二大爷说，当天晚上黄鼬就搬家了。

我把二大爷跟黄鼬说话的事给我娘说了。

我娘说："二大爷心好，善良，但对坏东西仁慈也是犯错误。"

二大爷已去世多年，我至今不知道他是怎样下网，将钻笼子的黄鼬逮住的。

我的检察长

戴　涛

　　尽管已经过去了四十年，可我依然记得当时还是女朋友的妻子一脸的惊喜，真的？你没哄我，你真不留上海回金山来工作？

　　当然是真的，过两天我就去金山检察院报到，他们管人事的都跟我说了，检察长还要亲自跟我谈谈哪。

　　怎么不是和院长谈呢？你可是恢复高考后上海的第一批法律本科生啊。

　　我笑了，检察院哪来的院长，检察长就是一号。

　　哦。女朋友也笑了。

　　到检察院办好入职手续，人事干部就将我领进检察长办公室，检察长正坐在办公桌后面批阅一批文书，人事干部向我介绍说，这是姚检察长。

　　我认真地打量了一下检察长，检察长脸庞较大，肤色白里透红，几乎没有胡须，怪不得他姓姚，姚是"女"字旁，我有点想笑。

　　检察长放下笔站了起来，叫我和他一起坐到接待客人的椅子上，他也朝我全身上下看了一遍，嗯，仪表堂堂，像个检察官。想不到他会这样夸我，我顿时脸有些发热。你可是我院第一个读法律的本科生，人才啊。我的脸更热。

　　然后言归正传，检察长问，你想去哪个部门？我不假思索，如打了鸡血似的回答，哪艰苦哪最需要人就去哪。

　　好，好样的！检察长说这话的神情和语气像是在战场上。

　　于是我被分配到经济检察科，也就是反贪局的前身。

　　到了经济检察科，一接触案件，还真有种上战场的感觉，一封检举受贿贪污的举报信拿在手里，线索千头万绪，该抓哪头，既要找要害又不能惊动嫌疑人。这需要准和快，而准与快又需要一个智慧和果断的指挥者。每到这时，我眼中的检察长变得满脸络腮胡，手臂上青筋暴起，连他姓啥也忘了。

　　有一个案子我至今还记得，那是一个号称"电老虎"的供电所所长受贿案，检察长亲自带我们奔赴供电所突击讯问被举报人，并且立即展开搜查取证，取证后要不要当场逮捕嫌疑人，两种意见相持不下。这时检察长突然对着我说，小戴你说说。我被吓了一大跳，我才进院一年，刚提了助理检察员，科长、副科长、老资格的检察员都在场，怎么轮得到我提意见呢？可检察长还是坚持，我想听你说说。我只好硬着头皮说了意见，没想到检察长说，好，我同意小戴的意见，马上办手续，逮捕。

两年还不到，我已晋升为检察员并担任了副科长。放眼望去，全院能担任这职务的不是工作了几十年的老同志，就是部队正营以上的转业军人，这难免让我有种少年得志的感觉。

某一日，检察长叫我去他的办公室汇报工作，汇报完了进入闲聊，不知聊到什么，他说，你各方面表现都不错，可还要注意提高语文水平。

这话当时也没太注意，可事后一想，心口不禁一阵阵发紧。

我决定写点东西，以昭示本人的语文水平。我开始写一些法律方面的文章，发表在《法学杂志》和《法制报》上。后来一想这似乎还不够，最能体现语文水平的不是文学吗，于是我开始琢磨起小说来。

似有神助，我写的第一篇小说就在杂志上发表了，一阵暗自欢喜后又忽然意识到，这文学杂志检察长能看到吗？正郁闷时，见桌上有本《上海支部生活》，随手拿起来翻了翻，发现上面竟有一个"微型小说"的栏目。这刊物可是每科室都有的，我在检察长桌上也见过，哈哈，这世界就是这么充满了惊喜。

很快，我就写了篇略带幽默与讽刺的微型小说《局长办公会议记录簿欣赏》，同事们在《上海支部生活》上看到了我的小说，纷纷向我祝贺。正高兴时，老科长将我叫了过去，他指了指桌上的杂志问，这小说是你写的？我点头。专门开会讨论买什么牌子的小车，我们院里不是也有过吗？你让检察长看到了会怎么想？！

老科长的话如一桶冰水倾倒下来，令我冷得绝望，我就在这种绝望中度日如年……

半年后，老科长退居二线，我被任命为科长，我激动得主动跑去找检察长，看着检察长充满慈祥的眼神，竟一时不知该说些什么。

几年后，我向检察长提出，我想离开检察院。检察长听了嗓门一下大了起来，为什么？我解释说，上海成立浦东新区了，我想去那里发展。我这里就不能发展了？检察长的眼睛直视着我。不是，我低下头不敢再看检察长，我主要是考虑到妻子和儿子的发展。沉默片刻，检察长叹了口气说，那也是。

许多年后，我去看望已经八十岁高龄的检察长，顺便带了一本我新出版的个人微型小说集，检察长接过了书，我说，请您批评指正。

不要说批评指正，你有微信吗？来加一个，我看了会在微信里告诉你读后感。

您也有微信？

看到我吃惊的表情，检察长显得很得意，怎么，我老头子就不能有微信？

从此，我经常会收到检察长微信转发的一些有见地的文章，还有他的体会，让我感觉他好像还在做我的检察长。

瓜藤满架的菜园子

邵宝健

直到退休之日，夏令俊才想起要兑现早些年许下的诺言：回祖籍地苏中的那个尚未富裕的藤村一趟。那里生活着他叔父的儿女们，也就是他的三个堂弟和一个堂妹，都年逾半百了。这些年和这些亲戚只见过一两次面，都是他们有事路过他所在的城市时匆匆的会晤。

他在南方一个省级社科研究所任研究员，又是哲学博士，出版过几本像样的社科类书籍。地地道道的一介书生，小有名气。

当然，在繁华而喧嚣的省城生活了数十年的夏令俊，内心时常会浮起一个念想：待退休后他要尝尝"隐居"的滋味。他这么性急，刚退休就筹备回乡一趟，恐怕与这个"念想"有关。因为妻子尚需上班，女儿又有自己要忙的事，这趟回乡之旅，他只能单独行动了。

在藤村，夏令俊和老家的亲戚们以及亲戚们的邻居和友人一一见面，逐一拜访他们，喝茶、饮酒、出席家宴，足足用去三天时间，弄得他十分兴奋，也十分疲惫。毕竟夏令俊也算是小有成就的乡贤，村主任和乡长都闻讯前来拜识。

老家的村子这几年虽然早就摘掉了"贫困"帽，但致富的路子还不够多；村路、村宅不够漂亮。但民风仍淳朴，空气仍好，水仍清，村后的小山和村前的小河仍山清水秀。一句话，在这个村子生活能感受到岁月静好。几个堂弟都住在新近竣工的新农村小区，宅子和城里的公寓大同小异，清爽、方便、规整，只是缺乏一点乡野风味。倒是堂妹家，因宅院所处的地理环境特殊没有遇上拆迁，仍在紧挨邻村的那个地盘坚守着。他计划最后几天去拜访。

在距藤村新农村小区往北十来公里的地方，就是堂妹的家，夏令俊想象那里应该仍保留原汁原味的田野生态。

那天，堂妹开着农用三轮车专程到夏令俊下榻的民宿来接他。

先参观堂妹家的菜园子，用泥墙框起来的地盘，约有半亩吧：园门旁栽有几棵桃树、梨树，墙角开着一丛粉色的蔷薇；横跨空间的细竹架上藤蔓缠绵，垂着数十枚嫩绿的尺许长的丝瓜；地上的蔬菜更多了，有红通通的番茄、紫晶晶的茄子；一畦韭菜，萝卜、菠菜、白菜各两行；架上挂满豇豆，西角头躺着几只硕大的冬瓜，悬着南瓜的藤蔓越过泥墙。

浏览间，堂妹按着水井的铁压把，少顷，水灌满两个塑料大桶。拎到地间，有序浇灌。堂妹只读到初中毕业，仍是农村户口，老公在乡供销社工作，收入稳定，家庭和美。她除了要干自留地上的农活，空下来就是侍弄自家的菜园子，经常收割些蔬菜拿到镇市场上去卖，也能有好一笔收入。她的一对双胞胎女儿就是在这个菜园子里嬉戏、劳动中长大的，现在她们都已自立门户，她和老公的负担也随之减轻了。

夏令俊也模仿着用塑料桶接水，浇了一趟菜地。还用井水掬掬脸，甚觉清冽凉爽。

再看看屋子，看得夏令俊啧啧赞赏。寓所是平房，五个开间，有 200 多平方米，建筑比较精致，又比较结实。天花板齐整，地上大部分铺地板、素色瓷砖。水电网络电话，全都齐。用水特方便，既有自来水，又有井水，还有一条小溪从后园北侧淌过。内室有两个厨房两个卫生间，隔有三间宽敞的卧室。一间属堂妹夫妻住，另两间供女儿们回家时住。现在两个女儿都已成婚，住城里，也经常回乡来休闲。卧室的斜角是一个杂物间，里面有序地置着斗笠、雨披以及锄头、铁耙、镢头、铲子等农具。

夏令俊在菜园子的地垄空隙间徜徉，做着深呼吸，步履有点醉态了。

他对堂妹说："我在外忙碌、努力了一辈子，就想能有财力置一个有小园的宅子，拥有像你家一样的环境，种种菜，做做学问，安度晚年，这可是我多年的梦呵。"

堂妹说："堂哥，您这是说客气话了。要说这屋子和菜园子，我、我们在 20 年前就置办妥了。"

夏令俊听了默然，遂走出园门，绕着菜园子的外围走了一圈。踅回园子后，他郑重其事地对堂妹说："我想托你在藤村购置一处像你家一样的居处，钱是不成问题的。"

堂妹即刻用手机向多个熟人问询了这档事。此事恐怕要牵涉到一个敏感的小产权问题，所以没有人响应。在藤村，谁也不愿离开故土，即使给很多钱，也难以办成购宅之事。

临别时，堂妹说："堂哥呀，您高兴的话就到我家住上一阵子，一个月、三个月、半年都可以。这里生活简单，通讯什么的和城里没有两样，方便做学问。两间客房您随便挑一间。我女儿来了可以另作安排，一点儿不受影响的。"

夏令俊精神一振："好，这倒是个好主意，我住这儿，就像住'农家乐'，我付房租，吃饭嘛当然也得付饭钱。"

堂妹说："钱嘛，我会收一点的，不会收得太多。您看，一年四季的蔬菜可以就地取，不必花钱买。只是住到我家，您还得和嫂子商量商量，我这里没问题，这个家我拿主意。"

夏令俊频频颔首："甚好、甚好。"

走出堂妹的家，他默然伫立，回首瓜藤满架的菜园子，就此别过。

布达拉宫上空的鹰

杨静龙

晨曦透过窗玻璃，照射在张角俊朗的脸上。

Z164 列车一路向西，穿过城市，越过田野。

张角一直侧着脸，静静地望着窗外，窗外是一闪而过的城市和田野。

类似的场景出现在昨天晚上。暮色时分，列车离开上海站，缓缓向前驶去，张角侧着脸望着窗外。窗外是一闪而过的城市夜色，并没有什么特别吸引人的地方。

这是上海直达拉萨的旅游专列，全程 4000 多公里。因为是散客团，在上海集中时，大家互相做了自我介绍，我说我姓江，单名一个南字，身边一位帅气的小伙子轻声说："我叫张角，来自西吴。"

我和张角的硬卧铺位正好面对面。旅程漫长，我本想聊天打发时间，不承想张角一上车，就侧过脸看着窗外，一副心事重重的样子。

我无聊地刷着手机，时不时抬头瞥一眼对方，直到夜深我入睡前，他依然静静地侧脸望着窗外。

一觉醒来已是次日清晨，我发现张角依然一动不动地坐在硬卧上望着窗外。

"你……一夜都没睡吗？"我脱口问道。

张角闻声转过脸来："睡了，睡过了……"说着，从旅行袋里掏出一包点心，放到小餐桌上，"江哥你先去洗漱，等会儿尝尝我们西吴的橘红糕。"

从话语中我感觉到张角的真挚和友好，从盥洗室回来，我们一边吃着香甜细腻的糕点，一边聊了起来。

张角不太爱说话，但我的话题，他都认真回应。

他回应道："西吴的景色很美，当年张志和'西塞山前白鹭飞，桃花流水鳜鱼肥'这句诗写的就是那个地方。"

他说："我和小梅大学毕业后，一起应聘到一家文化广告公司上班，公司的基础工资低，主要靠拿提成，但业务并不是很多……"

他喃喃地说："小梅喜欢旅游，受她影响，我也喜欢上了旅游，我们两人一起去过许多地方。因为我们没多少钱，就制订了一个计划，先从周边走起，慢慢再去远方旅游，最近的目的地就是西藏，去看布达拉宫，看布达拉宫上空的鹰……"

"你一定很爱小梅，她一定长得很漂亮吧？"我问道。

张角咧嘴笑了一下，这是我第一次看见他笑。

张角从贴身的口袋里掏出一张制作精致的卡证，上面系着细细的红绸带，像是可以挂在胸前的嘉宾证，卡证上镶嵌着一张漂亮女孩的彩色照片。

不用猜，那就是小梅。

我问道："你们结婚了吗？"

张角收起照片，轻吁一口气："她走了……"

"走……了？"我惊问。

张角再一次侧过脸去，望着窗外，轻声道："走了……"

窗外的景色开始变化。城市渐渐远去，出现了戈壁、湖泊、雪山和牛羊群。当三三两两的藏羚羊远远出现在广袤的原野上时，车厢里响起播音员甜美的声音，告诉旅客们列车正在穿越可可西里无人区。

张角浑身颤抖了一下，脸紧紧地贴着窗玻璃，以致鼻子被挤得歪到了一边。

许久之后，张角轻声哼唱起来，声音低得几乎听不清，但我还是一下听出他唱的是王琪那首令人肝肠寸断的《可可托海的牧羊人》：

那夜的雨也没能留住你，

山谷的风它陪着我哭泣。

你的驼铃声仿佛还在我耳边响起，

告诉我你曾来过这里。

我酿的酒喝不醉我自己，

你唱的歌却让我一醉不起。

我愿意陪你翻过雪山穿越戈壁，

可你不辞而别还断绝了所有的消息，

心上人我在可可托海等你……

张角的嘴唇随着歌声微微嚅动。突然，一颗豆大的泪珠从他眼眶里涌出，沿着脸颊缓缓滑落下来。

虽然可可托海不是可可西里，两地相隔千山万水，但再也没有一个地方比这两个地方更能让人心中涌起同一种伤感来了。

Z164 列车到达拉萨，已是第三天下午三点多钟，旅行团入住供氧酒店后，团员们兴奋不已，嚷嚷着要立即去看布达拉宫。

张角脸色苍白，躺在床上吸氧。一路上张角的心情一直不平静，从到可可西里开始就有了高原反应，之后就越来越严重。

张角挣扎着刚起床，就一阵头晕目眩，差一点儿摔倒在地。我和张角住同一间客房，我连忙叫来导游，导游见状，坚决不让他出门跟团参观。看到张角失望而痛苦的表情，导游想出一个办法，让我扶他到客房露台上。在那里，可以远眺布达拉宫一角。

在宝蓝色绸缎一般的天幕下，我们看见了高高的雪山，看见了布达拉宫庄严神圣的一角。不知什么时候，张角已经掏出美丽女孩的照片，双手捧着，高高举过头顶。

"小梅，你看到了吗？"张角颤声说道，"这就是拉萨，就是布达拉宫……"

"小梅，我们终于一起来到拉萨了，我们终于看到布达拉宫了……"

"小梅……"

半小时之后，旅行团来到布达拉宫。参观的时候，大家让我走在最前面，把最好的位置留给我。我知道那是留给小梅的，大家已经知道了张角和小梅的故事。离开供氧酒店前，张角把那张美丽的照片挂到我胸前，再三嘱咐道："江哥，你一定替我陪小梅好好看看布达拉宫，看看高原上空的雄鹰！"

因为严重高反，张角当晚住进了医院，第二天就不得不乘车返回了。虽然没有参与接下来的旅程，但他终于和小梅一起来到了西藏。那天晚上，我把照片还给他时，他扯下氧气罩，急切地问有没有看到布达拉宫上空的雄鹰，我毫不犹豫地回答道："小梅看到了庄严的布达拉宫，看到了圣洁的哈达，看到了白皑皑的雪山，看到了雄鹰在蔚蓝的天空翱翔……"

其实，那天我们在布达拉宫上空并没有看到鹰，但我不能那样说。

流量制造

张甫军

夜幕降临，城边的跳蚤市场依然热闹。

"你这个老头……"一个突兀的声音在人群中炸开。人们停下来，纷纷循声望去，有些已经凑了过去。

"你为啥要在我车的引擎盖上吃饭？"说话的是个年轻女人，绿色头发，浓妆艳抹，一身豹纹紧身短裙。她正在一辆小轿车前数落一个驼背的老汉。

老汉赔着笑，没有吭声，只是用手擦了擦嘴，把引擎盖上的饭盒端起来，用袖子擦拭着引擎盖。

"干吗，毁灭证据啊？"绿头发女人并不买账，"赔钱！"

此时，围观的人群已经形成了半圆的人墙，有的窃窃私语，有的指指点点，有的摇头鄙夷。看到老汉不知所措的样子，从人群里走出一个妇女："小姑娘，你说话别这么难听，这个大叔只是在上面吃了个饭，又没……"

"切，多管闲事？"绿头发女人不容妇女说下去，翻着白眼，又催老汉，"两百块，我要洗车！"

那个妇女被呛得立在原地，不知说什么好。

"你这人咋说话这么冲？"这时，又从人群里走出一个小伙子，他端着手机，一边录着视频一边说，"得饶人处且饶人……"

"切，又来一个狗拿耗子的。"绿头发女人一脸不屑，瞧见小伙子拿手机录视频，正色道，"瞎拍啥啊？你再拍我就报警。"

小伙子"哼"了一声，便将手机放了下来，不过那手机的镜头却悄悄对着绿头发女人，视频还在录制，他说："你这样对待一个老年人不好。"

"这跟你有一毛钱关系没有？"绿头发女人乜了一眼小伙子，继续向老汉发难，"赔钱，快点，别磨叽！"

"咋没关系，天下事天下人管，你欺负老年人我就得管。"听小伙子这么一说，围观的人群有了反应，一边倒地说："就是就是。"

"你管？冒充大尾巴狼是吧？那好，两百块你替他赔。"

"不就两百嘛，我还以为一万两万呢。"

绿头发女人冷笑："呵呵，那你拿钱啊。"

"钱肯定赔，但事情咱们得捋捋。"小伙子说着，走到老汉面前问，"大爷，你咋在她的车盖上吃饭啊？"

老汉啊巴啊巴说了一长串，看来是个聋哑人，小伙子听不懂，犯起难来，问围观的人群："大家有会手语的吗？"

围观的人群都摇头。

老汉看小伙子听不懂，便将小伙子拉到绿头发女人车的后门旁，用手指了指车窗。那车窗开着，老汉将手伸进去，又拿出来，如此比画了一番。

小伙子明白了，老汉是看到车的窗户没关，怕有人偷车里的东西，才一边吃饭一边守着。小伙子明白了，围观的人群也就明白了，七嘴八舌，有人说："真是好心当作驴肝肺……"

见此情景，小伙子赶紧调整手机，用镜头将人群的反应录下来，录了一圈，又将镜头对准绿头发女人。

绿头发女人一脸尴尬，却依然嘴硬："帮我看车？哼，我才不信他有这么好心呢。要是我车里少了东西……"说着，她便上了车。

围观的人群都以为绿头发女人要检查车里是不是少了什么东西，却没想到，绿头发女人迅速把车启动，狂摁喇叭，一踩油门，跑了。

这一切都被小伙子录了下来，他冲狼狈逃跑的车子喊："喂，开慢点，别翻沟里去了，哈哈……"人群也跟着发出海啸一样的笑声，并向小伙子投去佩服的目光。

一件小事就这样画上了句号，围观的人群作鸟兽散。小伙子得意地从跳蚤市场出来。他走过一条街，在一个僻巷站住了。他拿出手机，将在跳蚤市场拍的视频发到了网上，还取了个吸睛的标题：《街头暗拍，现实版〈农夫与蛇〉》。视频一发出，就获得了大量的转发和评论。

"嘿，爽！"小伙子正高兴，一辆轿车停在了他的身边，他看了看驾车的人，满面春风地坐进副驾驶。

驾车的人不是别人，就是绿头发女人，她一把将头上的假发扯下来，说："哼，要不是老娘跑得快，刚才就被市场上的人吃了。"

　　"辛苦辛苦，"小伙子赔着笑说，"这不是为了流量吗？别生气，回头再策划一个视频，你演好人……"

　　绿头发女人将车靠边停下，刚想说什么，这时，车后排坐进一个人，是之前那个聋哑老汉，他一边抽掉背后用来伪装驼背的抱枕，一边兴奋地问小伙子："这次点击量咋样？"

诱　蟹

万　苇

　　李斯临退休，在紫薇湖畔置了栋小别墅。虽连体又是二手，然终有了独立的小院，这是李斯一直期盼的。李斯的别墅在小区一角，院墙另一边是一些独栋别墅，院落宽大。那些院落里，大多种植着名贵的树木，建有一些精致的庭院小筑。李斯喜欢坐在自家的小阳台上品茗喝酒，从小阳台上望出去，满眼低调的奢华。

　　原别墅主人老柳，在移交别墅时，悄悄跟李斯透露一个无人知晓的小秘密：住在这，蟹汛时，不用花钱，有吃不完的正宗的紫薇湖大闸蟹。

　　紫薇湖，水质好，紫薇湖里的大闸蟹，可谓太湖流域中大闸蟹的极品，名声在外，常人很少能品尝到。李斯不解，住这湖边，还有这等好事？老柳卖了个关子，继而一一道出其中的玄机，惹得李斯心里痒痒的，心想，还会有这等好事，白白占个大便宜？

　　老柳教李斯一套看似简单的诱蟹神操作。

　　此时节，正是一年中难得的秋季蟹汛时，外面紫薇湖的大螃蟹，正脂满膏丰，蟹民直销的，价钱绝对不便宜。蟹汛期，方圆几百里有人专程赶过来大快朵颐。到半夜，夜深人静，李斯按老柳传授的技法，疏通原先的蟹道，撒上螃蟹喜欢的谷物，再把自家院落幽幽的装饰灯依次打开，到了后半夜，李斯到园中一看，那些装饰灯下果然有好些堪称极品的紫薇湖大闸蟹在吃着园中他撒下的谷物。李斯把那些贪婪的自投罗网的大闸蟹一一捉住，放进瓮里。李斯不解，这些蟹，从何而来？

　　老柳煞有其事地告诉李斯："蟹有蟹道，它天生受不了灯光的诱惑，常因此心甘情愿地爬进别人设下的圈套，弄丢自己的小命，还义无反顾。贪，迷惑了大闸蟹的心窍。"

　　李斯还是不明白，打破砂锅问到底，说："我实在不明白，这些大闸蟹到底来自何处？不问清楚的话，我若享用了会觉得心里不踏实。"

　　老柳提醒李斯傍晚时留意隔壁大别墅里的动静。

李斯留意着，到了傍晚，大别墅院落里果然人影幢幢，四周泊着各色豪车，来别墅的人一看都非富即贵，悄声来，悄声去，即使有喝了酒有点兴奋的，仍然表现出贵人特有的矜持。

第二天，李斯问老柳，老柳说："其实，这些用作私人会所的大别墅可能同属一个神秘人物，来的都是有身份的人，他们之间肯定有着无法割裂的利益关系。"

这期间，李斯出差半个月。回家后，李斯收拾院子，竟然发现自己的水池成了蟹的乐园，几乎满满一池。李斯这才想起，外出时，院子里那些智能装饰灯，设置的是自动模式，而诱蟹的谷物又都放在池边。

李斯心里一惊，这么多蟹价值不菲，别人家丢了定会心急火燎。李斯急急地跟老柳说："闯大祸了，把人家的大螃蟹全诱过来了。"

老柳说："没事的，人家院中水池里有的是大螃蟹，一直会有人源源不断地送过去，即使丢了，他们也无所谓的。"

只是，之后一边的别墅会所出奇地安静，再也没人光顾，院中落满了枯树叶，杂草开始恣意伸展。

过了段时间，老柳让李斯看新闻，李斯从新闻中看到当地一名权高位重的人物落马了。

这时，老柳告诉李斯："那别墅的神秘主人出事了，据说举报他的就是他们圈子里最熟的人。"

再之后，那别墅会所被清查。清查时，李斯正好遛狗经过。有大量的清查物品，其他不说，光院中捞出来的极品大闸蟹就多得数也数不过来。

李斯从这些零零碎碎的片段中，终于梳理出了一些头绪。蟹，被灯光诱惑着，奋不顾身，一意孤行，闯入他的小池却不知其中圈套。而那些蟹，其实就已深陷在诱惑与被诱惑之间，交织在人与人的利益中。蟹有蟹道，人有人道否？其实，道有正道，也有歪道……

悟出了这些道道后，李斯在那个月色皎洁的夜晚，把那些偷诱的大闸蟹放生了，放入那如镜般明澈的紫薇湖中。

43床

曹隆鑫

和43床的接触只有短短的一天时间。

病房的门突然被推开，一个年轻的女子风一样地来到43床边。她扬手把一个双肩包往床头柜上一放，扭身一拉隔离帘，一会儿的工夫，淡蓝色的隔离帘"刺啦"一声被拉开，一个穿着病号服的年轻女子半个身子已斜躺在了病床上。一会儿，见她握着手机，手机里隐隐约约传来歌声，她在轻轻地跟着哼唱。

她就是43床，没有那身病号服，根本看不出她是来这里做化疗的。

化疗对我来说，就是一个带着深深恐惧的未知数。我还从没有与化疗病人接触过，43床的到来，让我有了想先从她这儿探探的心思，只是一时不知从何开口。

护士进来开始给43床挂盐水。过一会儿，她起身上卫生间，她高举着盐水瓶，大大咧咧地进去了。她出来时，我赶紧跑过去帮她把盐水瓶往吊钩上挂好。她说着谢谢，我说："没事，你是哪里不舒服？"

"我是胃癌，以前吧，饥一顿饱一顿的，自己也没注意身体。后来胃经常痛，查出是得了胃癌，我的胃已经被切掉三分之一了。"

43床笑着说道，好像是在说别人的事。

我一时语塞，不知道还该不该往人家揭开的伤疤处问。

妻说："你是哪里的？"

"我是贵州的。"43床跟我们说起了她的过去，"那时候家里穷，我父亲身体又不好，我还有一个弟弟一个妹妹，别说什么营养了，有时候还会饿肚子。"

她说到这里，轻轻一笑，又说："我读书时成绩可好啦，因为家里穷，吃得不好，下课放学，老师有时就会喊我留下来，烧几个好吃的菜给我吃。那时候，有一个好心的城里人在资助我读书，说是要一直资助我读到大学。我初中毕业那年，一直没有城里人的消息，我不能在家里干等着，就跟老乡到东莞去打工了。后来开学，老师跑到我家，说城里人的资助来了，我妈妈没跟我说，瞒着我。"

43床说话的语气，就好像是不让她上学比她得了胃癌更让她揪心。她的声音低沉了下来。

"我后来知道了这事，我没有抱怨妈妈，她也不容易。父亲生病，弟弟妹妹读书，都需要钱。我出去打工就能替家里挣点钱，帮助妈妈撑起这个家。我挣钱养家，慢慢地就觉得自己也了不起。我弟弟很争气，考上了大学，又上了军校，现在是军官了，个子比我高，帅得很。我妹妹读书就不行了，很早就出去打工了。"

"你是来这里打工的吗？"

"不，我是嫁在了这边。这边有我的老乡，我来这里打工，有人跟我做介绍，我就在这里成了家。"

妻问："你老公怎么不陪你来？"

"我老公在社区工作，忙，走不开，等一下我婆婆会过来的。要做化疗时，医生是一定要让家属过来陪护的。"

我说："你不是第一次来做化疗吧？"

"嗯，这是第四次。"她看着妻，说，"化疗没什么可怕的，你们是第一次吧？"

"是的，化疗难受吗？"我把自己最关心的问题说出来。

"还行吧，就是手脚会有些发冷发麻，回去我会用热水袋捂一阵，还会恶心呕吐，这是最难受的了。不过都是几天的事，很快就会好起来的。"

过了一段时间，护士来给她换上一瓶盐水，她说："我已经开始化疗了，这瓶要挂两个多小时。"

就好像43床突然从我们身边走上了战场。我不安地望望吊瓶，又望望她。

"没事的。"她这样说。

没一会儿，来陪护她的婆婆走了。过了一阵，她好像也感受到了"战场"的残酷，连手机都不看了，人躺在那里安静了许多。

"你婆婆怎么回去了？"妻有些替她鸣不平。

"我婆婆回去接放学的孩子回家。"她看了一下手机，说，"今天我回家要晚了。"

"你今天要回家？"我望望窗外的天色。

"是的，家里睡得舒服，我昨天在这里做完检查就回家了。"

"等下你老公来接你吗？"妻问。

"不，他没时间，我骑电瓶车回去，我家近，我慢慢地骑回去，二十分钟就够了。"

"啊，你要骑电瓶车回去？你刚刚做了化疗！路上有很多的车，而且天都这么晚了！"妻轻轻地叫起来。

"没事，过个几天，我还要去上班呢。"

"上班？化疗真的一点事都没有？"我和妻一起望向她。

"我在家待不住，家里一个人都没有，在家除了吃就是睡，又东想西想，晚上反而睡不着觉。厂里热闹，我那活还算轻便，厂里的同事很照顾我，搬重物从不让我参与，说说笑笑很快一天就过去了。"

"你可是重病啊！你万不可逞强，你还是在这里住一晚妥当。"妻说话的语气重了些。

"不了，我回去还得检查孩子的作业。我在家就这样躺着，有孩子在身边陪着，我一点都感觉不到累。"

"你怕吗？"过后，妻又问。

"怕什么呢？我就没怕过。化验后，得知我得了胃癌，我老公就瞒着我，可他的眼神瞒不住我，到了这种地方更瞒不住我。我对我老公说，我什么都不怕，不就是一个癌嘛，看我打败它！"

她说到这里，笑了。

我和妻也笑了。

很快，43床走了，她挥手和我们道别。我站在43床的窗边，第一次以这样的方式站在医院的窗口夜望满城灯火，心想，哪是她温馨的家呢？

鹰

丁迎新

不到十一点，兵就起了床，把穿衣服的声音压到几乎没有。已经看了十几回班长交给的手表，没有丝毫睡意，脑子乱糟糟的，也不知道在想些什么。走出宿舍门，连队哨兵诧异地看了兵一眼，抬腕看看手表，比正常接岗时间早了半小时。

夜太静了，静得能听见自己的脚步声，再轻也能听见。走出营区才按开手电筒，一束光直射出去，把黑暗刺出个窟窿，揭开了伪装。有了光亮，兵踏实了许多，光亮似乎是枪，可以随时消灭一切威胁。

半年的新兵生活结束，工兵哨正好轮到本连队，交到新兵排，每班一个月。昨晚第一次是班长带的，细枝末节交代了个清。八小时一班，提前十分钟接岗，从连队到哨位是半个小时路途，不得睡岗坐岗和做任何事，子弹袋和枪不离身，没有危及生命安全的情况绝不许开枪，等等。还暗示，那是挖在山体中的工兵仓库，须保证绝对安全。兵能背出来。

营区在山脚，哨位在另一座山的半山腰，走出营房的地界就是荒草掩映的山坡，曲曲弯弯的小路越走越细，细到看不出是路。没有星光，黑暗如慢慢收紧的网，压迫着兵，冲锋在前的光亮也渐渐无力抵抗，兵的肌体在收缩，而且寒意渐浓，总感觉路边会有什么扑过来。

兵从小就胆小，不和大人一道，不敢出门。屋里灯不开，不敢进家。晚上睡觉用被子蒙着头，尿急了也憋着，不到天亮不下床。兵是爸爸逼着他当的，不把胆量锻炼好了别回来，这是爸的原话。兵很委屈，不是自己想胆小，是不由自主地就怕，究竟怕什么，自己也说不清。比如现在就是。

总算接近了哨位，冷汗遍布全身，内衣粘在了皮肤上。这才感觉到握电筒杆的手有些麻木，另一只紧握成拳的手像是攥着一团火，松不开了。

站住！口令？

我是雄鹰。回令？

鹰击长空。

敬礼，交接，兵站到了哨位上，随着下哨战友手中的光亮隐入黑暗，世界只剩下黑暗，紧紧围裹着兵。黑暗里什么都会有，什么都会出现，兵透不过气来。兵闭上眼睛，一层眼皮果然隔开了世界，不行，危险一旦出现，会措手不及。兵睁开眼睛，还睁得大大的，在周边的黑暗里搜索。兵习惯了黑暗，能看到近前模糊的影像，是树，是草，也可能是其他，兵握枪的手更紧，像弹簧，一触即发。

不行！我是兵，保卫祖国和人民的兵，我都怕，还怎么担负保家卫国的职责？兵的脸开始发烫，一直紧绷着的心也烫，烫得周身发热。今晚的口令不知道是谁编的，男人应该是鹰，军人更应该是鹰。

兵决定就现在的机会锻炼胆量，大好的机会。哨位方圆五步开外，是低矮的灌木草丛，再远些是成林的杂树，兵端枪在手，身体微躬前倾，开始迈进。右手食指贴紧扳机，大拇指紧贴保险，这是班长教的，开保险和击发可以在瞬间完成。走过灌木草丛了，走进杂树林了，黑暗成团成堆汹涌而来，兵不再是兵，目光也成了枪，不顾一切地挺进。

大不了以死相拼！这是最坏的结果。如此一想，反而豁然了。

突然，啊的一声长鸣在上空划过，紧接着是翅膀振动的气流和枝叶碰撞的声音。兵一个激灵，枪口迅速抬起，直指向天，差一点儿就打开了保险。不知什么鸟，被兵惊动了，一场虚惊。

回到哨位，兵有了变化，心在心的位置，跳动有序，身体和肩背的枪一样正直，目光坦然扫视，黑暗尽收眼底。兵想笑，像打了一场仗，赢了，不累，反而精神抖擞。

谁在用力地擦洗天空吧，天微微地泛白了，泛蓝，泛青，主要是白。听见营区的起床号响了，兵一下子振奋起来，这才感觉到双腿麻木僵硬，感觉到深秋的寒，赶紧原地跺脚，伸展臂膀。

天边泛红了，山巅不改初衷，厚重坚挺。仰头间，兵发现一只鹰，在天空优雅盘旋，一圈又一圈。昨晚惊飞的，会不会是它？

鹰越来越低了，能看清鹰的翅膀和爪，兵目不转睛，脖子都仰酸了。突然，鹰化为一粒子弹，直射下来，兵的反应快，视线猛地下滑，一只野兔的身影一闪而过。鹰一个拉升动作，第一次突袭失败了，又开始画圈。兵看出鹰的凶狠来，开始担心弱小的兔，本能地从地上捡拾石块，向天上扔。石块是无能的，还在远远够不着的高度就掉下来，兵还扔。可惜不能开枪，否则，非要了你的小命不可，看你还欺负弱小。

鹰飞走了，是认输了还是另寻目标，兵不知道。扔得用力过猛了，胳膊跟训练投手榴弹之后一样酸痛。

厉害呀，把鹰都打败了！

伴随着说话声，班长从灌木丛中笑盈盈地钻出来，衣服上湿迹斑斑，是霜的痕迹。班长什么时候来的？兵不解，欲张的嘴又抿紧了，脸上不好意思地笑着，心里已溢起一股暖意，向周身弥漫。

保　镖

于心亮

荣三练的是散手。招式看似简单，却很实用，讲究个"一招毙敌"。

街头有泼皮闹事的，荣三三拳两脚把几个泼皮全打趴下，泼皮们疼得爬不起来，身上还看不出一丁点伤。钱百万知道了，就让管家张诚去找荣三，想让荣三当自己的保镖。

荣三却不愿意，说自己不缺钱。钱百万听了，心里头就感觉很不爽。

后来一天夜里，荣三在回家路上，被一张渔网兜头罩住，随后几个黑影蹿出来，把荣三摁在地上一顿猛揍，差点没丢掉性命。幸亏钱百万坐着骡车路过，把荣三给救了。

荣三养好伤以后，想着要报恩，要当钱百万的保镖。钱百万却不答应了。

钱百万说："你连自己都保护不好，怎么能当我的保镖呢？"

荣三听了，就感觉很惭愧。他找到当初那几个惹事的泼皮，认为是他们报复的他，想再收拾他们一顿。泼皮们却死活不承认，说："我们没那么傻，在挨完打之后就立即去报复你。"

荣三觉得有道理，就猜测，会不会是钱百万找人趁夜黑袭击的他。

钱百万知道了，忍不住笑，说："荣三就凭这种胸怀，一辈子难成大器。"

荣三听说了，感觉受到了羞辱，就想着要报复钱百万。钱百万又知道了，让管家张诚找来荣三，对他说："你如果敢动我一根手指头，我立马倒下，我会让你吃不了兜着走，信不信？"

钱百万还说："现在满城的人都知道，你想报复我，往后我受一点伤，就是你干的！"

荣三根本没放在心上，可谁知衙门里的人三天两头来找他，不是钱百万脚绊了一下，就是手腕给门闩碰着了，就连喝水呛了一下也认为是荣三在暗中报复自己……荣三如此一来日子就难过了，没办法，他只能成天守着钱百万，防备有人使坏算到自己头上来。

钱百万每天哼着小曲儿东溜溜西转转，身旁跟着荣三，别提有多恣儿了。这样过了一段时间，荣三逐渐醒悟到，自己不知不觉中，竟然成了钱百万不花钱的保镖。

醒过味儿来以后，荣三就不跟着钱百万了。为了避免嫌疑，他跟衙门里的人成天待一块儿，人家去捉贼，他跟着去捉贼；人家去巡逻，他也跟着去巡逻……如此混熟了以后，衙门的人也就不再找荣三的麻烦了。荣三想，这样我就可以暗中报复一下钱百万了。

可还没等荣三动手，钱百万就昏倒在小巷子里，身上却没有一点儿伤。衙门里的人捉住经常闹事的几个泼皮，他们指天发誓不是他们干的……能致人昏倒却没有一点伤，除了练过散手的荣三，还能有谁？可衙门的人因为和荣三混熟了，都觉得不是荣三干的。

就连钱百万也说不是荣三干的。至于是谁干的，钱百万却含含糊糊说不清楚。

钱百万越含含糊糊说不清楚，大嵩卫城的人就越觉得是荣三干的，并且还添油加醋地说荣三和县衙的人混得一个鼻孔眼儿出气了，可怜的钱老爷不敢说呀，说了说不定就会……这事儿越传越邪乎，越传也就越远，最终传来传去就传到上头去了。

上头很快就派来了人，说不查个水落石出决不罢休。县衙的人一瞧不好，赶紧把荣三先抓起来再说吧。荣三直喊冤枉，还说身正不怕影子斜，就算挨板子也没啥。钱百万也来求情，说不是荣三干的，是自己不小心摔昏的。上头的人说："不用怕，我给你做主！"

钱百万越替荣三辩护，上头来的人就越表示怀疑。命人把荣三摁倒噼里啪啦打板子，把屁股都给打烂了，问荣三到底是怎样威胁钱百万的，要不人家怎么会给他求情呢？

荣三被打了个半死。钱百万再一次把荣三救了，找郎中给他疗伤。

但荣三却不领情，说："用不着你猫哭耗子假慈悲！"还把药碗打翻在地。

周围的人都看不下去，骂荣三不识好歹，挽起袖子就要揍荣三。钱百万忙去阻拦，说了半天好话才把人群给劝散了。看着荣三狼狈的样子，钱百万说："现在，我成你的保镖了。"

钱百万让管家张诚放出话去："谁也不能欺负荣三，谁欺负荣三就是欺负钱大老爷！"

不说还好，一说大嵩卫城的人马上就不乐意了："你钱百万算个什么鸟东西，除了有几个臭钱，还有什么了不起的，我们就欺负荣三怎么了，有本事你来打我们呀！"

首先是那几个泼皮，他们趁荣三行动不便，劈头盖脸地狠揍了他一顿。另外还有许多人，朝荣三吐唾沫，往他家里扔石头……荣三拳脚再厉害，也架不住这样啊。他去衙门里报官，衙门的人也不管，说："你不是身正不怕影子斜吗，咬咬牙坚持一下就好了。"

荣三就去找钱百万："你不是说谁欺负我就是欺负你吗，你倒是保护我呀！"

钱百万说："我是说过谁欺负你就是欺负我，但我做人一向非常大度，不去计较！"

荣三越听越生气，忍不住给了钱百万一拳，钱百万应声就倒了。钱百万说："荣三啊荣三，我还说过你如果敢动我一根手指头，我会让你吃不了兜着走，现在信了吧？"

上头来的人一直跟踪荣三。他们说过不查个水落石出就决不罢休。

现在，他们亲眼看见了。

酒精过敏

刘　翀

阿明收到了她的信，从邻省省城的一所大学寄来。跟信笺一起捎过来的还有一个小瓶子，里面的透明液体可能因为软木塞密封性不够而散出了味道。

对于他这样酒精过敏的人，这味道再敏感不过，是只有在那家饭店才闻到过的奇特酒味——那家去年和她一起打工的饭店。

在那家饭店打工时，他听说政府制定了很多项规定，记得最清楚的就是宴请不能喝高档酒了。领班吴胖子让他管理储酒室，把客人的各种名酒倒进空矿泉水瓶里再装模作样摆到桌上。

同事里一些酒醉佬眼红阿明这份肥差，其实阿明做这差事有让吴胖子高枕无忧的理由：阿明有严重的酒精过敏，舔几口就会脸红上头，所以没有监守自盗的风险。

她刚来时高高瘦瘦，讲着小县城常见的塑料普通话，但又颇显白净，有些书卷气。让阿明另眼相看的是她和别的同事很不一样，餐厅员工休息互开玩笑时无论男女荤素不忌，她从不参与，只是安静地看书、听音乐。

没多久他们熟络了起来，加了QQ后经常私下里聊聊小说、电影、音乐，都是阿明很难和身边其他人分享的爱好，也常闲聊些别的直到深夜。阿明其实很喜欢看书哩，他和同事闲扯时说自己小时候成绩可好了，家里穷兄弟姐妹多才出来打工。

同事都嘲笑他："你看这个阿明，不会喝酒还这么能讲大话，要会喝酒还了得！"

这个年纪的人心里容易萌生悸动，但阿明一想到吴胖子说马上要提他当副领班，心想不如升职后给她个惊喜再进一步行动。这个想法在他内心留了一段时日，直到八月末的一个晚上阿明下晚班，从厨房后门走出来看到她坐在地上小声抽泣。

她抬起头看到阿明，带着哭腔缓缓开口："阿明，你能不能帮我弄点好酒？家里打电话说我老爹没多少日子了，他一直喜欢喝酒，快七十岁了都没喝过什么好酒，想到这个我心里就好难过。"

阿明这个年纪面对有好感的人总是容易答应对方的请求，何况这对他来说轻而易举。

拿了个空矿泉水瓶，打开储酒室深处的柜子，里面放着许多以前客人留下开封后尚未喝完的名酒。那是吴胖子以保存客人余酒为名，偷偷攒下来的，实际上成了他自己的酒库。反正那些大吃大喝的主顾也不会回头去喝这些剩酒，这在饭店里是公开的秘密。阿明也不敢一瓶酒倒太多，不然太容易被发现。一瓶茅台倒一些，一瓶五粮液倒一些，又拿一瓶水井坊倒一些，最后装满时矿泉水瓶子里已经汇聚了好几种名酒。这算什么，鸡尾酒吗？阿明差点自己笑出声来。

阿明把这瓶"鸡尾酒"递给她之后差点惊掉了下巴，这么烈的酒她居然一把拧开瓶盖就吞下一口，跟酷暑天里灌下冰可乐一样轻松。这酒下肚没多久就神奇地一下子让她止住了哭泣，说话也顺畅了。

"我其实是一个来打暑假工的复读生，明天我就要卷铺盖走人了。"

她坦白的语气很轻松，像是讲述着别人的故事。童年时她父亲说去珠三角做生意后就撇下一家四口一去不返。今年高考成绩不理想，家里还要负担弟弟妹妹的生活开支，于是她就自己跑来打工赚复读的学费。这晚下班前吴胖子对她动手动脚，说在这打工多苦不如跟了他，要钱有钱。

她扇了吴胖子一巴掌，吴胖子恼羞成怒让她明天就滚蛋，工钱也别想拿了。

她承认其实父亲很早就抛弃了她，是死是活都不清楚。只是今天被咸猪手碰了还白干一个月，心里实在委屈难过，想喝酒发泄，也因为想报复吴胖子，正好碰到下班的阿明，于是编了先前这套说辞。

过了一会儿酒劲儿上来了，她靠在阿明的肩头上。阿明能明显感觉到她沉重的呼吸声，更明显的是她身上散发的浓重酒味。阿明不明白自己到底是害羞呢，还是这酒的劲头就有那么大，光是闻着味就能让他上头脸红。

阿明和她互相倚靠了好久，踏板机车的马达声不停地塞满街巷的缝隙角落。一会吹来一阵凉风，驱散了一些炎热的同时也驱散阿明内心沉积许久的一些炽热。

她呢喃着清醒过来。刚才几乎没怎么说话的阿明主动开口，表现出满不在乎的样子："我早就看那肥佬不爽了，今天偷他的小酒库出口气！"

她低头摆弄着瓶子，说："对不起，我骗了你，我以为你和领班的关系很铁，不这样说你不肯去偷他的酒。"

阿明点了根烟："没关系，至少我真的认识了你。如果你考上了，写封信给我，也算我们没白认识一场。"阿明本来想说"没白挨这顿骗"，话到嘴边又改了词。

两人还想再多说些什么，但该说的话似乎都已经说完，长久的沉默填充着时间。她把酒洒在地上，说让去世的外公喝上几口。这混了浓香酱香各种名酒的玩意儿散发的味道又奇怪又让人忍不住多闻几次。阿明本想让烟气驱散快速挥发的酒气，南方夏天闷热凝固的空气中酒气却愈发混合迷离、缠绕不清，疲劳和迷醉让他们靠着墙壁睡了过去。再次睁眼时天光已亮。

阿明和她同一天炒了老板的鱿鱼。临走时领班对阿明说："你太让我失望了，本来我都要提你做副领班了。"

阿明只回了一句："给老子滚。"

准备读信时，阿明把小瓶子打开放在桌上，让那酒持续挥发着奇特又上头的味道。白酒不易变质，能长久保持原味。

阿明一直都因过敏而不喝酒，但把那天的酒味记得很久。

两个刘民

满 震

刘民出席朋友召集的聚会的时候，主人总是这样介绍他："这位是 XX 局刘局长。"而对他"作家"的头衔却只字不提，仿佛根本就不知道他有这个"头衔"。

刘民心里就很不爽。一个副局长有什么了不起的，小城里这样级别的干部有几百个，而中作协会员只有他一个，他一直引以为荣。

文学热的年代，当时还是中学语文老师的刘民因一篇短篇小说获得全国短篇小说奖而成为全国知名作家。一时间，刘民成了香饽饽，县文化馆、县文联为他出版个人作品集，为他举办个人作品研讨会，请他为全县的文学爱好者做创作辅导报告。当他出现在活动现场时，主持人总是这样介绍他："这位是著名作家刘民。"

刘民对这样的介绍很是受用。

因为有了文名，刘民很快被调进机关当秘书，主要工作就是写材料，为领导写讲话稿，写总结报告。因为工作出色，主要是材料写得出色，刘民的身份地位也在一步步地改变，由科员升为副科长，升为科长，升为副局长。

后来文学不再热。可刘民对文学的热爱非但不减，反而愈加热烈。不管工作有多忙，他都不冷落自己挚爱的文学，抽空摸闲构思他的小说，晚上或者星期天在家里落笔成文，所以时不时就有作品在全国各地的文学刊物上发表，多篇作品被各大名刊转载，或被各类权威选本收录，多次获得国家或省市级文学奖。

现在外界只知他是局长刘民而不知他还是作家刘民，这让他无法释怀或者说耿耿于怀。

又有朋友约饭局。刘民说："我想带一个朋友去。"对方自然欢迎。

进包间，入座。主人介绍刘民说："这位是 XX 局刘局长，这位是刘局长的朋友。"

刘民赶紧补充介绍说："这位是我的朋友，他的名字跟我一样也叫刘民，他是一位作家。"

大家这才注意到，这位刘民不只是名字和刘局长一样，长相也几乎和刘局长是一个模子刻出来的，中等个，国字脸。更稀奇的是，两人穿着一模一样的服装。

唯一不同的是，刘作家的鼻梁上架着一副近视眼镜，更显文人气质。刘局长要是不说他是他的朋友，大家肯定会以为他俩是一对双胞胎兄弟。

酒过三巡，开始进入重点，在场者一个个轮流向主客敬酒。主客就是刘局长。

主人率先站起来，说："刘局长，我敬你！"

又一人站起来："刘局长，敬你。我先干为敬！"

又一人站起来："刘局长，认识你非常高兴！敬你，以后还望多多关照！"

一个美女过来："刘局长，今天认识你非常开心！"

大家一边向刘局长敬酒，一边说着恭维他的话。

刘局长注意到刘作家受到了冷落，马上站起来，举杯……

大家以为刘局长要回敬主人或者美女，结果见他来到刘作家跟前，说："今天我借花献佛，我要隆重地先敬我最敬爱的刘作家一杯。首先，我要隆重地向各位介绍跟我同名同姓的我的好朋友刘民先生。刘民先生早在二十世纪末就因一篇短篇小说获得全国短篇小说奖而成为全国知名作家。多年来，刘民先生一直不忘初心、笔耕不辍，时不时有作品在全国各地的名刊上发表，出版小说集六部，多次获得国家或省市级文学奖。到目前为止，他还是我县唯一的中作协会员。"然后刘局长转向刘作家，"你是我们的骄傲！你是我们全县的骄傲！请接受我真诚的敬意！"说完，一饮而尽。

……

后来大家发现刘局长在出席这些场合时经常带着这位酷似他的刘作家，并且对其大加赞美、夸奖、推崇。

大家在心里犯起了嘀咕："我们的刘局长怎么啦？干吗要这么抬举这样一个无职无权的什么"作家"呢？这位刘作家又是何方神圣呢？"

于是就有人开始留心这位刘作家的行踪，就有人爆料说："明明看到刘局长进酒店大门的时候是一个人，进包间的时候却变成了两个刘民；结束的时候走出酒店大门，两个刘民一前一后或者并排走出酒店大门，走着走着，两个身影不知不觉地突然就重叠在一起，变成一个人了。真是不可思议。"

刘民退休后，人们照惯例还是叫他刘局长。刘民更正说："我不是刘局长，我是刘作家。"

风水树

李永康

这棵树是在不经意间长大的。

去年回老家，我还抱过它一次，两臂抱不全。妻子在旁边看着，有点吃醋，打趣说，你还没有这样抱过我呢。我放开手，转过来就去抱她，她侧身就上了一个台阶，跨过门房破败的坎去到了杂草丛生的院坝里。

我又细细打量起门前的这棵树来。它没入土的四周有几股粗根的痕迹，牢牢地抓紧了大地。直筒形的树身有几米高，树皮裂开来的纹路就是它成长的痕迹。时时都在裂，就代表着它时时都在向上生长。有一层裂得开一点，可能就是那一年生长得快一点。成材的那一段没有长出大的枝丫，到了该长枝丫的部分，它长了三股大枝丫，大枝丫上又长小枝丫，小枝丫上又长枝丫。树叶浓密，颜色从深到浅，绿得自然。

我从远处给这棵树拍了照，保存在手机里。在城市里生活，每每想家的时候就翻出来看。心里想着这棵树，想着这树后面曾经的房屋，不禁生出一种亲切感，想到自己是有来源的，是有根的，就有一种无穷的力量。

不久前，居住在另一座城市的弟媳打来电话，给我说了一个不好的消息。她说，大哥，你是不是得抽个时间回老家看一下，我们家的那棵大树被人下毒了。我感到有点好笑，也不太相信。那棵树长在我们自家的院门外，和他人有啥关系呢？她说是邻居告诉她的，那下毒的人说那树挡了他田里的一部分阳光。我问那人是咋下的毒，她说是用药水倒在树根周围的土里。

我心里咯噔了一下，亏那人还想得出这样的手段来。我答应了，还是没有定下来什么时间回去。

那个所谓给树下毒的人是我小时候的一个伙伴，他只比我小两岁。我们上小学都在一所学校，每天都同路，但不在一个班级。我们一起去水库里游过泳，还一起晚上打着煤油灯去逮过黄鳝。我家的牛是母的，从来就不让人骑，一挨它的背，它就跳。所以，我很羡慕那小伙伴，他家的牛很乖。他每次来叫我去放牛的时候都是横骑在牛背上。一起去放牛，我非常愉快，因为又可以去骑他家的牛玩了。我上初中的时候，就和他来往比较少了。原因是，有一次晚上我们在另一个小伙伴家煮黄鳝吃。那小伙伴的父亲就着蒜苗鳝鱼肉喝了几口酒，兴奋起来，对我们摆起了他自己正在实施的一个发家计划。就是把自家的自留地种上果树，几年后挂果，每一株树可以卖几十元钱，十棵树就是几百，一亩地可以栽几十上百棵，一笔不小的收入啊，比你干啥都强。过了几天，我又去约那小伙伴晚上逮黄鳝煮来吃，他说有事去不了。我去到可以煮黄鳝的小伙伴家，他父亲就长吁短叹地埋怨，说他的发家梦想泡汤了。我问为啥。他说，辛辛苦苦栽下的优良果树被人偷了，买树苗的款还是在银行贷的呢，不知道多久才能还清哦。他们报了案，一直有公安进出他家。我们小娃娃也不好去了。案子查了一年多，也没有查到是谁干的。第二年水库放水插秧，才发现那几十棵树苗被捆着石头沉在深水里。这是谁也没有想到的。人去偷树不是拿来自己栽，仅仅是不希望有梦想的人去实现梦想，这太可怕了。

转眼到了中秋节，弟媳又打来电话，问我回去过没有，我说还没有。她说，大哥，你要引起重视哦。别人告诉说，那人借口那棵树挡了他田里的阳光，实际上是要坏我们家的风水，当地好些人把我们家院门的那棵树当成了风水树，说是那棵树保佑了我们，不然我们几姊妹是不会到城市里居家生活的。

那棵树就是当年母亲随手栽下的，还折断过两次，五十多年后就长大成材了，仅此而已。我笑了笑，答应她尽快回去一趟。其实，我是一直没有想好，回去又能做啥子呢，我实在是不太愿意去面对儿时的小伙伴。不过，我心里是这样安慰自己的，那棵树根深叶茂，咋会轻易被毒死呢。

深冬的一天，弟媳再次打来电话。她说，大哥，我给你说个好消息，搬到镇上去居住的邻居最近回了山上一趟，他说我们家门前的那棵树又开始发新芽了。妻子在旁边插话说，告诉弟媳，过年给父母上坟的时候都一起回去看看吧，把那棵树的枝丫剔一些。我赞成妻子的意见，但心里却在想，枝丫剔了还会长出来，人的思维一旦形成定式还能转变过来吗？

稻田里的鸟儿

廉世广

过年的时候，二叔从乡下给我背来一袋大米。从楼下扛到楼上，累得满头大汗。我埋怨他道："现在也不缺大米了，何必费这么大劲呢！"

二叔说："这大米是我自己种的，好吃着呢。"

二叔住的那个村子，家家的房前屋后都有块自留地，有些人家种菜，就成了小菜园。二叔呢，在院子里打了一口井，在自留地里种上了水稻。

我问："这么大岁数了，干吗还要那么劳累？可以走出村庄，坐高铁，到各地去看看。"

二叔说："种这点地累不着，精神上富足着呢，而且还有很多有趣的事。去年种地的时候，就发生了一件有趣的事。"

还没等我问，二叔就开始给我讲了。

二叔说那是去年春天的事，天气变暖后，他开始收拾稻田。稻田边上的两棵白杨树下，有一堆稻草，是头年秋天堆的，经过一个冬天，稻草已开始变黑。他要把稻草挪出去，不然，就会影响泡田、插秧。他拿着铁叉，来到草堆旁的时候，突然从草堆里飞出两只鸟，把他吓了一跳。抬头望去，两只鸟并未飞远，而是落在旁边的白杨树上，冲他喳喳地叫。细看这两只鸟，不是常见的鸟，头上有黑色斑纹。一只还长着醒目的冠毛，显然，这是只雄鸟。两只鸟喙短而侧扁，羽毛大部分都是灰褐色，翅膀和鸟尾略黑，有黄白斑点，尖端是暗红色，叫声清脆。

"这是什么鸟呢？"我问。

二叔说他也叫不出鸟的名字，只是依稀记得小时候，村子周边有很多草甸子，水泡子里长满塔头墩子。塔头墩子上长满青草和五颜六色的野花，常常有各种各样的鸟儿栖在花茎上，随风摆动，发出悦耳的鸟鸣。花儿是美的，鸟儿是美的，所有的一切都赏心悦目。塔头墩子上往往都藏有一个鸟窝，住着鸟儿的一家。他似乎见过这种鸟，却想不起叫什么名字。

二叔看了一会儿树上的鸟儿，就准备挪走这堆稻草，以便适时种上他想要的稻子。他弯下腰，开始用铁叉清理稻草。这时，树上的两只鸟儿一齐飞了下来，急切地围着他转来转去，发出凄厉的叫声，其中一只还大胆地用尖嘴去撕扯二叔的裤脚。二叔感到奇怪，便停下来。两只鸟儿也重新回到树上，黑溜溜的小眼睛一眨不眨地盯着二叔。二叔和鸟儿对视了一会儿，突然想到，这草堆里会不会有鸟窝呢？

二叔小心地在草堆里寻找，果然发现了一个鸟窝。鸟窝很精致，外面用稻草编织而成，里面铺着一层轻软的羽毛，也许是鸟儿从别处衔来的，也许是从自身上叼下来的，给人很舒适很温馨的感觉。细看，鸟窝里有一堆鸟蛋，五六个吧，椭圆形，带着好看的斑纹。二叔终于明白了，这两只飞来飞去的鸟儿，是在拼命护卫它们的家，护卫它们正在孵育的孩子们。

二叔放下手中的铁叉，坐在松软的稻草上，春日的阳光暖暖地照着他。他望着树上的鸟儿，奇怪的是，这时树上的鸟儿反而变得安静了，四只黑黑的眼睛默默地看着他。它们知道，它们一家的命运，此刻就掌握在二叔的手里。

"那你到底留没留下那个鸟窝啊？"我有些着急了。

二叔不紧不慢地吸了口烟，说："我能为了多种一块地，就毁了鸟的家吗？"

二叔把那个稻草堆留了下来。稻草堆三面环水，成了半岛。二叔在稻田里插上秧，绿油油的禾苗在微风中舞动，鸟儿的孩子们也在蛋壳中探出了小脑袋，张着稚嫩的黄嘴丫唧唧地叫着要食吃。这时的鸟妈妈鸟爸爸特别勤奋，在稻田里上下翻飞，给鸟宝宝们捉虫吃。等鸟宝宝们出窝了，它们依然不离开二叔的稻田，而且还招来几十只同样的鸟儿。二叔说："你没看到啊，几十只美丽的鸟儿在那片绿色的稻田上翩翩起舞，多么好看的场面啊！"

当晚，我们用电饭锅煮了二叔带来的大米。米饭出锅，热气腾腾的，满屋飘香。

我们跳舞吧

冷清秋

夜里十一点。

李大志还在不屈不挠地给我打电话。

我当然不会去接。我和李大志已经分手了。

头天的事。就在凌云路转角的那家咖啡馆，我给李大志点了一杯卡布奇诺，我自己只要了一杯蜂蜜柠檬水。李大志一脸迷茫地问，怎么不喝咖啡？我白了他一眼，一本正经地告诉他，我心里太苦了，必须要来点甜的东西中和下。

李大志满不在乎地嚷嚷，少来，王小前，少在我面前叽叽歪歪，有什么大不了的，不就是关门大吉吗，不就是分手吗？老子答应你，老子早就看出你是想甩了老子单飞！

这句话很上头，一下就把我点着了。我承认李大志有这样的本事。疫情防控的这几个月，原本见证我们爱情的潮品店很快就因为高昂的租金撑不下去而垮掉了。一直在网上努力寻找新工作却屡屡碰壁的我总是轻易被李大志随便的一句话点燃而爆炸。我索性扔掉伪装，冲他大吼，对，没错，老娘就是想甩掉你小子单飞！吼完，我端起柠檬水直接给李大志洗了个脸，然后一把推开椅子，在周遭人讶异的目光中冲出了咖啡厅。

脑子被驴踢了吧？还是吃了猪油蒙了心？不然怎么会和李大志这头驴——不，这头蠢驴谈恋爱？！不过说实在的，这头蠢驴当时在毕业舞会上还不像现在这么蠢，尤其是一米八几的大高个彬彬有礼地微笑着冲我伸出手，弯下腰，做出邀请动作的时候，我感觉自己那一颗怀春的少女心瞬间都不会跳了。那时的我哪里知道这么大只的帅小伙后来会演变成李烦人、李抠搜、李木头、李无情、李石头磕子！

没人知道昨天分手时我只点杯柠檬蜂蜜水也是想着给这个时运不济的李大人节省那么一丁点银子。其实按照我原本的思路是我们直接在马路牙子说了分手就算完事，可大踏步走在前面的李大志嗖地就钻进了旁边的咖啡馆。

好吧，好聚好散，这么想着我才跟了进去。

事情不都说完了吗？摁了接听键后我尽量保持自己的语速不紧不慢。

小前，小前，我捡了一只猫！李大志急切地在手机里冲我喊，大概有两个月大，橘黄色……就像是为了证实他李大志所言非虚，手机那边果然就传来几声猫咪的叫声。

哦，都是些什么！有些无语的我直接挂掉了电话。

可李大志很快又拨了过来。他这次很认真地对我说，小前同志，我不是求你复合，也不是找你继续谈恋爱，我只是希望你能联系一下你开宠物医院那个叫什么红还是什么丽的朋友，帮着给小猫做个健康检查，再购买一些猫能吃的食物什么的。

他李大志把话说得这么清晰明了我还能再说什么呢，好吧——

接下来就是我立即联系闺密，然后开车去梅陇十一村接李大志和他的猫，然后再一起去我闺密的宠物医院进行各项检查。好在经过健康检查小猫并无大碍，吃了半管多的营养膏一下子就蹦来跳去地精神了。

从宠物医院回来的路上，我开得很慢。坐在副驾驶位上的李大志睡着了。

那猫依偎着他的胳膊也睡着了。那画面很和谐，我忍不住多看了两眼。

看第三眼的时候，闭着眼的李大志说，小前，我们重新谈个恋爱吧？

去死！没门！

那，我们跳个舞吧——

车载音乐很配合地响起来了。

是毛不易的《像我这样的人》，突然，我很想哭。

没人知道我们已经分手了，没人知道我们又谈起了恋爱。

没人知道李大志在天桥绿化带那里捡了一只猫，我们给它取名跳跳。是跳舞的跳。

可李大志说，是跳槽的跳。

那时候正是春天，半下午的阳光透过玻璃窗，洒在宠物用品超市的吧台上。店主李大志同志正耐心地给顾客讲解一款新到的猫咪背包，他轻声和顾客攀谈的样子带着一丁点儿的帅。

对，一丁点儿就够了。毕竟青年男女分分合合失业创业的故事每天都在上海这个城市悄然发生。我只是忘不掉那天李大志眼里那坚定的光。

李大志说：王小前，它饿坏了，不救助一定会死的。

对，就是这样。

戏 疗

田玉莲

三朵儿，特别爱哭啼，出生之后，哭声几乎没个停歇的时候。

一日，村里来了戏班子，锣鼓响过，好戏开场。谁知，三朵儿突然把哭声转换成了咯咯的笑声。

爹说："丫头片子，长大了肯定是个戏迷！"

爹最疼三朵儿，三朵儿比马鞭稍高时便带她逛庙会，看大戏，看皮影……

那日的戏是《花木兰》。晌午了，正演到高潮处，三朵儿看得痴迷，爹问："吃点儿什么？"

三朵儿尚未从戏中拔出眼来，正如痴如醉，顺嘴道："花木兰！"

爹照她屁股上就是一巴掌："花木兰个头！"

三朵儿从小聪明过人，有过目不忘之能耐，好多唱词不说倒背如流，但滚瓜烂熟却半点也不瞎说，而且，她对那剧情也能深刻地领悟。

那年春末夏初，戏演《鞭打芦花》。说的是继母在做冬衣时，给非亲生儿子用芦花当棉絮，给亲生儿子却用新棉做冬衣……

演出时，因为舞台通风条件极差，加上女扮男装的演员一身戏衣，演着唱着竟然汗水淅沥。三朵儿见状不由自主地"喊——"了一声，显然是在唱倒彩。

女扮男装的演员见有人喝倒彩，戏演得明显有些不稳了。总算把这一折戏演罢，便倒头寻到三朵儿，双手一揖："大姐，师傅，您在上，戏演得不好，请多多指教！"

"不敢！"三朵儿也礼貌地回敬一揖。

"既然不敢，女人何必为难女人？"女演员显然不乐意了。

听了女演员的话，三朵儿也有些气恼，有理有据地道："寒冬腊月，哪来的汗水？"

"又得动作，又得唱腔，穿戴戏服，加上这天气，鬼才不出汗。"女演员不屑一顾地说。

三朵儿驳斥说："是你没进入角色，一旦进入，哪会有？"

女演员从鼻孔里哼了一声："站着说话不腰疼，说得比唱得好听，我倒要请教一下。"

"请教谈不上。"

其他演员见三朵儿这样说，便嚷道："谅你也没几斤几两。砸场子，你还嫩了点儿！"

见人们不拿她当盘菜，加上又犯了"戏瘾"，还真就把她将了起来。拿过戏衣，穿戴利索，摸起笔，蘸上油彩，粗略几笔，就初现了角儿的神韵。刹那间沉浸入戏的氛围，仿佛寒风凛冽，风卷残雪，天寒地冻，肌肤如锥剜刺，周身打战，汗毛倒立，边舞水袖边唱道：

大雪纷飞空中飘，

觅食之鸟归了巢。

雪花迎面空中啸，

浑身打战似水浇……

三朵儿这一亮嗓，加上几个登场的动作，处处传神，竟然把那女演员和其他演员"镇"住了。末了，由那女演员牵头，大家竟情不自禁地喝彩鼓掌。

三朵儿对女演员说："说实话，我并不会演戏，只是喜欢看戏，也爱戏，能融入剧情，更重要的是看后，还会反复琢磨。只有这样才能把戏演好演活，人们才会打心眼里喜欢！"

三朵儿发自肺腑的话，说到了女演员的心坎上。眼窝很浅的女演员泪水湿润了面颊。

时光荏苒，三朵儿转瞬年届七旬，但戏瘾有增无减。

很不幸，三朵儿犯了肝病，初始吃些药尚能减轻疼痛，可随着疾病加重，药物治疗的效果已微乎其微，只能躺在病床上了。

说来蹊跷，她竟然把握了治疗病痛的"金钥匙"，寻到了"灵丹妙药"！

病痛厉害的时候，大汗淋漓，简直能背过气去。本想竭力忍耐着，不让痛苦的呻吟传出来，可怎么也控制不住。然而，渐渐地，她竟然把那痛苦的呼喊，转换到戏文的唱腔上去了……

真是不可思议，在疼痛严重之时，她脑海里便蹦出戏词，随之便倾情演唱，把自己强按入角色。嘿，正义还真能压倒"邪恶"，疼痛便忘到九霄云外了。

一日，三朵儿正在"演唱"，声音弥漫荡漾。"吹箫引凤"，不承想，竟然把三盏子招来了。

三盏子是他年轻时的名字，现如今应称作三老盏。他拄着拐杖——患婴儿瘫，腿瘸得厉害。尽管除了腿其他皆完好，可成人后寻口饭吃依然是难题，这当然是父母的一大心病。父母绞尽脑汁思虑半天，最终决定让他去学吹唢呐。学成之后，一家好心的戏班子的"领袖"接纳了他。直到他"人老珠黄"了，才退出舞台。

对于三老盏的到来，三朵儿几近欣喜若狂，用手吃力地扶住他细瘦的胳膊，急切地询问："带唢呐没？"

三老盏从腰上拔出来，朝她一亮。

见到他攥在手中锃光瓦亮的唢呐，她蜡黄的脸上泛起了光泽。

她让三老盏扶着坐起，强打起精神。三老盏挨她坐在土炕一隅，运足力气，随之悠扬婉转之声响起。吹着吹着，竟然换了曲风，呜呜咽咽，如泣如诉……

三朵儿便合着唢呐之声抑扬顿挫地唱起来。她的面颊粲然，一如春雨滋润过的花束。

三老盏吹着吹着，突然吹出了一袭泪水，哗哗地从脸上滴洒下来……

三朵儿沉浸于戏中，进入忘我的境界。唱着唱着把声音放低，直至停歇下来。

三老盏知道她刚才一通唱，有些累，便搁下唢呐，把她瘦骨嶙峋的身躯放平，拽动着被子，说："睡一觉吧！"

她点点头，微露笑意睡去了。

须臾，哭啼的唢呐之声又起……

门 面

徐惠林

那年，第一个登场的，是阿丁，大姨的小儿子。

也不知谁说起我房子要装修，而且是要找乡下的师傅。

阿丁表弟多年未谋面，依稀记起他小时候的模样。舅舅家跟我们家一个村，他跟着大姨来拜年，顽皮机灵得很。

那个周五，我正准备下班后赶末班车回故里跟父母合计装修这事，电话响了，那头报名——"阿良哥，我是阿丁！"他说跟小姨妈讲好了，我新房的水电他来弄。"下个星期一，我现在手头这单活正好歇了，就过来。呵呵。"我正待问个究竟，电话那头就搁了。

我愣了一支烟的工夫。

电话打到父母那里，老爷子接的，说装修的事他不清楚，母亲接过了电话："你大姨那天来看你舅，说起了阿丁现在在县城里搞装修。我说你的房子也准备装修一下，你大姨说：'那叫阿丁！'我还没说要跟你商量呢，你大姨你知道的，马上自主应承下来，说：'自己人，还用你上心思？'"我有些怨母亲："我正想回来商量这事。我这房子，也不是人家什么别墅排屋，搞那么大排场干什么？本来，我想在自己村里物色几个人。叫你这么一说，我也不能推了。"

晚上，唠叨装修的事，妻子皱着眉："你吃得准吗？表弟这么多年没见面了。"

"有什么吃得准吃不准的？自己表弟，人活络，总不会坑自己人。再说，也就水电这一单活。能折腾出什么花样？"妻子不再吱声。

星期一，我刚到单位上班，手机响了，是阿丁。"你等等，我过会儿就来。"

表弟一行，两辆摩托车。他自己骑一辆，两个手下模样的人共骑一辆，车上挎着装有电线、仪表和一些水电笔的帆布包。

表弟的模样不像我改天换地，脸型基本还是那个国字脸，皮肤依然粉白，尤其两只眼睛，大，灵气很足，一对笑眉掩映着两潭清水——这理应是一位江南女子的脸部要件。阿丁有两撇小胡子，左右分明，只是头上之发，也开始稀疏。

我来不及细细打量，往昔我们玩耍的场景也只快速地在脑海中放个电影，就寒暄着问，大姨的身体怎么样，搞装修多长时间了，然后感叹一下时间过得真快呀。

"我这房子，一百个平方米不到。主要是钱不够，装修想节省点……"我带他进小区，一路絮叨。

"没关系的。钱少有少的弄法，钱多有多的弄法。表哥，我主要是给你帮忙，临行我妈交代过了。我也不想赚你钱……"

"你这样说就见外了。兄弟间还谈这个，嘻！"

装修是个系统工程。

阿丁是个小头目，接了单人就很少来了。手下的水电工，钱没多要，但干活三天两头不来，耽误工期，搞得时间超预期。最后结账，付钱，我颇不爽地把阿丁这拨神仙送走了。

第二步是贴瓷砖，我叫的是隔壁村的初中同学。活是做得实在，可质量不好。地砖水泥没调好，把里面卫生间的地漏堵了。瓷砖也没搭配好，把厨房要遮去的部分也贴了，还"一不小心"敲碎了多块大地砖。我也只能忍了，认了。还要管烟管酒。

第三步是室内装修，叫的是村里人。头儿是村民方平，起始感觉他尚忠厚，但几个手下，由于本村外村人交混，我不熟悉。他们因有店铺供货关系，缠着方平，向东家我央求进他们亲戚朋友的材料。反正方平是这么说的。后来被我窥破。包括方平自己推荐的窗帘，也是他小姨子店铺所售。活还未干到一半，方平暗示几个手下向我讨要生活费。我有些来气。更让人闹心的是，我来查看进度，今天一个小工说，他弟弟的汽车被人用假号诓骗了，让我帮忙"出头"；明天，另一个小工说他堂弟观看人家打架，被带进局子里，让我帮通融放出，"你还不是一个电话就行了？"；再两天又一个小工说自己儿子艺专毕业了，让我帮忙给联系实习，"下回帮找份工作，我请你喝酒"。

结束了前面几个流程，最后是油漆。我找了一个当年的太湖边小兄弟小刘，他做漆匠。小刘带来同村一人。小刘说："阿良老哥你只出油漆钱，工钱我自己那份分文不要，报答当年你帮助我的恩情。"谁知，有一天，偶遇一个懂行的友人。他说："顺道看看你家装修的新房。"进门他落眼就明确告诉我，"油漆可能被倒去了很多"。我当然不便去验证。小刘包了几个地方的油漆活，有时只来那个同村人。有一天，快结束时，那家伙说自己生病了，急需用钱，先"借"了2000元。自此，再不见人，超额"借"去的钱再也没还。

终于装修好了。整体一看，感觉效果不是很统一，有股烂俗的乡气。我寻思，这就是对这些年来自己"惦念故里，歌颂乡民淳朴、村人善良"的"回报"吗？但似乎几个人，也不能代表全部。

以后的日子，麻烦不断：马桶时而堵塞；热、冷水龙头搞反了；地砖拱起……生活爬满了虱子。

但无论如何，一个书房、一个厨房、两个卧室和大小卫生间的门，在我的再三强调、隔三岔五亲临监工下，做得都还算小心仔细。款型、配锁、合页，严丝合缝。尤其是大门，砂磨，上第一遍漆，干了后再上第二遍漆，最后抛光、打蜡，看上去大方得体，开门关门，嘎啦脆。"好看，结实，气派的嘛！"同层的新住户路过，一句夸奖，让我觉得很是受用。

转眼，五年过去了。

又攒钱、按揭，我在开发区买了套房子。这回装修，本来夫妻早已商定，请装修公司，省钱省力省心。谁知，那天晚餐，妻子特别为我备了瓶好酒，还较平素加了几个好菜。两杯酒下肚，她欲言又止。一问，方知有事：丈母娘来电，老家金华她的姨侄刚成立一个装修公司，家里这单装修活，"要给娘家人做！"

应承不应承？暗夜无眠，我像是被装修的泥刀在翻来覆去地给修理。

风　雨

脱微娜

我的姑姑是个特立独行的人。她思维活跃，行事果断，不按常理出牌，常令大家跟不上她的思维。在我们的家族中，她是有着绝对话语权的人。这也难怪，除了个性强悍外，她还有个不错的社会头衔——某知名大学资深教授。

这不，大年初四刚过，她突然找到我，要我帮她筹备个"追思会"。我的心里咯噔一下，大过年的也不图个吉利，给谁追思呀？但这话我没敢说出口。看我沉默不语，她似乎明白了我的顾虑，赶忙解释，"追私会"是私人的"私"，趁着春节放假，要请一些私下要好的朋友坐一坐，聊一聊，说说心里话。

文化人就是能整新词，我还第一次听说"追私会"呢，不就是要请朋友聚会吗？我放松下来。姑姑盯着我的眼睛看了一会儿，拿出一张写满名字和电话号码的名单。

"咋请这么多人？"

"要不我找你干吗？别啰唆，一定想方设法把这些人请到，一个都不能少。"

"到饭店订个20人的大桌吧？"

"不用，就在家里办。"说完，她又把一张纸递给我，上面写着需要采购的物品，有各种干果、水果、糕点、糖块、啤酒、饮料、酸奶等。像是要召开茶话会。这可把我整糊涂了，以我对姑姑的了解，她终身未婚，也不喜欢交际，怎么会突然请这么多人，她唱的是哪一出？

名单上有我熟悉的名字，也有很多生僻的姓名。姑姑说，大多是她高中和大学的同学。她想念他们。我一一给他们打了邀请电话，措辞诚恳。我屏蔽了所谓"追私"的字眼，只说姑姑想大家了，要一起坐坐。请客的事自然得到大家的热烈响应，但也有人说："太阳从西边出来了，难得你姑姑还能想到我。"这是高兴的抱怨，还是酸溜溜的喜欢，我听不明白。只有一个叫周自恒的人表达歉意说他有事。

姑姑听了，翻了个白眼说："随他去。"

一切准备就绪。姑姑让我在客厅四周挂了几串亮亮灭灭的小红灯和彩色气球渲染气氛，她不顾我的反对，亲书了"追私会"三个醒目的大字挂在客厅的正中间。她左瞧右看，满意地点点头。

第二天上午，客人们陆续到齐了。男男女女都穿得崭新崭新的。姑姑忽然像变了一个人，眼睛亮亮的，脸上有了红晕，话语也绵柔起来，一改平日的严肃刻板模样，一点不像年过花甲之人。来人和她热情相拥着，话语絮絮。看他们的亲密举止，原来姑姑的人缘好着呢。

得亏姑姑的大房子，大客厅坐得满满当当。大家互相打趣说笑，边吃边喝，好不热闹。我穿插其中，不断给大家端茶递酒。有人问姑姑"追私会"是啥意思，还问周自恒怎么没来。姑姑像卖关子笑而不语。我惊诧地发现，青春在姑姑的身上复苏了。

"朋友们，今天，我不无遗憾地告知大家，去年秋天我查出了肺癌，是晚期，也许明年这个时候，我就不在了。"姑姑开场这几句话，像一记重拳，一下子把大家打蒙了。

原来是姑姑得了癌症。我只感到一个头顿时两个大。

屋里出现了短暂的沉寂。"真格的，还是开玩笑？"有人问。姑姑淡定地看着大家，正要开口，这时有人敲门。进来的是一个头发花白戴着眼镜瘦骨嶙峋的高个男子。人们的目光唰地一下子集中到他身上。

"周自恒，你可是来啦！"人们你一言，我一语。姑姑呆立了一阵，迎上前。他们久久相视着，继而紧紧拥抱。姑姑的两行泪水流了下来。男人不顾大家起哄的目光，捧起她的头和自己的脸贴在一起。"在一起，在一起。"众人欢呼起来。

我看呆了。小时候的记忆倏地跳出，莫非周自恒就是姑姑的那个初恋？听父亲说，他们彼此深深相爱，可不知为什么两人没能在一起，至今都还单身。

姑姑拿出了医院的诊断书，给大家看。"我的时间不多了，所以今天把大家请来，因为我爱你们。我是学哲学的，早已参透生死。我不喜欢死后的追思追悼，所以趁活着追"私"畅谈。我想对朋友们说，你们在我的生命里很重要。我来到这个世界的使命就要完成了，即将开始准备下一场未知的旅行。在这里，我向爱我的和我爱的大家告别，对我伤害过的人道歉！"

现场有人唏嘘，有人感叹，有人抽泣，有人鼓起掌来。周自恒摘下眼镜低头擦眼睛，他情绪难抑，站起身来，向屋里走去。姑姑紧随其后，关上了门……

事情的发展颇让人出乎意料。姑姑的肺癌竟是一场荒唐的误诊。有人戏谑道，是追私会把她的癌细胞冲跑了。

一年后，姑姑还精神抖擞地活着。可是，周自恒却先她而去。

别　离

黄思梅

天气冷，晚饭后他们就回房间钻进被窝了。老婆子明天要搬到小儿子家里去，她叮嘱老头子："你做事不要急，85 岁的人了，万一摔了碰了磕到了，自己受罪事小，给孩子添乱事大。"老头子说："别光顾着说我，你只比我小 3 岁，你也当心点。我最不放心的是你的心脏病，发作过两回了。医生说，你这病，分分钟索命。"老头子说着，朝手里哈了口气，双手搓揉，巴掌贴在脸上试了试，感觉手掌暖和了，才把老婆子的脚抓过来，放在自己大腿上，开始慢慢按摩。这是他们的睡前功课。人老了，血液循环不好，他们每晚睡前都要为对方全身按摩一遍。

老婆子微闭着眼睛，很享受的样子。老婆子说："这会不会是你最后一次给我按摩呢？"

老头子说："不会！离 100 岁还有十几年，咱们的日子长着呢！"

老婆子说："我不想活那么长。孩子们划清谁养你谁养我，还不是怕我们哪天瘫在床上。"老婆子说着湿了眼睛。他们有两个儿子，儿子在不同的城里安家。早先，他们分别在不同城市带孙子。孙子上学后，他们又住到一起，在儿子家轮流吃住。儿子们说，他们已是高龄，不适合来回奔波，决定一人赡养一个，不再轮流。

老头子说："我买了一箱你爱喝的红枣牛奶，放在衣柜里，明天你带过去，一天喝一盒。"

老婆子笑了。老婆子说："你对我真好，我舍不得离开你。"

老头子说："咱们老了，得听儿子的安排。"

老婆子说："一想到要离开你我就心口痛，这几天我心里闷得慌。"

老头子说："咱们上医院看看？"

老婆子说："不去！搬过去的日子改了又改，孩子们都说我娇气。"

老头子说："你放宽心，到了小儿子家，我天天跟你视频。"

换老婆子给老头子按摩。老婆子说："我使不上劲。"

老头子说："要是累就不用给我按了。"

老婆子说："今晚不按，以后想按也难了。我走后，你要记得按时吃药。"老头子高血压，每次都要老婆子提醒他按时吃药。

老婆子说："咱虽没有传染病，但一定要记住，喝水时不要拿错杯子！不要拿错杯子！不要拿错杯子！记住了没有？"老婆子敲着老头子的背脊。

老头子说："记住了。那次拿孙子的杯子喝水，弄得儿子儿媳大吵一架，差点离婚，从那以后我从未拿错过喝水杯。"

"嘘！"老婆子做了个手势，指了指客厅，示意老头子不要大声嚷嚷。

老婆子说："要天天洗澡，天天换洗衣服，不要让后生嫌弃我们有股老人味。"

老婆子说："不要挑三拣四，遇上咬不动的菜你就少吃点，吃饭时不要把饭粒掉在桌子或者地板上。"

老婆子说："晚上不要开电视，开电视影响孙子学习，孩子妈跟我说过好几次了。"

老婆子还在絮絮叨叨，老头子响起了呼噜声。

老婆子给他盖好棉被，在一旁躺下。

半夜，老婆子轻手轻脚起身。睡梦中的老头子一把拉住她："去哪里？"

老婆子说："拉尿。"

老头子说："我梦见你不知要去哪里，怎么拉也拉不住。"

老婆子安慰他："是明天早上九点钟的车到小儿子家里去，天还早着呢，睡吧！"

天蒙蒙亮，老头子被清洁工扫地的声音吵醒了。他想去拉尿，又怕吵醒老婆子。老婆子今天要坐很长时间的火车，他得让她多睡一会儿。老头子直挺挺地躺在床上，闭上眼睛，不让自己去想拉尿的事情。时间一点一点过去，天渐渐亮了，窗外偶有嗒嗒的脚步声或一两声咳嗽，往常这个时间点老婆子早就睡醒了。老头子想与她再说说话，他伸手摇了摇老婆子，老婆子没有反应。老头子说："天亮了，还睡呢！"老婆子还是没有反应。老头子觉得哪里不对劲，摸了摸老婆子的手，凉凉的。老头子吓了一跳，啪地打开了灯。

老婆子已没有气息，像睡着了一样。

儿子和儿媳尚未起床。老头子起身拉了泡尿，返回房间坐在床沿上。哪里都静悄悄的，他的脑子空空荡荡。他觉得有点冷，把双脚伸进被窝，身子也钻了进去。他想用身子再暖暖老婆子。他侧身贴着她，把手放在她的腰上，像他们平日睡觉时一样。

父亲的饱嗝

田洪波

父亲是个有点意思的男人，他四方脸膛，一米八三的个头，一百九十斤的体重，走起路来，似乎脚下的地都跟着颤动。我们调侃他，不能抬起脚来轻点儿声走路吗？父亲咧嘴一笑，说，坦克抬不起脚。

父亲在建筑队上班，不是会技术活儿的瓦匠，就是小工类的角色，出一些苦力，每天都弄得一身土灰。

他下班的时候，就是我们四个孩子最快乐的时光。我前面有两个哥哥，身后有个弟弟。我们每天除了上学、写好作业外，就是疯玩，经常早早肚子就饿了。父亲回来，我们就可以吃上饭了。

的确，只有吃饭时，全家才显得热闹。母亲吃饭，轻风细雨的。父亲却不，常会在接近尾声时，筷子挑得很高，碗也高高举起，弄出很大的声响。我们呢，我们根本就没个正形，不是你用筷子敲打下碗沿儿，就是他嘴巴吐出泡儿。

这是那个年代最深刻的儿时记忆。

我们家吃饭有个不能打破的规矩，就是不管是稀饭还是干饭，每人不能超过两小碗，即使没吃饱，也得不讲条件地放下碗筷。

常常是，哥哥或弟弟，两小碗饭下肚，眼睛依然盯着饭锅，瞅瞅母亲，再抬眼儿看父亲。往往这时父亲就会说，饭嘛，吃个半饱就可以了，吃多了不好。母亲附和着说，听你们父亲的。我们正哭丧脸，父亲又咧嘴笑说，再给孩子们盛一筷头饭，也行吧？正长身体呢，不差一筷头饭。母亲沉下脸说，你这人，怎么刮完西风又刮东风，说变节就变节了？

这种情况多是家里的饭不够吃的时候。往往这个时候，父亲是第一个下饭桌的。他把碗从高处放到饭桌上后，会大声宣布，饱了！然后，拍拍肚皮，打出一声响亮的饱嗝。

父亲的饱嗝声太难听了。这是我们几个孩子的一致看法，它不时地响起来，搅和了我们关注一件事情的兴致。或者我们正说着话，被他的饱嗝声打断，话题跑到另一边儿，再难找回来了。

我们有时会学父亲打饱嗝，父亲也不计较，只是傻笑。倒是母亲，总是呵斥我们，不让我们起哄胡闹。

起初母亲反应是最激烈的，她用手紧紧抓住父亲拿筷子的手说，那么大个人，怎么吃这点儿饭就饱了？工地上活累着呢！不行，再吃半碗！母亲盛出半碗饭，强行让父亲吃下。父亲打着止不住的饱嗝说，你还让我怎么吃得下呀？我的胃就拳头那么大。

母亲常会叹气，一双手把父亲的手攥得紧紧的。父亲大声笑着说，真的吃饱了——嗝，然后又是一声饱嗝。

尽管我们年纪不大，却也觉出，此间有深意。大家不再争食，后来发现父亲一个人在院子里用报纸卷烟抽，我们惊讶道，你这么快就不打饱嗝了？父亲愣怔说，小孩子家家，一边去——嗝。饱嗝再起。

我们会和同伴说起父亲的饱嗝，同伴羡慕说，你们家有那么多粮食吃啊？我们从鼻孔里哼出声，也不和他们解释。

那年夏天，父亲从脚手架上摔下来了，幸好只是小腿骨折。同事说，也不知怎么回事，他最近老是犯晕，那么大的个子，有时走起路来也打晃儿。

当时的我们怎么会明白，直到我们长大，陆续成了家，我们才渐渐体会到父亲的不易。他那是吃不饱啊，他的身体提出了抗议，他所谓的饱嗝都是在我们面前装出来的。想想作为一家之主，当时也真是难为了他。

自然，有时回父母家吃饭，还会听到父亲的饱嗝声。我们笑他，你又装！父亲此时红润着喝过酒的脸说，这回可是真的——嗝。我们大笑。母亲说，当年没有你们父亲的饱嗝，哪换得来你们的成长啊，把我们几个兄妹说得湿了眼眶。

年终岁尾工作正忙时，母亲打电话让我们回家吃饭，说父亲前些天胃总是疼，去医院做了检查，让我们安慰他一下。回家时打开门，父亲虚着两只手，站在门口，直愣愣地看着我们。

我问父亲怎么了。他明显湿了眼角说，没什么。问他检查结果，他说一切正常，医生只提醒不能吃太硬的东西。

饭后家人唠嗑间隙，突然父亲打起饱嗝。老公孩子和我笑作一团。

父亲悄悄把我喊进他的卧室，说，闺女，医生说了，能吃点啥就吃点啥吧——嗝，这不，今天晚上，我是真的吃撑着了。看来，爸爸这辆坦克要变成废铁了。父亲这么说时，脸上始终带着笑。

我把头扎进他怀里，悄声啜泣。

相见时难

符浩勇

南岛椰城沸腾喧嚣，他是来参加一个行业会议的。当他在海口城北的中心广场来回观望，在熙熙攘攘的免税商场审视人流，在拥挤不堪的公共汽车上环顾车厢，一个潜意识悄然浮现，渐渐清晰。他意识到，他不仅仅是来开会的，他在寻找一个人，这一次他是为寻她而来的。

他知道自己的寻找有些茫然。他躲在住处，用手机拨通电话簿上一切有可能与她相关的单位，却找不到那个承载着远去的青春故事的名字。他还记得他们是为选择毕业去向而分手的。她的学业成绩在学院里是拔尖的，她本可以留在美丽的港城青岛，可她的分配志愿表上赫然写着：海口。

最后一次见面时，他说："你要知道，那里只是渔村般的地级市，容不得你出风头……""我这不是出风头，你要尊重我的选择！"她说，"我选定的路，我就会走下去。到了那里，十年、二十年，甚至这辈子，即使将来失败了，我决不会后悔，更不会向命运屈服。如果你想留居港城过舒适的日子，从此碌碌无为，你就找不到社会责任的信条……"

他听不进去，梗着脖子说："难道你对我们同窗四年的情谊就无动于衷吗？我把你当作我生命的全部！""一个女人绝对不会爱一个把她当作生命全部的男人……"她说话掷地有声，转身飘然而去。

他留在了美丽的港城，她却奔赴了南方海岛。

他曾经有过多次南迁的机会，既有建省时十万人才过海峡的机遇，也有后来国际旅岛浪潮的召唤，他都婉拒了。这一次，他自告奋勇来海岛参加一个行业专题会议，实际是因为女儿，女儿师范大学毕业，志愿到大西北去。妻子极力反对，对他说如果女儿去大西北，不如去南方海岛，那里即将建设自由贸易港。

会议结束了。茫茫椰城，芸芸众生，斯人何在？

他没有失去耐心，惴惴不安地走向一家海运公司碰碰运气，办公室里两个职员正在热烈交谈，他硬着头皮上前打听。

"不错，有这么一个人。"接话的人是一位慈祥憨厚的老伯，"你要找的建琼，北方人，一腔好听的普通话。"他阴霾般的心陡然泛起半个太阳。

"三沙市成立时，原西沙的人都吵着要回来，她就举家申请去了。难得呀，可惜，这样的人太少了。"老伯抬头盯着他，他心里半个太阳倏地又落了下去。

他终于找到了，但又倏地失落了！哦，命运，它总是捉弄人！茫茫南海上的孤岛，那是怎样一种被风雨撕裂的生活？那里是一番怎样的滋味？他为寻找她奔波了数千公里，却在近在咫尺的地方踟蹰不前。他失去了耐心。

生活中总有些事出乎意料而又合情合理，被作家拿来做小说的素材。就在他心灰意冷的时候，突然发现房间里有人留下一张纸条。

"我来开会，在会期间可以抽空见面。"还留下行车路线。是她！那娟秀的字迹即使隔着时光他还是认了出来。他想，那么她也是记起他了，连同他们曾经的恋情——那时候常会因为一句看似玩笑的揶揄，或是几句微不足道而又斤斤计较的气话而困惑或受伤。那时候他们都年轻，不懂爱情。

他再次挤进熙熙攘攘的免税商场，买了礼品，脑子里一边想象她少女时轻盈秀逸的身影，一边又设计着见面时绅士有度而不失柔情的对话，三十多年的思念或眷恋化为一种热切或虔诚的祝福。这对于他是莫大的慰藉。

然而，在路边候车亭等待公共汽车时，他突然从阅报栏的玻璃窗里吃惊地发现：他已经不再是他！昔日那个踌躇满志、英俊潇洒的青年早已不再，眼前这个半老头子头顶荒芜、满脸臃肿，事业上毫无建树。那么她呢？

当晚，他辗转反侧，想起了与她分手后的那一年，他总是守候在电话旁，期待听到她反悔的声音，而后，他又在收发室逗留，希望从邮局送来的信件中有她回心转意的信。是的，他曾收到她的一封信，却赌气没有拆开就丢在一边。后来他的住所被盗窃一空，那封信不翼而飞。他本可通过打听得知她的地址，但一拖再拖，终还是失去了联系。

与她分手三年后他才结婚。曾经有多少个节假日，他带着妻女走在港城宽阔的街道上，盼能意外地遇上她回去探亲。他就可以骄傲地把自己的生活告诉她。然而，设想中一切的一切，都没有发生。如今过去三十多年，他为寻找她来到南方海岛，才知道她去了碧海茫茫的西沙，她一定是寻找到了人生追寻的某种信念。

有人说过，人生的旅途上是有许多停靠站的，或许海口就是他人生的一个小小驿站，但绝非他的归宿。他在犹豫中胆怯了。他担心自己一旦出现在她的面前，让她看到自己多年来由于懒散而膘壮的腰身及油光的额头时，她会有一种沉重而压抑的失落。人生的秋天，并不都是收获的季节……

他害怕他们见面的瞬间不是久别重逢的喜悦，而是一种永远的失落。哦，他们既然在含苞待放的湿润的早春离别，又何必在凋零花殒的暮秋重逢？还是让各自珍藏心中那青春不老的形象吧，那样就会有一段愉悦的回忆相伴永生。

他给她打了一个电话，踏上了北归的旅程。他决计说服妻子，让女儿到大西北去。

睡油箱的女人

普　凡

公路就是个冤孽，怎么跑都跑不到尽头。眼见天黑了下来，雨滴也一个劲儿击打玻璃，女人一脸焦急，说停下吧，都跑一天了。

男人打着哈欠，脚下的油门没松。这儿出过事，得赶紧离开！说着，从副驾驶旁的陶罐里抓了一根腌尖椒，驾驶室里随即就溢满了酸咸味道。男人咂嘴，辣，真他妈辣，过瘾。

粗俗的话语，在男人疯长的胡子上滴落。女人想用手去触摸，却因平时太亲近了而尴尬地收回。两口子一起跑车，有时候就是这样，非常没意思。女人也不想这样。家里老的老，小的小，都离不开她。庄稼地里，也少不了她。可男人的生活、男人的辛苦也需要她一起感受、分担、见证，不可或缺。

男人租了镇上老板的一辆大货车，穿省过市，没日没夜在公路上奔跑。辛苦是这行业的基调，但都比不了三番五次撬了油箱的痛楚。小半年的时间，男人的大货车几次油箱被人抽空，虽然报了警，可警察来了只做登记，了解情况，然后就都不了了之。有一回实在生气，男人抱怨，不仅没博得同情，反而引得警察反复盘查，询问出行各项证件、手续是否齐全。光天化日之下，男人灰溜溜的，有种被下套的感觉。

女人决定和男人一同跑长途，照顾男人，保证油箱完好。

男人将车停在国道边一处开阔的地方，女人迅速生火做饭。男人四下里转，以此活动身子，等男人回来，饭菜香味就在夜色里升腾。吃饭的时候，女人和孩子视频，饭就吃出了和在家里一样的味道。

女人第一次陪男人跑车是两个月前，车离家已好几千公里。晚上，男人吃完了躺下就着，而她则保持警醒。天上的星星看得很真切，看着看着，女人就觉得天地很近，近得平安而静谧。驾驶室空间不大，女人轻轻依偎在男人身边，尽可能蜷起身子，好多给男人一些地方放松身体睡觉。半夜里，女人迷迷糊糊听到车外有动静，想着坐起来，下车去看看，可眼皮就睁不开。等天出了亮光，才缓缓清醒过来，慌忙跳下车，油箱盖是开着的，大半箱油没了。

男人没说什么，只一个劲儿安慰女人。这样的事，对跑大车的来说，不是什么稀罕事，只要人安全就好。女人一个劲儿自责，好几百块钱就没了。男人笑笑，人没事就好，这个地方的人智商高，用上了迷药。记得去年有一回，半夜里，车门被打开了，一把刀子正顶着胸口……

女人一把捂住男人的嘴。男人岔开话题，笑笑说，媳妇，不是说的我，是隔壁村一样开大货车的大志。

男人一口洁白的牙闪着温暖的光。女人沐浴在光里就浑身无力，赶紧扭过身，眼泪在眼眶里打转。她清楚地知道，虽然可以在驾驶室里和男人一起躺下，但这一路上，她做不到躺下安睡并且享受。

随后，女人决定晚上睡在油箱上面，好让男人踏实睡觉，养足精力，隔天平安前行。在没有绝对保障的情况下，只得自己想法子解决。

男人比照油箱的模样，结合油箱的空间位置，裁剪出一个厚厚的纸箱垫子，之后在上面垫了两床厚厚的褥子。男人决定自己先试睡，刚一躺下，女人就翻白眼，说你是爷们，得全力保障睡眠，才能跑好路。我没什么事，白天困了可以在车里睡。

星光静静地在天空织着美丽，虫蛾缓缓地在身旁环绕飞翔，女人安静地躺下，她知道男人这个时候还没睡着。她想着轻轻敲敲油管，将声音传到驾驶室，传到男人的耳朵里，然后一起听自然，听生活。

女人没有敲，只是用手在上面触摸。拿指甲轻轻划动着，按照音乐的谱子，一个音符接一个音符地奏响。

油箱上的女人，轻轻地掖了掖被子，想着男人该睡着了。开大车的男人太累，得养足精力，明天才好安全地跑路。国道费时费力，但相对省钱。减少点成本，就能多赚点钱。

女人的手，细腻地沿油箱一寸一寸地探寻，在上锁的油箱盖上停留。那儿已经擦了又擦，可以放手在上面干净地彼此亲近了。

女人轻轻地移动着，好让身子以最舒服的方式来适应油箱上的空间。好一会儿，女人拽过被子来，将油箱盖盖上，然后手也轻轻放在上面。这样的接触令女人不由得想着在驾驶室里的男人。

此时，男人该是安静地睡着了。

睡吧，我在你身边！女人轻声呢喃。

色　痴

阿　英

高阳产布。清末民初，皆以草木染色。苏木染红，槐米染黄，鼠李染蓝，皂斗染黑，拼色套染，变幻无穷。但工序繁多——采集、过滤、煮染，毫厘之差，颜色便有异。主顾若是苛刻，就会有人说，去留祥佐村，找刘独眼去。

刘独眼染的布，天水蓝，紫虾青，月下白，佛面金，与样品无半丝差别，且鲜亮明艳，皂洗日晒摩擦，均不脱色。

调色配彩，全凭眼力，刘独眼却盲了一眼。另一只，视力亦极弱。辨色时，他的脸凑得极近，独眼紧贴上去，脑袋来回移动，状颇可笑。刘独眼制染液，看起来更是腌臜，一锅色汤，手指蘸水，来回搅动，探温度高了低了；抽手入嘴，啧啧咂吮，说用料多了少了。天长日久，口唇色渍层叠，貌如厉鬼。但是，不管要求如何刁钻，哪怕是淬火的铁，初锈的铜，夕云晨霭，雉尾莺头，但凡人间的颜色，刘独眼只消看一眼，便能从染缸拎出来。

曾有人怀疑，刘独眼种下染色植物的土中施有异药，遂趁其外出，携竹篓翻入院中盗土，一不留神跌倒，压折一小片花。刘独眼怒如疯牛，奔突至其家。那人伏在麦秸垛上，大气不敢喘。刘独眼看不清，以为没人，便拔出门闩，将篓子捣得粉碎，又跺了几脚，气冲冲离去。

刘独眼不是没治过眼。某日，一主顾自青岛来，说当地教会医院驻有洋医，擅治疑难眼疾，但洋医即将回国，欲治应从速。刘独眼听罢，连夜揣钱上路。

没过几天，刘独眼就回来了。背上多了个瘦童，她的脑瓜顶一对小黄鬏，筷子粗细。

这么快？

没去。

不治了？

钱要养娃。

女童是半道捡的，取名"小染"。刘独眼更加卖力染布。

忽一日，小染生了背疽，啼哭高热，急请郎中。郎中说，恶疾，备木匣吧。

刘独眼跪求。郎中摆手走出。俄而，屋内大哭。郎中抽了袋烟，又返回，说，高阳县城东大街，有马姓名医，或可治此疾。

刘独眼深鞠一躬。郎中道，痈疽凶险，神医惜名，未必会收。你定要提我的名字，他与我交恶，一听我治不好，便肯医了。他素来贪财，钱务必带够。

刘独眼翻开被套，摸出张薄纸，揣入怀中，取块洁净褥子，兜上小染，上路。纸上文字密密麻麻，是半生的染布心得。

知情人说，瞧吧，为了心头肉，舍了命根子。

服药半月，小染可下炕走动。倒是刘独眼，瘦脱了形，眼眶凸出，如围着几根干草棍。他不住吁叹，秘方一泄，怎么赚钱养活小染？

忐忑等了两个月，市面上并未出现相似染法的布匹。

很久后，刘独眼才听闻，名医捏着那张折起的薄纸，静立不语，一盏茶工夫后，将其撕成一条一条，送了煎药的火焰。

小染痊愈了，欢实蹦跳。那日，刘独眼醒迟，听得窗缝钻进娇脆的笑声。起身，见满院的花，悉数被小染摘下，零落一地。邻里说，逃不过一场痛揍了。却见刘独眼将小染举起，说，高处还有一朵，伸胳膊，使劲够。

小染长成了大姑娘。

小染生得嫩。衣衫用布，都是刘独眼染成。每近酷夏，便以茜草染粉，石榴皮染绿。这些材料能拦住日头，小染白净得像富家千金。

小染有志气，去省城读书。

其时，传统织机已被铁轮机代替，草木着色早让位于化学染料，但刘独眼仍终日摆弄染缸。

有人说媒，来定日子。刘独眼垂头不语。良久，扯开粘连的双唇，道，染匠嫁女，不想遭人笑话，待我染出正红的布，再商议其余。

自此，刘独眼院中挂满红布，将黄土墙映出彤彤热意。一块块布，深浅不一，亮暗不一，冷暖不一，风中斜飘似帆，日光星点透射，闪若银针，半坡遥望，如巨大红花摇曳。

半月后，媒人又来。刘独眼答，颜色仍欠火候。两月后再来，曰，还差口气儿。

媒人细忖，刘独眼其实是舍不得小染。

小染毕业才嫁。其时已是民国二十六年。日军自平津南下，掠走染轧机器，断绝棉纱颜料。高阳全县以手工织机织布，给八路军缝棉袄。

布料需染成黄绿色，但土法浸染，一缸一色，一匹一色，难以统一。人们犯了难，去找刘独眼。

刘独眼没日没夜鼓捣，酒腌水泡，盐醋明矾，依着时辰温度、阴晴雾雨随时调整，一匹匹布，色泽一致，搭在绳上，似千军万马。

寒露过后，八路军来收布，说，战士们的冬衣终于有了着落。

这天，一个八路来村里，说自己因伤掉队，打听收布者的去向。

刘独眼凑过脸，与其握手寒暄，看八路身上沾土，便弯腰细细拍打。

八路眼含热泪。

刘独眼却耳语乡民，快去喊人，这个八路，假的，色儿不对。

小染加入了共产党，南征北战，直到刘独眼临终，才匆匆赶回。

刘独眼指着柜子说，柜中布，是闲时染出。天青淡青，给外孙；水红桃红，给外孙女。最底下那块布，留给我自己。

小染哭成泪人。

人们说，刘独眼染了一辈子布，带入土中的那一块，不知有多奇异。

殓衣上身，出乎意料——未着任何颜色，只是原色，铺展于大地，便会与万物融为一体。

锻工老吴

羊　白

锻工老吴长得五大三粗，嗓门也粗，有一股男子汉的豪迈气概。再者，老吴家在农村，风风火火两头跑，平时又不注意着装，工友们便喊他铁匠。

在民间，铁匠盘一个土炉子，用铁锤来敲打，多为小件。在工厂里，用大焖炉来为工件加热，用锻床来为烧红的钢铁塑形，力更大，效率更高，尤其锻特大件的龙门锻，操作起来地动山摇，很多人初次见到会望而却步，甚至落荒而逃。锻工车间高温高噪声，工作环境相对较差，但在老吴看来，比起农村那些力气活，并非什么苦差事。因此二十多年来锻工换了一茬又一茬，老吴却一直雷打不动，成了锻床上名副其实的元老。

老吴司锤掌钳样样行。按理作为老工人，完全有资格不去干那些搬料扒料的苦差事，可老吴不计较，在锻床上操作一会儿，就会把某个徒弟叫过来，叮咛一番，然后自己猫在通红的大焖炉口，用一根长长的铁钩从深长的炉膛里往外扒料。料是大料，铁钩进膛时间一长又会变红发软，铁对铁，钩起来并不容易，除了技术要好，力气也是毫不含糊的。只几分钟，额头脖子上的汗就往下流。老吴每次这样出大力，其他闲着的同事看着会过意不去，于是有人会吼一声："铁匠，脱衣服。"

意思是让老吴歇一会儿。因为老吴有出汗脱衣的习惯，虽不符合规定，但热起来谁又管得了那么多。老吴瞅瞅没领导，扔掉铁钩，剥掉工作服，露出已穿得化瓢了的老式白背心。这件背心，老吴穿了有些年头了，工友们嘲笑他抠。老吴说："不是抠不抠的事情，背心就要穿旧的，越旧越好，越旧越薄，穿起来才舒服。"某个徒弟在他的腱子肉上捏一把，说那也不至于露肉吧，说要送他件新的，老吴摆手拒绝。然后铁塔一样双手叉腰站在车间通风的过道处，那身形，真的是很健美呀！

通常这时候，有人就会劝老吴，说："你也上了年纪，已是老资历了，早该离开这个鬼地方了。难道你还真要干到退休的那一天，把自己的耳朵震聋了，把身体搞垮了才甘心？"

大家这样说，是因为在锻工车间，凡是干了二十年以上的人，身体各个方面都会落下毛病。尤其前几年，一个四十岁出头的炉前工查出了癌症，半年不到，就孑然去世，让车间的人很是伤感，并意识到恶劣的工作环境对身体的伤害是多么无情。也正因此，上点年纪的老工人，都会找各种理由调离此地。可老吴总是当耳边风，别人劝他，他笑而不答，谁也不知道他心里究竟是怎样想的。

有人分析老吴人老实，懒得求人。有人说老吴的儿子在上大学，家里缺钱，自然不舍得离开这高工资的地方。有人却说老吴的老婆能干着呢，打理着一大片橘园，收入一点儿也不少，老吴不愿离开，兴许是因为"那件事"吧。

"那件事"发生在五年前。当时老吴的搭档是郭强，四十出头，油头粉面的一个人。有段时间，不知什么原因，郭强的媳妇闹着要离婚。郭强心情郁闷，上班没劲，老吴便让他打打下手，或是干一些轻省的活。谁料想有一天，兴许是郭强觉得老吴老照顾他有些过意不去，硬要上锻床，和老吴打铁。老吴便掌钳，让郭强司锤。打过几个圆件后，郭强提出换一换，他来掌钳，老吴司锤。结果打着打着，郭强心思抛锚，手上不稳，老吴一锤下去，赤红的锻件嗖的一声从郭强的铁钳里飞了出去。随后大家发现，郭强已倒在血泊之中，原来那锻件飞出去后撞在铁通上又弹了回来，生生打在了郭强的左臂上，导致最后截肢。幸亏抢救及时，郭强的命保住了，却成了重度残疾，办了病退。为这事，厂里给郭强支付了一大笔赔偿金。按理说责任并不在老吴，可老吴一直自责，忌讳说起此事。

据说老吴经常去郭强家。有人说老吴和郭强有协议，他要把郭强的儿子抚养到十八岁。还有更玄的说法，说老吴和郭强的媳妇好上了。对于这些传闻，工友们一直津津乐道，然而老吴却一直不予澄清。

倒是有一次，车间年底会餐，吃饱后大家四处敬酒，老吴也端着杯子，见人就碰，看样子有点喝多了。免不了有好心人劝他，劝他爱惜自己，趁早离开这危险的岗位。老吴有个毛病，你越是劝他，他就越轴。后来他好像是被劝恼了，拍着桌子，掷地有声地说："我老吴就是个铁匠，只会打铁，怎么了？我打死也不离开锻工车间，如果我离开了，就会觉得自己是个罪人。"

老吴的这句醉话，到底土里埋着怎样的花生？我们一直揣测，却始终不能说清。

夏天的故事

崔　立

夏天的时候，我在家附近开了一家书店。

我喜欢看书。读书时，我还有过作家梦。后来，我投身商海，乘风破浪，作家梦就永远成了梦。

书店开业当天，气温有 38 摄氏度。

热辣辣的天，我谈好一笔生意回书店，看到里面坐满了人。我是惊讶的。我扫了一眼，多半是些老头老太太，他们端正地坐着，微低着头，很认真地翻阅书。

我还看见了一个熟人，陈叔。陈叔是我父亲的老同事，好朋友。父亲在世时，陈叔常上我家来。陈叔看到我，总是笑眯眯地，说，李树宏，对，挺好的名字，将来，将来一定会有大出息的。我心头美滋滋的，朝陈叔笑。

眼前的陈叔两鬓略斑白，应是退休了。陈叔也看到了我，起身，走到我身边。

我说，陈叔，好些年没见到您了。

陈叔点点头，说，树宏，你现在有大出息，做大老板了。你这家书店，开得也好，处处洋溢着书的香气，书的味道。

我说，您看中什么书，我送您。

陈叔摆摆手说，不用不用的，我那点退休金，够我花了。

公司的业务忙，一忙就让我有点喘不过气。我每天要落定无数的事儿，就连晚上都有满满当当的应酬，到家往往都半夜了。

一个月后，书店负责人大刘的台账到了我桌上。我随手一翻，有一会儿没收回目光。

这书店，亏得也太猛了吧！

我朝大刘拍了桌子。大刘苦不堪言地说，李总，我也尽力了，您不知道，每天来书店看书的人不少，但买书的人确实不多，又都是些老头老太太，他们光是看书，就是不买……

我说，再给你两个月时间，如果再做不起来，就给我滚蛋！

大刘露出惶恐的表情，说，好，好的李总。

稍有闲暇的时候，我又去了书店。下车，走向书店的那几步路，热浪像灼热的铁，烙在我的头上背上。我赶紧三步并作两步冲了过去。打开书店的门，一股肆意的凉爽向我涌来，好舒服！

书店里依然坐满了人，还是那些老头老太太，桌上都摆着书。他们很认真地看着，陈叔朝我挥了挥手，我朝陈叔笑笑。

大刘坐在柜台内，墙上贴着各种咖啡、饮料的价目表。负责制作饮料的小胡，懒洋洋的，像睡着了。大刘推了她一把，小胡醒来看着我，微带惶恐。

我轻声说，生意怎么样？

大刘苦着脸，看我。

我在一个空位子上坐了会儿，翻看一本书。难得忙里偷闲，在凉爽的房间里，这样坐着确实很舒服。

又一个月，大刘的台账到了我桌上。我翻了翻，说，要不，你直接给我走人吧！我看剩下那一个月，你还是改变不了什么。

大刘一脸哭相。

大刘说，老板，我一定想办法！

夏天的时间有点长，哪怕快到秋天了，还是热得不行。下车，走向书店的那几步路，依然热浪滚滚。

有点意外，人居然没往日的多了。也就坐了三分之一的人，老头老太太少了。每个人的桌上都有一杯果汁，或是咖啡。

我看到了陈叔。陈叔看到了我，像在等我，起身径直朝我走了过来。

陈叔的脸不是很好看。

陈叔说，李树宏，李老板！

我有点愣。

我笑笑说，陈叔，出什么事了吗？

陈叔说，你开这家书店，造福了小区的老人们，本来多好的一个事儿，为什么突然又强制让大家买饮料呢？

陈叔说，饮料大家都买得起，但你这样做，有什么意思呢？你这么大的老板，差这点钱吗?

我被说得有点窘,脸发烫。

门口处,牌子上写着:进书店请买饮料,感谢您的配合!

柜台处,大刘若有若无的笑意,旁边的小胡,身边堆积着水果残渣。

夏天后是秋天,秋天后就是冬天。

冬天,我又去了书店。夏天是真热,冬天是真冷。下车后走向书店的那几步路,寒意袭来。

门被人从里面打开了,一股暖意马上帮我驱走了寒冷。

是陈叔。陈叔笑眯眯地看着我。

我说,暖不?

陈叔说,暖!

我看了看里面,坐满了老头、老太太,他们微低着头,很认真地翻阅书。

买断时间

徐均生

恩茜问寅虎：你的朋友郑这个周末真的要来看你？

寅虎回答：是的，我给了他一个晚上的时间，我们已经有 10 年没见面了。他说很想我，一定要见一见，要看到真实的我。

恩茜感动地说：他对你真的很好，好到没法说了。

自从开始新人类新生活，朋友之间见面越来越困难了。

寅虎感叹道：是的。

10 年前，朋友郑跟寅虎在同一个单位上班，他们爱好文学，都有过强烈的作家梦。后来，朋友郑考上博士读书去了，寅虎也调了工作岗位，忙得没时间读书，更不要说写作了。

寅虎是今天在下班回家的路上收到朋友郑的微信的。

周末有时间吗？

寅虎查了查他的行程安排，便回复：有时间。

朋友郑再问：能给我多少时间？

寅虎回答：从晚上七点到第二天早上七点。

朋友郑说：那好，我买断这十二个小时时间。

寅虎回答：没问题。

朋友郑提要求：想吃你亲手做的家乡豆腐。

寅虎回答：没问题。

过了一会儿，寅虎收到了朋友郑发来的一份法律文件并附言：如果没有异议，请签字发回。

文件上除了条款以外，还有两份价格表，一份是买断寅虎十二个小时的价格表，一份是品尝寅虎特意为他做的家乡豆腐的价格表。

寅虎仔细地看了两遍，符合法律要求，便签字发回。

朋友郑的微信来了：签字合法有效，存档。对了，晚上还是想跟你抵足而眠，彻夜长谈。

寅虎回复：没问题。

不一会儿，朋友郑又发来一份文件。

寅虎点击打开，原来是彻夜长谈的法律补充文件，也就是一个价格明细表。寅虎仔细地看了看，签字发回。

一切安排妥当，周末晚七点整，寅虎家的门铃准时"丁零丁零"地响了。

寅虎开门迎客，果然是朋友郑。

朋友郑盯着寅虎好几秒钟，然后，他们拥抱，拍拍对方的后背，嘴里都说：好！好！好！

寅虎把朋友郑让进了屋。

朋友郑在客厅里站着，四周看了看，满意地点了点头。

朋友郑说：我们去买菜吧。

寅虎回答：刚才下班的时候买了。

朋友郑呆了一下，便问：花了多少时间？

寅虎笑笑说：顺便买的，在小区门口的超市。

朋友郑追问：顺便也要时间的，是多少时间？

寅虎想了想回答：五分钟。

朋友郑掏出手机，操作了一会儿，说：你接收文件签字吧。

寅虎的手机接到一份法律文件，点开看后签字发回。

朋友郑确认了寅虎发回的文件，便道：好，我们开始吧。

寅虎下厨做了家乡豆腐、肉蛋卷等五道美食，当场开启一小坛青梅酒。这酒是寅虎亲自泡制的。味道有点酸，有点甜，有青梅的香气，又有白酒的醇香。

朋友郑闻了闻酒香就很喜欢，当即签了喝三两青梅酒的文件——

无论喝醉喝伤喝亡，跟寅虎没任何关系。

酒喝得很好，也睡得很好。

寅虎和朋友郑抵足而眠，畅谈以前的文学梦，聊了追女孩子的幸福故事，最后感叹人生的不容易、生活的辛劳与艰难，又得出共同的结论：只要不断努力奋斗，就会过上更好的日子！

早上六点，寅虎和朋友郑起床，寅虎做了早餐。

朋友郑吃完早餐，喝了一杯咖啡，便起身准备离开。走到门前，拥抱了寅虎。

替我谢谢恩茜！

寅虎的时间被朋友郑买断了，恩茜只能去住宾馆。如果陪同，朋友郑需要签署更多的法律文件，比较烦琐。

寅虎点了点头，开了门，送朋友郑到门外。

其实，恩茜已经特意在门外等着朋友郑了，恩茜微笑又热情地跟朋友郑打了招呼，看着朋友郑进了电梯，关了门。

恩茜进屋后娇柔地说：昨晚一点儿也没睡。

寅虎歉意道：对不起……

恩茜用手指挡住寅虎的嘴巴：嘘——

寅虎的手机"嘟"地来了信息，原来是朋友郑的账单到了。寅虎点击打开，一份非常详细的清单展现在眼前——

恩茜，你说我要收下吗？

你不收下的话，就会违反有关法律，罚金是账单上的一倍。

这费用太高了，他来看我一次，却要花费差不多两年的收入。

没办法，现在打扰他人的时间就是这么昂贵。如果他不给你发账单，或少发账单，都会受到法律的处罚。

难怪现在的人很少有朋友。

是的，他能来看你，说明他跟你的友情比金钱还珍贵！

寅虎眼睛湿湿地又颤抖着手点击收下了朋友郑的账单。

就在这时，朋友郑又发来微信：我准备努力奋斗 10 年，还要来吃你做的家乡豆腐，还要跟你把酒言欢，抵足而眠，彻夜长谈……

玫瑰跌落春天的马车

庞文辉

罗小溪最近总觉得张小尘不像以前那么爱她了，好像少了点儿什么。

她回忆着生活中的蛛丝马迹，似乎准确地捕获到某些言不由衷的细节，一想到那些，心里就堵得慌。

你有多久没送我礼物了？罗小溪一脸气鼓鼓，大眼睛直直地盯着张小尘，严肃得像审讯犯人。

张小尘有些无语，争辩道，不是才送了一支口红吗？

没来由的预警信号升起，他强作镇定，却在腹诽，口红不算礼物吗，限量版也好几百大洋呢！

罗小溪感觉这气没法消了，不仅没消，反而更大了，涨得她整个脸蛋圆圆的，红红的，像个多汁的苹果。

这算礼物？你知道那天是什么日子？

知道啊，所以送了口红。

罗小溪看着张小尘一脸无所谓的样子，越想越生气。她把脸别到一边去，不想跟张小尘说话。这个以前一直让她夸个不停，赚足了旁人羡慕眼神的男孩，现在居然变得这么敷衍，还学会了狡辩。

罗小溪和张小尘结识于一场人气爆棚的演唱会。

同是某位歌手的粉丝，两个人的座位恰好在相邻位置。周围情侣很多，抑或闺密，只有罗小溪和张小尘两个是落单的，他们仿佛与这演唱会的氛围格格不入。

转折在中间某一首歌来临。歌手在台上唱着歌，喊着让情侣们手牵手，留住这一刻直到永远。周围的人都牵起了手。张小尘本来已经准备左手温暖右手了，不承想右手突然被另一只小巧细腻的手握住了，手的主人罗小溪看了他一眼，说，借你手用用，不乐意吗？

张小尘当然没有，相反他很乐意。罗小溪身形小巧，短发齐肩，笑起来很好看，是他喜欢的类型。他趁机把手握得更紧了，这一握，就握来了一个女朋友。

初尝爱情滋味的张小尘，把罗小溪视作命中注定，把她看作上天赐予他的礼物，他想着法子对她好。那几年，他才发现原来自己这么擅长制造浪漫。两个文艺青年浪漫思想的碰撞，是两个有趣灵魂天作之合的交融，他们成了令人羡慕无比的朋友圈偶像级情侣。

去看诗和远方？抱歉，远方太远，诗意生活倒是近在眼前，张小尘和罗小溪每天过的日子就是诗。

转变在几年后，这种来自朋友圈的羡慕之语慢慢消失了。不涉及太多物质，没多少门槛，久而久之就被人看腻了。礼物送着送着，该有的都有了，也送腻了。

一种微妙的转变开始悄然产生——平淡，它突破土壤，慢慢成为生活的主旋律。

张小尘某天醒悟，接受了这样的转变，他想，或许生活的本质便是如此，平淡如水。他跟罗小溪说的时候，罗小溪却不这么觉得，为什么要让生活变得如同白开水一样呢？

下班回到家的张小尘有些疲惫，他努力回忆以前制造的种种浪漫，却有些茫然，脑海里漆黑一片，仿佛置身浩瀚的宇宙中。

有哪些日子要送花呢？张小尘找了个本子，翻着日历，把所有和罗小溪有关的日子都写了一遍，写完咋舌，一年中，要送礼的日子居然不下八个！他换了页纸，把这些日子按优先级重排了一遍——罗小溪生日、恋爱纪念日、罗小溪农历生日、结婚纪念日、情人节、七夕、"520"、"三八"妇女节……

张小尘呼吸微微迟滞了片刻，他想到婚后几年，他可是在每一个重要的日子都会送花和礼物的，毫不在乎价格，那时他就是众人交口称赞的榜样。这几年他却也要为礼物犯愁，这回送什么呢？想来想去，还是送花吧，送永远不会出错的玫瑰花。

虽然这么想，但当他看着那些过节身价翻倍的花束，原本三五块钱一枝的玫瑰，凑十几枝包张纸，居然要卖三五百块。张小尘恨得牙痒痒，怎么不去抢呢？偏偏罗小溪想要，张小尘无奈，只好从生活费里抠出钱去买，换回罗小溪的一张笑脸。

张小尘很喜欢罗小溪捧着花笑起来的样子，这是他愿意省吃俭用给罗小溪买花的一个重要原因。记得以前给罗小溪送花，从花店老板娘手里接过花束，握在手里时，张小尘的心脏都会狂跳很久，开着车一路忐忑。开往罗小溪公司的路上，张小尘无比紧张又无比开心，车里被鲜花的气味填满，不觉洋溢出一个春天。张小尘觉得那一刻的自己就是白马王子，而他在春天驾着马车去迎接最美的公主。

可惜如今张小尘已经找不到那时心跳加速的感觉，爱还在，有些心境却在那些春天，不小心从马车上掉落丢失了。他想找，却怎么也找不到。身后的土地，如今堆放着锅碗瓢盆，堆放着油盐酱醋，堆放着孩子的奶瓶和水杯，堆放着父母的中药罐子，堆放着生活的鸡毛与叹息，已经没有多少地方放花了。

他们的浪漫正经历着一场急遽而猛烈的消失，如过山车一路跋涉上到山顶，忽地直冲而下，翻转过弯，绕了几圈后在惯性中缓慢滑行，驶回原点。这是激流过后的宁静，又像故事收尾的怅然。

浪漫不见了，或许它在曾经某个春天，也和花一起跌落马车，不知被谁捡去了。

放鹿归山

金　光

　　山里的天气就是这么善变，昨天还是晴天，早晨便落了一层厚厚的雪。齐茂财扫完院里的雪便拿了个篮子到葛条沟垴的雪窝里扒些干松毛回家引火，刚拐过那个石鼻子就听见沟渠边有"吱吱"的叫声，走近一看，一只麋鹿正在那儿挣扎，周边的雪被它弄得一片狼藉。麋鹿看见齐茂财，充满了恐惧，无助地往一棵小青冈树后退去。

　　齐茂财住的七里阴是河南与陕西交界的分水岭，无论南北这儿都是山沟的末梢，沟窄而深，山上全是原始森林，野生动物很多，狼、黄羊、麋鹿、野猪随时可以碰见。早年猎枪没有收缴的时候常有人到这里打猎，这些年枪支收缴加上政府要求保护野生动物，便很少有狩猎现象，不过前山一些人还是会利用冬天下雪的时候，偷偷来这儿猎杀动物。他们用自制的弹簧夹子放在动物常出没的地方，动物经过就夹住了腿，几天后，不是饿死便是挣扎着累死。齐茂财看见被夹住后腿的麋鹿嘴里噘了句："造孽！"便愤愤地丢下篮子走上前，抱着麋鹿的头轻轻掰开铁夹子，将麋鹿的腿拔出来。麋鹿解放了，但它的右后腿被夹断了，正要逃走却"噗"的一声栽倒在雪地里。

　　齐茂财扶起它，动了动伤腿，麋鹿又"吱"地惨叫了一声。齐茂财沉思了片刻，索性不去雪窝扒松毛了，将麋鹿扛回了家。他让老伴拌了点面汤喂麋鹿，自己蹲在那儿用手试着捏了捏它的伤腿，发现麋鹿的骨折并不严重，只要接好，像人一样休息一段时间就会长好。但他是个老粗，不会接骨，就想到了镇卫生院，那儿有骨科医生，便又扛起麋鹿踏着雪往镇上走去。

　　镇子在二十里开外的河川上，今天正好是个集日，一路上好多人望着齐茂财看稀奇，都以为他扛着麋鹿到集市上出售。便有人问：

　　"多少钱一斤？"

　　"不卖。"

　　"卖给我吧。"

"不卖。"

"我给你掏八百块。"

"不卖！"

"那你扛到镇子上来干啥？"

"看伤。"

齐茂财不想搭理他们，只顾踩着积雪往前走，空中飘着两股白气。几个壳郎孩子跟在后面起哄，有个小家伙还上前捏了一下麋鹿的右腿，麋鹿疼得"吱"地叫了一声，在齐茂财的肩头上挣扎着。齐茂财怒了，转过身一瞪眼，几个孩子吓得一哄而散。

卫生院的医生说他只会给人接骨，麋鹿的骨头得让兽医接。齐茂财为难了，这几年不养牛也不养羊了，镇子上的兽医也失业关了门。医生提醒他，南梁的岳怀山春上给一只狗接过骨头。

齐茂财便扛起麋鹿又往南梁走。南梁在南曼山的背后，还有十里山路。齐茂财到南梁时已是大汗淋漓。岳怀山打量着麋鹿，动了动它的右腿，说："得动刀子。"

"动吧，只要不杀它。"齐茂财擦着脸上的汗水，喘了一口粗气。

"那你得帮我按着了。"岳怀山取出一把尖刀，挑开麋鹿腿上的皮，将错了茬的骨头对在一起，然后用两块桐木板夹着固定了起来。

做完了这些，岳怀山将刀子往凳子上一扔问道："你养的？"

齐茂财说："不是养的，是七里阴山上野跑的。"

"哦，放别人早杀死吃肉了，你还扛了它二三十里地来让我接骨。"岳怀山感叹道。

"多少钱？"齐茂财问。

"不要钱。"岳怀山眯起眼睛看着麋鹿。

"你不也和我一样救它吗？"齐茂财感激地笑了笑，然后扛着麋鹿回葛条沟。路上，又有人跟在后边。

"卖给我吧。"

"不卖。"

"我出一千块。"

"不卖！"

那人生气地说："真是个憨子货。"

齐茂财停住了脚步，想着什么，欲言又止，就腾了一下肩膀，让麋鹿躺得更舒服些。

伤筋动骨一百天。

齐茂财把麋鹿放在柴房，专门给它搭了个草窝。半夜，他听见麋鹿在叫，以为有狼进柴房咬它，便吆喝着出来察看，门一开，一个黑影从柴房逃走了。齐茂财明白了，反身找了一把大铁锁将柴房的门锁了起来。

开春，麋鹿终于能够站起来了，又过了些日子，它还可以在地上跑了。

惊蛰那天，齐茂财喊来村治保主任，又让老伴做了一碗面汤喂麋鹿喝下，他和村治保主任两人将它拉到葛条沟垴，解开绳子。麋鹿起初不走，定定地望着他们，齐茂财故意捡起一根树枝，装出要打它的样子，狠狠地嚓了一声："快走！"麋鹿就翘起尾巴，欢快地往山坡上跑去。

那天夜里，齐茂财迷迷糊糊地又听见麋鹿在叫，他"呼"地翻身起来，模模糊糊看见有人扛着那只受伤的麋鹿往沟外逃去，便去追，追到小龙潭不见了贼，正犹豫着，老伴打着手灯追了过来。原来，齐茂财梦游了，灯光下，他两只脚已经在冰凉的小龙潭里。老伴使劲在他脸上拍了几巴掌才把他拍醒。

重新躺回炕上的齐茂财傻傻地笑了起来，继而又长长地叹了一口气。

想读一本你写的书

原上秋

咣咣，咣咣。小陈和小林边干着活，边和这家的主人聊天。主人是个老头，相貌和善。小陈和小林很愿意在这样的人家干活。

小陈问，你做什么工作？

主人说，在报社，退休了。

是个领导吧？

副刊部主任。

小陈和小林议论半天，副刊部是个啥部门，有副刊部就有正刊部吧……

主人的房子已经很破了，他在人力市场找到小陈和小林，计划把屋里整一整。他们没有合同，小陈和小林报了个价，主人就同意了。

主人退休在家，保持着工作时的用眼习惯。大部分时间里，不是把头埋在书里，就是埋在报里。

小陈就说，你很用功啊。

主人说他现在只有一只眼睛管用，另一只什么都看不到了。

小陈和小林就停下手中的活，过来看个究竟。可不是吗，一只眼珠子都泛白了。小陈问，一点儿都看不到吗？主人说，一点儿都看不到。

小陈和小林挺同情他的。想不到，这个老人每天都是用一只眼睛看书看报，看这个世界。

咣咣，咣咣。小陈和小林做得很认真。主人不看书报的时候，会凑过来和他们聊天。问他们父母的状况，问他们有没有成家，问庄稼的收成，问在外打工的苦乐。小陈和小林会把自己的情况一一说给他听。

两天下来，渐渐熟悉了，他们俨然成了朋友。

和主人熟悉之后，小陈和小林的活动范围就大了。休息的时候，他们端着茶杯进到了主人的书房。书架上有很多书，小陈和小林只看，不摸。他们从不在主人家里胡乱翻动。他们喝着主人泡的好茶，感叹，好多书啊。

主人说，上面两层都是文学名著，下面一层是自己写的。

小陈和小林吃了一惊。刘——亮——德，你叫刘亮德？

主人说，是我。

署名刘亮德的书有十几种：《白话人生》《眼光放在灯笼前面》《只眼窥世》……

刘亮德介绍，《白话人生》是在报社写的专栏，《只眼窥世》是一只眼睛瞎了之后写的。

小林年轻两岁，他说写电视剧才挣钱。

小陈拍了小林一下，嫌他多说话。他们和书保持着适当的距离，用一种敬慕的神态看了一遍又一遍。

小陈问，这些书里都写的什么？

刘亮德说，人生感悟。怕他们理解不透彻，他讲了一个书中的故事：

一个武士向一个老禅师询问天堂和地狱的区别，老禅师故意轻蔑地说，你是个粗鄙的人，我没时间和你论道。武士恼羞成怒，拔剑大吼，老头无理，看我一剑杀死你。老禅师缓缓道，这就是地狱。武士恍然大悟，心平气和地纳剑入鞘，鞠躬感谢禅师的指点。老禅师接着说，这就是天堂。

刘亮德说，善恶都在一念之间，天底下不存在好人和坏人，只有好事与坏事。

有意思。小陈和小林听得入了迷。

咣咣，咣咣。小陈和小林很长时间只埋头干活，好像一直在回味武士和老禅师的故事。

有一天，小陈和小林来晚了。他们互相埋怨，都说前一天不该喝那么多酒。刘亮德笑着说，你们喜欢喝两杯啊。小陈说，他们一出来就好多天，有点想家，想家的时候喝点酒。小林插话说，喝了酒更想家。

小陈和小林干活没有精神，因为他们喝了很多劣质的酒。刘亮德问他们喝什么样的酒。他们说了很多的牌子，都是小饭馆里面的低档货。

他们感叹，哪一天挣了大钱，一定买一瓶茅台酒，尝尝啥滋味。

晚上收工的时候，刘亮德拿出一瓶茅台酒送给他们。他说自己平时不喝酒，这酒是一个朋友送给他的，就剩下这一瓶了。

小陈和小林欣喜万分，他们轮番拿过酒瓶看来看去。议论着，这酒拿回老家喝才有面子。

几天后，房子装修好了。双方都很满意。刘亮德给他们点钱的时候，小陈和小林也在心里面数。数到最后，两个人的心抖了一下。也没说什么，拿着钱走了。

出了门，他们找一个角落数钱，数了一遍，又数了一遍。小林催促小陈，走吧，他本来眼神就有问题，哪能怨咱们。

小陈发了脾气，我们这样走了，还算人吗？！

他们又折了回来。

他们要送还多出的两百元钱。他们还想让他送他们两本书。刘亮德讲的故事，很吸引他们。

刘亮德在阳台上看到了他们。他想，他们一定是为还那两百元钱来的。他们哪里知道，那是他偷偷给他们的奖金。

小陈和小林与刘亮德打招呼的时候，发现站在高处的他另一只眼睛好像好起来了，一样的明亮有神。

揪 心

戴智生

曹传嘉蓦地记起，儿子不是第一次有这样的症状了，开始有点鼻塞小感冒，过个周末就更严重了。他不能不担心，有些事儿子还不懂，怎么跟儿子开口呢？

老曹年轻时有过同样的经历，吃药打针不见效，他的父亲严令他去看中医。中医是小南门的街坊，没有上手把脉，"望"他脸色便问："伤了身体？"曹传嘉没听懂，愣住。中医改口问："做了好事？"曹传嘉新婚不久，好像明白一点儿意思，干脆装糊涂。"就是伤寒失体。"中医继续说，"体质差的严重起来会死人的。"曹传嘉回去服了一帖草药，症状好转，据说这位中医的药方有点毒，以毒攻毒，不宜多吃。

如今去哪寻访那样的中医？

曹传嘉在儿子家。儿子定居在南方都市，老曹和老伴隔山隔水过来带孙子，接着带小孙女，仍是人生地不熟。

还好，儿子卧床了两天，症状有所缓解。可儿子还没好利索，初春还有寒意，他穿件T恤在眼前晃，老伴喊他加衣，他当耳边风。唉！儿子真是不懂事，自己贪凉，不顾家里人轮番跟着打喷嚏。可怜未满周岁的小宝宝，鼻涕一个劲儿地流，难受不会说，咿咿呀呀哭得让人心疼。

老伴一个礼拜没有出门。她本来就忙，一早起床，洗衣拖地，准备儿子儿媳上班路上吃的早餐，剥好鸡蛋，配上水果，装在饭盒里。儿子儿媳总是熬夜，早上起来跟打仗似的，匆匆洗漱，匆匆出门。他们正常上班还好些，白天只需照顾小宝宝，中午老两口吃饭，随便打发。现在儿子生病在家，如同周六周日一般，还得伺候"大小孩"，事情更多。

曹传嘉当然要搭把手，大宝四岁，上幼儿园，他负责接送，再就是负责弄中晚饭。抱抱小宝也乐意，喂奶粉、换尿布、哄睡他不在行。所以，曹传嘉尚有空闲，趁着去买菜，在小区门口的水果摊前驻足，观看人家下象棋，有时借口倒垃圾，也要出去转一圈。

在儿子家待久了，难免产生矛盾。生活方式各异，涉及儿媳妇，父子没法交流，肚皮里面做文章，心累。老曹真佩服老伴的耐性和韧性，任劳任怨。老伴说："还不是为了你曹家的后代！人就这么回事，'做人不自在，自在不做人'，是你娘说的。"

曹传嘉发现，老伴身上确实有自己老娘的影子。

老娘作古三十多年，曹传嘉同兄弟见面，依然念叨母亲的好。老伴也心存感激，儿子在婆家长大，婆婆帮了不少忙。

为了下一代，大都是婆婆最辛苦。只是时代不同了，婆婆的境遇不尽相同：老娘带孙子，凡事可以做主；老伴什么都做不了主，干脆只干活不说话。

家务这一块，儿子儿媳根本不进厨房，衣服天天换一堆，袜子不会洗一双，喂饭、换尿布都是老伴的事。儿子儿媳下班回来，躲进书房，看手机玩电脑，饭菜上了桌，叫三遍才出来，休息日照例睡懒觉，可怜孙儿孙女，周一又要改变起居节奏。

儿子儿媳不做家务也就罢了，竟然七个名堂八个调，指手画脚。老曹炒菜，生姜味精不能放，口味不合就叫外卖，才不管外面的食物卫不卫生、有没有营养，老两口隔天又得吃剩菜。

曹传嘉屡次要发脾气，都被老伴制止。老伴说："现在独生子女都这样，不要拿我们做比较，我们从小受过苦，做事也是做惯了的。"

"是啊！我们迟早会做不动，以后孙儿孙女长大，他们如何做大人？"

"你也管得太宽了吧？我们管好自己就行，到时他们自有办法。"

曹传嘉怒气难平，摆出一副忧心忡忡的样子。

做　梦

汪云飞

都说年过七十古来稀。老王73岁依旧精神抖擞，不仅身板硬朗，中气十足，且声如洪钟，头脑清醒。这得益于他遇事淡定，为官慎独，加上长期坚持走路和练习书法，从局长这一岗位退下来这么多年，一直这样，一晃就十多年。可最近，他突然变得郁闷起来，这是因为他最近常做噩梦，梦见纪委的同志找他喝茶。喝茶的时候有人问，老王，我知道你是一个老同志，平时口碑也好，可你在任时就真的没有一点问题吗？你退休也才十几年，政策你是知道的。真有问题即便着了陆也不能平安。当然，我们也不会勉强，希望你好好想想！

我想想，我想想！想了好久，老王说：这些年，包括在任我应该没做错什么吧？有一次，一个在我们单位做临时工的人找到我说是想转正，一天半夜他老婆突然穿了一件十分性感的衣衫敲开了我办公室的门，她的来意显而易见，当时我确实有想法，可我还是克制了！我委婉地拒绝了她！有一次，一个包工头想承包我单位改建的食堂，那天夜里他塞给我两条硬中华。烟是普通烟，也是我常抽的。当时我用手捏了捏外包装，潜意识里察觉出了什么，于是，当面将两条香烟原封不动地退还给了他！还有一次，一个与我们局有业务关系的单位领导邀请我与他们一同去沿海某市考察，晚上我们一起入住宾馆，没想到，他们竟然给我弄来了一个花枝招展、年轻漂亮的小姐，说是要给我陪睡。我一手将她推出门外。小姐说，我可是收了服务费的，是不是嫌我长得丑？我说不是。她说既然不是，那你不要白不要。白要我也不能要，你把钱退给他们吧。没这个道理啊，不能坏了规矩。小姐说。那你看着办吧！老王最后对小姐说。就这样，老王手握茶杯想来想去可就是想不出来自己做过什么可以上纲上线的事来。可他毕竟还是被抓了，甚至被判刑了。

对老王这样的人来说，这可不是什么好事。每一次醒来，老王总是一阵惊怵，随即一身冷汗。平生不做亏心事，半夜不怕鬼敲门。这么多年他真没有做过什么违法乱纪的事，怎么会做这样的噩梦呢？老王爱人也和老王一样疑惑不解。就这样，原来高枕无忧，整天优哉游哉的老王突然变得闷闷不乐、忧心忡忡。究竟是什么原因让他变成这样呢？

原来，这些日子，与老王共事过的，没有共事过的，甚至八竿子都打不着的，曾经和老王一样在领导岗位上待过的人都来找过老王。来找老王的目的是，问老王在任时都做了什么。比如，有女同志想进步，有没有睡过人家？有人找你办事有没有收取红包？外出考察有没有与人同流合污？老王问，你们怎么突然问起这个来了？他们都说没有事，只是随便说说。老王说，没有事你们一个个怎么都那么紧张？说真了，他们这才说出了来由。原来，有不少人因为任上做了这些事先后都进了号子。有人进了号子，与他们一样做过这些事的人都睡不着了。

这些话说多了，这些人来多了，老王也开始琢磨。一琢磨，老王也睡不着了。睡不着的时候，他便翻来覆去地想，想自己贪污了没有，受贿了没有，可想来想去就是想不起来。就像他们说过的那几件，他也没有犯过。

真要睡得着，只有一件亏心事都没有做。老王老婆说，老王，你还是仔细想想，如有错，可考虑投案自首，以求宽大处理。

这样一说，老王又想了几天。终于想起一件事来。原来，单位有一位姓李的老同志，以前为单位做出了很大的贡献。后来，突然得了尿毒症。那时，做血透得跑省城，且大部分费用不能报销。老李老婆没有工作，一家人生活非常贫困。老王便经常用单位的车子送他，同时，给予一定比例的报销。就这样，他多活了五年，一家人都非常感激老王。一天，老李老婆提着一篮子鸡蛋来到老王家，老王怎么都不肯收下，让她拿回去留给自己吃。老李老婆说，这些鸡蛋都是我儿子养鸡场的。孩子交代我，一定要报你们的恩！还说，除了老王，还给在职的张副局长、刘主任、何会计都送了一份。您无论如何得收下！

事情虽小，可这毕竟是违规的啊！想来想去，老王还是决定主动向组织交代。就这样老王进了号子，还把张副局长他们给牵连了，他们也因为一篮子鸡蛋跟着进了号子。在号子里待着的时候，看到之前那些来过他家的好几个都在里面，其中包括赵钱孙李。他们一个个向老王投来悔恨的眼神，发出无奈的苦笑……

就在这时候，老王醒了。醒了时，又是一阵冷汗。

几天坐卧不安之后，他鼓足了勇气，走进梦里经常光顾的地方。没想到，领导见到他反倒非常热情，又是倒茶，又是让座。还说老王能自我警醒，警钟长鸣，为正风正纪发挥了余热。老王听了一头的雾水。老王说，我是来交代问题的，我对不起组织。是说一篮子鸡蛋的吧？刘副局长都跟我们说了。这是人家的心意，应该收下啊！不仅如此，我们正准备以这件事为题写一个关于你的廉政故事，像你这样的老同志，我们应该好好地宣传。

老王听了，一时没有回过神来。许久，他掐了掐胳膊。心想，这回是不是又在做梦呢？

沧浪池

袁良才

茂林那边密集的枪声响了七天七夜，终于稀落了。

青弋江，真是"半江瑟瑟半江红"啊！

王弋王老板意外地接到了驻军师部送来的一封信，是国军五十二师刘秉哲师长的亲笔信。

王弋捧读信笺的一双手有些颤抖，脸色瞬间凝重起来。叠好信笺，仔细地放进衣袋，他连忙招呼管家，通知下人，把沧浪池里里外外打扫干净，要纤尘不染！另把三姨太送回娘家小住。即日起，他沐浴焚香，斋戒三日，闭门谢客！

老管家见东家突然少有地神神道道起来，一头雾水，却不便多一句嘴，一一照办去了。

要知道，王弋王老板可是赤滩古镇上出了名的浮浪公子，三姨太小桃红是他恨不得拴在裤腰带上的绝色佳人啊！谁见王老板有过这么正经八百的时候？

王弋祖辈都是在扬州做茶叶生意的，经营家乡泾川名茶"汀溪特尖""涌溪火青"。生意那叫一个火爆！但到了王弋手里，他对茶叶生意几乎不闻不问，任凭伙计们打理，一天到晚只沉迷于两件事：早上皮包水，晚上水包皮。

可怜一个老字号，在激烈的商海竞争中风雨百年，屹立如磬，轻而易举地被扬州浴和扬州汤包击垮了。王弋倒并不怎么惋惜，他领着原班人马回到泾川赤滩老家，很快就开了一家高档澡堂子，门楣上悬一块黑底金字横匾：沧浪池。

沧浪之水清兮，可以濯我缨；沧浪之水浊兮，可以濯我足。王弋望着滔滔东去的青弋江仰天大笑。

赤滩古镇是三百里青弋江上最繁华热闹的码头，各色人等往来络绎不绝。沧浪池日夜人满为患，王弋赚了个盆满钵满。他抽大烟，赌钱，捧戏子，纳妾，浮浪公子的名号越发地叫响了。

沧浪池是王弋用自家的一幢临江的徽式老宅改建的，形制和陈设完全照搬扬州浴室。但设有一间密室，里面摆着清一色花梨木的太师椅、烟榻和案儿，供王弋抽烟、品茗和会见贵客之用，一般人是断断进不去的。

王弋从扬州带回了两个师傅，一个专门做汤包，一个负责给浴客搓背。

来沧浪池洗澡可不便宜！洗一次澡五十个铜子，搓背价钱更是吓人，搓一次背一块大洋。

爱搓不搓！扬州师傅搓背那才叫享受，快活似神仙！这话成了王弋王老板的口头禅。

王老板每天早餐吃一笼汤包，晚上泡一下澡搓一搓背，小日子过得比神仙还美三分。

据说，王老板得到高人真传，搓背功夫一流，谓之"摸爬滚打，吹拉弹唱"，平生只给两个人搓过背！一是他的老父亲。在父亲的寿诞这天，王弋都要恭恭敬敬地给父亲搓一回背。二是他的发妻。在他俩的花烛纪念日，王弋总要跪着给她搓一搓背，说：夫人为我生儿育女，延续香火，劳苦功高啊！

一次，国民党第三战区唐司令来泾川视察军务，在沧浪池沐浴，指定王老板为他搓背。王弋先是婉谢，后是坚拒。唐长官恼了，让副官取出一摞大洋立在王弋脑袋瓜上，说，本长官要打最底下那块大洋，打中了，钱归你；打不中，命归我！话音未落，枪声响了，那摞大洋叮叮当当滚落一地，王弋居然纹丝未动，眼皮眨都不眨一下。

唐长官悻悻而去。王弋捡起那些大洋，一使劲，扔进了青弋江里。

沧浪池之大幸啊！这一天，终于等来了。可整个赤滩古镇都被荷枪实弹的国军戒严了，沧浪池对面的屋顶上还架了两挺机枪。

王弋王老板一身崭新的中山装，恭立在浴室门口，迎接一位一身戎装、英气逼人的中年男子，中年男子沿着麻石巷道铿然有声地大步走过来。

叶挺将军，浴池的水烧热了，今天沧浪池有幸为您一人而开。

您是王老板吧？谢谢，谢谢！我虽是个楚囚，但决不可以蓬头垢面地活着！蒙刘秉哲师长"恩准"，我可以痛快地洗个澡了。来人说罢，哈哈大笑起来。

王弋忙低下头，扭过脸去，抹了抹眼睛，转回头，说：叶将军，王某已在内室备了几样酒菜，是您最爱吃的红烧琴鱼，最爱喝的云岭米酒。

谢谢了！谢谢！来人紧紧握住王老板的手，二人一同进了里间。

王弋王老板觉得时间过得太匆匆，他依依不舍地送将军走出了沧浪池。

将军在门口给王弋行了一个军礼，哈哈笑道：这个澡洗得太爽了！王老板堪称搓背圣手！

王弋低下头，扭过脸去：惭愧！惭愧！您不是坚持给过钱了吗？

王老板目送着将军昂首挺胸地踩着麻石巷道一步步走远，王老板的视线渐渐模糊，他脱口吟出了一首诗：

> 沧浪有幸浴楚囚，
> 征尘未扫反蒙羞。
> 天地自有正道在，
> 铁军风流足千秋。

沧浪池突然关门了。王弋王老板不知所终。

数十年后，"他"回来了——骨灰撒在青弋江里。

杀　驴

李士民

那年的秋霜，要比往年来得早，我爹的眉头，却皱成了一团苦霜。我爹已经下定决心，准备杀了我家的驴子。

对那头驴子，我爹又爱又恨。

没有无缘无故的爱，也没有无缘无故的恨。

中秋节的时候，大成叔要借我家的驴子。大成叔是个脸皮薄的人，在我家门前转悠了好几圈，才敲开了我家的门。大成叔张了几张嘴，才说出了借驴子那句话。

大成叔不仅是我家的邻居，还是对门。平日里，我爹待大成叔不薄，大成叔待我家也厚道。前一段，大成婶上房顶晾晒玉米，摔伤了腿。摔伤腿的大成婶，中秋节想回娘家，于是，大成叔就来我家借驴。

大成叔的话金贵，我爹的话爽利。我爹说："自家的驴，啥借不借的，牵走就是了。"然后，我爹走进驴屋，专门给驴加草添料。

喂饱了驴，我爹还套好驴车，交给大成叔。大成叔嘴笨，感激的话想了一大筐，脸憋得通红，却一句话也没说出来，只是一个劲儿朝着我爹点头。

大成叔赶着驴车，穿过秋日里透亮的乡间，心里也分外亮堂。

到了沱河桥，驴子站在桥头，不走了。开始，大成叔还以为桥上人多，驴子不敢过呢。等桥上没人了，驴子还是愣在那里，一动不动。任凭大成叔左赶右催，前呼后喊，驴子像路边的一截木头桩子，没有表情。就算大成叔扬起鞭子抽打驴子，驴子依然像茅坑里的一块石头，又臭又硬。

没办法，大成叔只好赶着驴车回村了，坐在车上的大成婶一个劲儿地抹眼泪。

我爹的脸上挂不住了，打了驴子三顿，饿了驴子三天。我爹打驴子的时候，恶狠狠地说："打死你个龟孙！"我爹饿驴子的时候，凶巴巴地说："饿死你个驴日的！"

让我爹更生气的还在后面。

收了秋，就要犁地了。

那天，鸡还没叫，我爹就起来了，喂饱了驴子，备好了犁。

沱河堤岸下，有我家的一块田，方方正正的二亩地，是我爹的一块宝，夏天麦子饱满，秋天玉米圆润。每年，我爹都要精耕细作。

家有家邻，地有地邻。我爹赶着驴来到沱河岸边的时候，春生伯已经在地里吆喝牲口了。村里人都知道，春生伯家的地和我家的地挨着。每年，我爹都和春生伯较劲，看谁犁得好，犁得快。比来比去，每年都是春生伯认输。

开始犁地了，我爹把鞭子甩得脆响，把犁扶得笔直，翻起了一道道泥土，飘散着新鲜的气息。这时候的我爹，就像诗兴大发的诗人，写下了行行优美的句子。

犁地三圈的时候，驴子突然停在地中间，任我爹怎么赶都不干了。摸摸浑身是汗的驴子，看着近处犁地的春生伯，我爹那个急呀，像驴子一样浑身大汗。那时，我爹挥舞着鞭子，使劲地往驴身上抽。抽一下，我爹就心疼一下，可是，我爹也没办法呀。

谁也没想到，那头驴子昂昂几声，扑通一声，卧倒在田沟里，彻底罢工了。我爹恨不得找个地缝钻进去。

所以，我爹起了杀驴之心。

听说我爹要杀驴，我娘躲在驴屋里，眼睛都哭肿了。我娘说："不是驴子不愿意干了，是驴子上年岁了。"

回忆起来，这头驴来我家已经八年了，农忙的时候，驴子拉庄稼、犁地、打场；农闲的时候，套了驴子拉石头；过节的时候，赶了驴车走亲戚。驴子给我家出了多少力，干了多少活儿，我爹算不清了，我娘也记不住了。

平时，我爹是个抠门儿的人，自己不舍得花钱，也不舍得往家里买好吃的，只是，我爹不亏待驴子，最好的大豆留给驴子吃，最好的一间房让驴子住。平时，我爹是个粗心的人，常常穿反了衣服，忘记了生日，但是，我爹照顾驴细心得很，驴吃的草要淘得干净，驴喝的水要烧得温暖，驴吃的料要炒得喷香。

我弟弟两岁那年，我娘为了哄他，往他嘴里塞了一粒花生米，哭闹的弟弟就卡住了，憋得满脸青紫。我爹赶紧套了驴车，拉着弟弟到了镇卫生院，医生说："要是晚来一步，孩子就没命了。"我爹说："多亏了驴子跑得快。"

这次，驴子却丢尽了我爹的脸，伤透了我爹的心。

杀驴，是在一个漆黑的夜晚。我爹关严大门，捆牢驴子。

我娘蹲在堂屋门口，一个劲儿地擦鼻子。

我弟弟蒙着被子，把自己包成了一只蚕，像是睡熟了，也许是害怕。

等到下半夜，我爹开始行动。他把驴子的眼睛用毛巾蒙上，红着眼睛说："你可别怪我，我也是没有办法了。"

当我爹拿着一把长长的尖刀，准备杀驴的时候，我弟弟突然从被窝里钻出来，光溜溜地跑到我爹面前说："爹，你杀了俺吧。"

我爹愣住了。

这时候，我们全家人都来到了弟弟跟前，抱头痛哭。

我爹决定免驴子一死。

我爹还对我弟弟说："以后咱们接着好好照顾它，像照顾你爷爷一样。"

勋 章

马新亭

爷爷晚年半身不遂，喜欢晒太阳，他总是叫孙子给他拖那把磨得光滑的椅子，那时候孙子还没有椅子高。脸上布满老年斑的爷爷，沐浴着阳光眺望着门前饱经沧桑的世界。一脸天真幼稚的孙子，依偎在爷爷身旁，细细的眼睛张望着门外未知的迷蒙的天空。晚上，爷爷喜欢叫孙子陪着看电视，爷爷拿着遥控器不断调台，调地方台、省台、央视……每逢"六一""七一""八一""十一"，爷爷拿着遥控器调台的次数最多。久而久之，孙子发现爷爷最爱看有勋章的电视节目。

有一天，孙子好奇地问，爷爷，你为啥爱看有勋章的电视节目？

爷爷咳嗽着说，本来，你二爷爷也可以成为一个胸前佩戴勋章的人物。

孙子歪着头说，爷爷，你给我讲讲好吗？

那时候咱这里兵荒马乱，民不聊生。

冬季的一天，二爷爷冒着狂风暴雪出门要饭再也没有回来。几个月后，二爷爷托人捎回口信，说他被国民党抓去当了壮丁。之后，二爷爷不断往家捎口信，天天在战场上打仗……我想，兄弟快回家吧，天天在枪林弹雨中钻，家里人天天提心吊胆。一天又一天盼望，二爷爷却一直没有回来。突然有一天，二爷爷拄着一条棍子拖着一条腿走进家门，说："鬼子从东北打进来了，国军溃不成军，弃城丢地，兵败如山倒，往南败逃……"我一边听着一边感到恐慌，感觉鬼子明晃晃的刺刀向我的胸口刺来。

几个月后，二爷爷伤势痊愈，只是右脚失去一根脚指头。二爷爷与村里几个人商量着走西口讨生活，不能在家坐以待毙。不料，半路上，钱和干粮都被土匪劫掠。听人说济南有厂子招工，二爷爷他们几个人一商量，别舍近求远，上济南吧。到了济南才知道，招工的是日本人的厂子。鬼子看到二爷爷人高马大，有点军事素养，强迫二爷爷当汉奸，威胁说不干或干不好就枪决。我爹知道后，不断给二爷爷捎信，让他想办法逃回来，不要当辱没祖宗的汉奸，世世代代抬不起头。其实二爷爷一直琢磨着逃走，不逃走早晚是死，不是被鬼子弄死，就是被国人铲除。二爷爷瞅准一个大户人家出殡的机会，躲藏进装死尸的棺材出城，混过了路卡，连夜逃回家，只是左手少了一根手指。

春天的一天，村里出现工作队，发动群众抗日。工作队告诉人们再不能做任人宰割的羔羊，血债要用血来还。二爷爷找到工作队郭队长，态度坚决地参加了八路军，奔赴前线。从此，家里经常收到二爷爷的来信，信上说他跟随部队南征北战、冲锋陷阵、出生入死……

二爷爷在一个夏夜披星戴月走进家门，我惊讶地问："你咋回来啦？"二爷爷一边扇着凉帽，一边说："鬼子投降滚回老家，部队在离这里不远的地方休整，连长准我几天假，让我回来看看。"不久，国民党军队大举进攻解放区，二爷爷又奔赴炮火连天的战场，从北方一直往南打。

一个红叶布满群山的晌午，我扛着锄头去田间的路上正巧碰到二爷爷。回到家中，我问："还去打仗吗？"二爷爷笑笑说："小日本投降，蒋介石跑到小海岛，没有仗打了。"我又问："你的战友都回来啦？"二爷爷说："不知道。我在被轰炸了好几轮的阵地上昏死过去，等我醒来时，发现自己躺在一个深坑里，身上压着敌人的尸体，阵地上静悄悄的，只有我一个人还活着，他们都以为我被炸碎了。"

村里人张罗着给二爷爷介绍对象，二爷爷摇摇头说："算了吧，我下身已被炸坏。"

二十世纪七十年代的一天，我和二爷爷去孤岛卖芦苇，路上我说："你当初要是去找部队，还用受这份罪吗？说不定能成为一位将军！"二爷爷低下头，沉默一阵子说："我一点都不后悔，年龄已大，又没文化，全国都解放了，回家干点力所能及的事岂不更好？"

改革开放后的一年，我接过二爷爷递过来的劣质烟卷说："去上面找找吧，真找下来，待遇可高啦！"二爷爷隔着浓烈的烟雾咳嗽着说："不找，想想战友们，我还活着！"

又一年，我对你二爷爷说："还不去找找？找下来，你也可以胸前佩戴上勋章啊！"

你二爷爷直到去世，也不去找，还说："你看见咱县城烈士陵园那些无名烈士碑了吗？他们难道不应该佩戴勋章……"

爷爷喜欢和孙子一块看电视。电视上，有的人身披绶带接受表彰，有的人被学校请去做报告，有的人接受记者采访，有的人胸前佩戴着闪闪发光的勋章……电视外，有的人默默守在电视机前看电视……

驴伙计

吴春笑

这是俺家的故事。

爹说，那天，他差点儿丧了命，是驴伙计救了他。

驴伙计是头八岁口瘸叫驴，是生产队解体时，爹抓阄儿抓来的。社员们都嫌它又老又瘸，唯独爹不嫌。爹拍拍驴脖子："老伙计，咱回家！"驴伙计点头甩尾，仰脸朝天："嗯啊—— 嗯啊——"

生产队干活儿时，因为驴伙计瘸，行动慢，被派下去后，常暗地里遭毒打，屁股、大腿根总是伤痕累累。爹心疼。爹幼时患小儿麻痹症，也瘸了腿。他心疼驴，也是心疼自己。

爹稀罕驴伙计能干，在他手里从不耍滑。搭档多年，爹一呼一喝，驴伙计都能听懂。驴伙计一行一动一叫唤，爹也明白。

驴伙计被牵回家，成了爹眼里的"宝儿"。吃饭时，爹冲娘说："驴伙计老了，使唤时要悠着点。"娘说："干脆卖了吧！换头好的。"爹斜着眼瞪娘，说："卖了它，它就是一个字儿，死！"娘辩驳道："干不动了，不卖掉，难道还要当祖宗供起来？"爹遭到娘顶撞，倒缓和了口气，说："别卖了，每天不就一抱草、一口水嘛！"随即又感叹道，"天生也是个苦主儿。"娘看了眼爹的腿，不言语了。

驴伙计拉重载时，爹从不坐车，总是牵着缰绳跟车走。爹患小儿麻痹症瘸了的腿，走在路上一瘸一拐，驴伙计走起来也是一拐一瘸，且都朝一边撇。日子久了，一人一驴，步调一致，反倒成了一道风景。

驴伙计救俺爹是在一场秋雨过后。

那天，爹收了一车玉米棒子回家。当走到村南大堤时，要下一段较长的坡道，为控制好车速，爹给驴伙计戴上了嚼子。

下坡时，爹一手拃着缰绳，一手扳着驴脖子。由于坡道湿滑，车速难以控制，渐渐快起来。驴伙计脚下越来越吃力，四蹄努力往前蹬。在嚼子的作用下，驴牙花勒出了血，疼得它猛地抖了下脑袋。爹一惊，脚下打滑，顺势仰面出溜下去。

"完了！"爹的心猛地一漾，倒地间紧闭了眼。

然而，令人没想到的是，在爹摔倒的瞬间，驴伙计突然发力，后腿向前猛蹬，驴屁股拼命地往下坐，两条前腿弯曲，几乎离地，车速被硬生生拖慢。爹趁机坐起，眨眼间，驴伙计的头触到了爹的后背，它用力朝爹的腰部拱了一嘴，爹感觉被用力推了一把，被拥到一边。瞬时，车轱辘紧贴爹的身体一划而过。

爹滑躺的地方，两行车轱辘印和驴蹄印鲜明地烙在那里。

被吓蒙的爹清醒后朝坡下望去，看到驴车已经侧翻在浅水沟里，玉米棒子散落一片。爹踉跄着跑下去，见驴伙计被夹在车辕里，四蹄悬空，侧躺在沟里，一条后腿被死死地别在车辕上；戴嚼子的牙龇着，牙花渗出的血混合着白色黏液长长地挂在嘴边，鼻孔风箱般一鼓一鼓呼着大气。

驴伙计彻底废了。

娘抱着驴脖子大哭了一场。

转年开春，爹和娘决定再买一头驴。娘说："粮食都卖了，钱还是不够。"娘的眼睛瞟向了驴棚。爹咬咬牙，说："借。"

可是，两年后，驴伙计还是被卖掉了。

涝雨成灾，庄稼绝收，家中粮袋子已经见了底。娘搂着饿得嗷嗷叫的孩子，一狠心，做主将驴伙计卖了。

那天，天空阴沉，碎雪飞舞。爹赶着驴车到村外树林里拾柴去了。

娘端了最后一碗底粮食喂驴伙计。娘摸着驴脑袋说："吃吧。"驴伙计卧在地上，一口也不肯吃，只直勾勾地盯着娘，盯得娘后背发凉。娘抖抖缰绳，驴伙计吃力地站起身，随着娘一瘸一拐地走出家门。

雪越下越大，天地白茫茫一片。

傍晚时分，爹回了家。他拍落身上的雪，习惯性地扫了一眼驴棚，却不见了驴伙计，忙问娘："驴呢？"

娘躲闪着爹的眼神："卖、卖了。"

爹瞪大眼睛，吼道："谁让你卖的！"

"粮食没了！"娘也急了。

"卖哪了？"爹怒问。

娘怯声道："镇上刘记宰锅店。"

"完了！完了！"爹拍着大腿，喊出了哭音儿，一瘸一拐地向大道奔去。

雪花仍在不停地飞舞。

夜半时分，大门口传来"嗯啊——嗯啊——"的叫声。娘赶忙拉开屋门，见漫天大雪中，两个白色活物站立在篱笆门外。

"唉——"娘长长地叹了口气。

夜　色

徐　东

　　周六晚上，孩子比平时睡得晚些，但十一点过后也都睡下了。不久妻子晾完衣服也洗漱睡下了。家里安静下来。他沏了杯咖啡，端着到阳台，在沙发上坐下来。照说晚上不该喝咖啡，但他要享受一下喝着咖啡，一个人静静待着的感觉。

　　他是个诗人，年轻时写过不少诗，也曾出过两部诗集，算得上是有些名气的诗人。不过这几年他写得少了。并不是他不想写，而是再也没有以前那种文思泉涌的状态和感觉了。他不再年轻，是一个女人的丈夫，两个孩子的爸爸，也不再像以前那样自由了。尤其是有了第二个孩子后，妻子没有去工作，家庭收入减少，开支增加，他的压力就更大了。这几年因为疫情，他所在的公司效益不佳，工资相比以前也减了不少。那样微薄的工资养家，有些入不敷出，为此他不得不向朋友借了一些钱，有时也不得不刷信用卡。

　　阳台不是太大，摆满了各种谈不上名贵的花草。有些是他买来的，有些是妻子买来的。他喜欢那些花花草草，也想过为它们写一写诗，却也一直没有写成。他们的这套房子是十年前买下的，每个月还需要还五六千的贷款。这也是他的压力。虽说有压力，毕竟在城市里有了一套属于自己的房子，如果卖掉的话，也还是值个几百万的。他坐着的黑色沙发旁边有个老榆树桩，是个搞收藏的诗友送的，可以放书、放茶杯。平时孩子们也喜欢来阳台，大的喜欢坐在沙发上看童话书，小的喜欢趴在榆树桩子上画画。妻子倒是很少闲下来，没有坐在阳台上看风景的时间。她是个有轻度洁癖的女人，光家里面卫生就够她打扫的了。

　　天阴着，天空是灰黑色的。他没有留意，不知何时落起了雨。雨不大，轻轻地落着。他喝了口咖啡，还想着要不要抽一支烟。他戒烟已经有两个多月了，两个月来一支烟也没有抽，他有些佩服自己的意志力，想要保持下去。这并不容易，他得和自己不断做斗争。思想斗争了几分钟，他最终还是没有去拿烟抽。他想，要克制。天气有点儿冷，穿着羽绒服的他也还是有点儿冷。他站起身来，做了几个扩胸运动，原地跳了几下。站定，目光投向远处。满眼是成片的楼，有不少楼的窗子里还亮着从雨滴中透过来的湿润迷离的灯光。那样的夜色，有些诗意，是他喜欢的。

他在的这个南方城市，这个此时被细雨打湿了的城市有着两千多万人，他是其中的一个。他们的家也是许许多多家庭中的一个，也许不同的家庭有着不同的烦恼。不过，夜色是美好的，无论是晴天还是雨天。活着也是美好的，不管是处在顺境还是逆境。他重新坐回沙发，他深吸了一口气，又轻轻呼出来。似乎他是想要把身体里无形的压力给呼出来。一呼一吸的舒畅，把自己融入了夜色一般，使他快乐，却又令他很快生出些忧愁。那忧愁是骨子里的，是他作为一个诗人的生命底色。

他这几年之所以没有写诗，似乎是有意在逃避他所渴望的，例如自由、理想、爱情，这些美好的词汇所涵盖的是他生命的种种可能，如今那些可能都被关进了现实的笼子，他也成了一个中年奴隶。在没有结婚成家之前，他是自由的，他可以无拘无束地活着。结婚有了孩子之后的他，渐渐变成了另外一个人。这个过程中是有过许多挣扎和痛苦的，矛盾激化的时候，有几次还和妻子差点儿离了婚。后来，他还是像被驯服的野兽一般，选择了承担、承受。

他叹了口气，心想，怎么选择呢？他们缺少钱，需要钱，而一个作家朋友昨天给他介绍了一个活，帮一个大公司的老板写一部自传。开价三十万，预付十万。他还没有拒绝，不过也没有答应。如果有了那笔钱，他可以还清欠账，还能余下一些，改善家里的生活。他从内心里是拒绝的，可理性又让他想去做。纠结、痛苦，想抽烟。要不要抽？想着，他起身去了书房。书房的桌子里还有半包烟。拿着烟和打火机，重新走到阳台。他用手指夹着烟，打着火机，看着火苗的闪跃……

你不是戒烟了吗？身后有一个声音，是妻子的。妻子穿着睡衣，一脸不满地看着他说，都这么晚了，还不睡。他熄了火机，犹豫了一下说，我遇到一件事。妻子脸色缓和了一下说，什么事啊，说说？他说了。妻子高兴地说，亲爱的，三十万啊，你当然要答应啦，这还用想吗？他笑了笑说，如果我接这个活，相当于是破了戒——我接了这个活，以后可能又要开始抽烟了。妻子说，随你抽不抽——孩子学钢琴的钱又该交了，下周我妈生日也得给点钱，花钱的地方那么多，有赚钱的机会不赚怎么行啊！别想了，接。

他打着火机，点燃了烟，深深吸了一口，把烟雾有些用力地吐了出去。不过他很快又熄灭了烟，他说，算了，还是不抽了，既然都戒了。妻子看得出他的为难，她看着天空，看了一会儿，说，不管你接不接，这夜色还是挺美的。他看了妻子一眼，笑了。妻子说，笑什么。他说，你这话有点儿诗意，我喜欢。

雀儿行

揭方晓

几棵槐柳，枝叶茂盛。蝉声，一声紧似一声，映衬得这夏日愈发地热烈。树下，一清瘦的中年人正与一樵夫打扮的人娓娓清谈，笑声，嗟叹声，不时地响起。妇女和孩子远远地在旁边窥看，想知道他们在谈些什么，又不好意思靠上前去。

这清瘦的中年人是客人，远道而来的客人——因过于耿直得罪权贵，被贬往蛮荒之地任职的汤生。此次，他带着新婚妻子傅夫人一同南下。本来汤生想让傅夫人待在家里，不管怎样，在家里饥不着、寒不着，还可替他在父母膝下尽尽孝心。可傅夫人不肯，一来新婚燕尔，正是你侬我侬的时候；二来让汤生一人前往那据说瘴疠横生、虫蚁遍地的地方，家里人都不放心，故舍身相随。汤生很是感动，一路上慢慢地走，尽量少让傅夫人受那车马之劳、风霜之累。

朝廷给的上任期限很宽，宽到足以容下满腹的不平，以及满眼的时序轮转、山峦叠嶂。所以啊，赴任就当是旅行吧，亦当是采风。路上，且行且歇，天地之愁，也风轻云淡了不少。汤生很接地气，他每每与渔农樵耕交往，心情就会愉悦不少。这天，汤生在山东阳谷县一农家投宿，吃饭时，喝了几杯当地的土酒，不觉有些醉意，一时激发了自己的真性情，像那农夫一样宽衣解带，丝毫没有读书人，以及朝廷命官的样子。

这时，一阵雏雀悲哀的鸣叫声引起了汤生的注意。他转头看去，远远围观的看客中有一个小孩子正在玩弄一只雏雀，快活无比。可能是那小孩尚小，对雏雀的痛苦不能感同身受，嬉笑声，悲鸣声，让多饮了几杯酒的汤生突然心里堵得慌。他起身走了过去，掏出从家乡带来的糖，对那小孩说：“这雏雀快死了，不如将它转让给我，不白要，我拿这些糖跟你换，好不好？”

“当真？”小孩喜笑颜开。

“当真！”汤生含笑点头。

小心地捧过那只瑟瑟发抖的雏雀，汤生转头走到傅夫人身边，叮嘱她好生养着。

奈何那雏雀太小，又受惊吓过度，旅途中，尽管傅夫人细心照料，悬于一线的生命，还是突然逝去了。傅夫人好生自责，嗫嚅半晌，说："先生……先生，这雀儿终是没能挺过去，这魂啊魄的，都丢了，您莫怪罪才是。"

汤生反倒过意不去，安慰傅夫人道："天地万物，各有其命，各有其归宿，不必悲伤。"

话是这么说，可汤生心里还是有些触动，他写了一首《雀儿行》的长诗，以"雀"喻己，以"行"喻世道。笔落诗成的那一刻，孤立船头的汤生面露笑容，久久不肯歇息。就这样，汤生和傅夫人，走一程，游一程；游一程，写一程。这个时期他写了很多诗，后来人们争相传抄，一时坊间纸贵。游历之余，汤生就读书，连道观里的道书、佛寺里的佛经都被他读完了。不仅读完了，他还经常手痒，亲自点校。

车马迟迟。终于，汤生到达被贬之地，任一微末闲职。山高水远，又地广人稀，委实没什么俗事，比起被贬之前，他自由自在了不少。当然，这里物资匮乏，生活也苦闷，可在汤生心里，有了无人管束的快活，这都不叫个事。渐渐地，汤生觉得被贬于此，实乃人生一桩美事、幸事、快活事。

傅夫人有一远房亲戚，在京城任职，虽说职位不高，可也能在朝堂上说上一两句话。在给汤生的书信中，这名亲戚责怪汤生过于耿直，不懂得大丈夫能屈能伸之道、亦正亦邪之妙，教训他要与上司搞好关系，多走上层路线，他定会居中调度，或许可以让汤生回到京城，并在有一定实权的部门任职。但汤生不以为意，他本身就是闲云，也是野鹤，最不屑一顾的就是结交权贵。否则，他早就飞黄腾达了。

傅夫人见汤生读信后面露不屑之色，笑着说："先生若鱼，这份自由自在就是水，鱼儿是离不开水的。"汤生大笑："夫人知我也！"顺手将那亲戚的来信撕了个粉碎。

不过，这里虽没人管束、自由自在，可毕竟是蛮荒之地，瘴疠横生、虫蚁遍地，汤生终究没有熬过去，还是一病不起。临终之际，他喃喃自语，不久气绝而亡。

傅夫人没有哭，因为汤生的临终之语，她听得分明，乃是："某本一雏雀，天地皆新奇。"原来在汤生心里，走或是留，得或是失，生或是死，都是新奇之事。

傅夫人知道，那是《雀儿行》中的句子。

空　城

陈振林

　　这已是一次惨败了。丢失了那个重要的关口街亭，也就失去了阻挡敌军的最后一道屏障。

　　两个书童，春雨和秋风开始帮着先生收拾行装。他们知道，先生又要撤回汉中了。春雨将先生的衣物一件一件地叠进衣柜，秋风将先生的书简一件一件地收回书箱。方才，他们知道先生已经派出两位将军去援后，安排两位将军留下断后。

　　"你们先别急着收拾东西，快上城楼去，焚香，侍琴，快点……"是先生的卫兵来叫他们。春雨和秋风感觉他这次的语气有些急躁，不像以前对他们那么温柔。

　　春雨抱着香炉，秋风抱着古琴，一路小跑着就上了城楼。先生已经站在了城楼上，正对着官兵下令：打开四个城门，各城门安排二十个兵士扮成百姓，一心打扫清洁，不得有误。

　　他们隐隐听到了车马的喧闹声，那马蹄声，紧锣密鼓地自远而近。声音由小到大，像海潮一般向前涌动。探马来报，是敌营的都督领了十五万人马到来。

　　摆放好古琴，点香一炷。先生已披好鹤氅，戴上纶巾，手执羽毛扇端坐。远处，大队人马如蝗虫一样密集，飞箭一般地射到了这座小城前。春雨和秋风的心里同时一紧，双腿不由得颤抖了一下。先生瞟了下春雨，将左手中的拂帚递给了他；先生瞟了下秋风，将右手中的羽毛扇递给了他。

　　先生的双手，放在了七弦古琴上。两只手的手指贴着琴弦，像两只蝴蝶伸开纤长的腿探进了绽开的花朵。琴声，就从那指尖缓缓流出。

　　春雨定了定神，他看到了城楼之下的千军万马。秋风睁了睁眼，他看清队伍前头那匹高大的乌孙马上的人，那人像只鹰一样盯着城楼。那人，就是传说中先生的对手，敌营的都督了。

　　四周一片寂静，不像是千军万马到来的样子，却只听见城楼上的琴声，像远处大江里不停翻滚的流水声。春雨知道，这是先生在弹奏《高山流水》。先生在空闲时教过他弹奏，这曲子巍巍洋洋，抑扬顿挫。秋风也知道，这曲子是伯牙弹奏给钟子期听的，是关于知音相遇的故事。他们听着曲子，想着想着，身板也就挺直起来了。

城楼下的都督骑着马儿，仍旧一动不动，像一尊雕像。他聆听着城楼上的曲子，是《高山流水》，但他听到的似乎不是高山也不是流水，他感觉那声音像黑夜里的虫鸣，或是夏日傍晚的蝉噪。不，那是城里头的千万伏兵。

像鹰一样的都督向后挥了挥手，发出了后退的指令。他身边的小将军却大叫起来："父亲，我们冲进去吧，活捉诸葛……"

春雨看到，那人又重重地挥了挥手，喊出了一个字："撤！"那千军万马，便像潮水退去一般，瞬间流向了远方。城门口那些扫地的兵士，本是慢慢吞吞地清扫着城门，见大军退却，他们的双手颤抖起来，握不住手中的扫把了。

城楼上，先生的身躯挺直，仍旧端正地坐着。他从春雨手中接过了拂帚，从秋风手中接过了羽毛扇。两个书童的话就多了起来。春雨问："先生，那鹰一样的都督真觉得我们城中有伏兵吗？"

先生摆了摆头，秋风就好奇地追问："那他为什么不敢杀进城来啊？"先生摇了摇手中的羽毛扇说："他知道城里没有伏兵，但他听得懂我的琴声，知道我的琴声里有一座城。"

"本就是一座空城，琴声里为什么还有一座城？"春雨和秋风同时问。

先生捻了捻胡须，轻轻地说："我知道他知道我这里是一座空城，但是，只要我能够抚琴，他就能从我的琴声里得到他想要的一座城。"

春雨和秋风一同噘起了嘴。他们不知道先生说的是什么。

看 护

徐全庆

"累，实在是累，倘若兄弟姐妹多一点，我也不想干了。"葛水仙这样开始她的讲述，这大大出乎我的意料，让我隐隐觉得这次的差事可能有些不值。

葛水仙是十一中的数学老师，区教育局正在给她申报区级好人，但她的材料写得不够好，局领导让我替她重写。从她提供的材料中我了解到，她很早就离了婚，一个人把儿子抚养成人。母亲去世后，她把年迈瘫痪的父亲接到家里，独自照顾。两年前，她做小生意的弟弟患上渐冻症，弟媳旋即与他离了婚，带着八岁的儿子离开了。她又把弟弟接来照顾。我被她的事迹感动得热泪盈眶，却没想到她会这样说。

我给她倒了杯水，示意她往下说。

葛水仙靠在沙发上，神情委顿，仿佛进入冬天的枯草。她空洞且有些呆滞的目光在我脸上停留了一会儿，继续她的讲述。

她每天早晨六点钟起床。熬上粥，开始给弟弟穿衣，把弟弟架上轮椅，推到洗漱间帮弟弟洗漱。然后，给父亲穿好上衣，扶父亲半靠在床上，给父亲梳头、洗脸，还要服侍父亲小便，给父亲和弟弟刷尿盆。

葛水仙说到这里笑了一下："我不怕你笑话，父亲在我眼里已没了性别。"我没有笑，只是很真诚地点点头。

这种时候总是手忙脚乱的。往往父亲还没有收拾好，粥就开了，葛水仙只好丢下父亲去馏馒头和头天晚上炒好的菜。因为慌乱，她的手多次被烫伤。

饭做好，她把一个特制的小饭桌放在父亲身前，把饭菜端上小饭桌，筷子塞到父亲手中，父亲就可以自己吃饭了。弟弟需要喂，他用筷子夹不住菜。等到她吃饭时，有时饭菜已经凉了。匆匆吃完饭，洗刷好，她骑上自行车拼命蹬，赶到学校时上课的时间也就到了。

中午没时间午休。下午下班后，她去买菜，做饭，全家人吃完，洗刷好，她还要收拾家务。忙完这一切，一般都到晚上十点钟了。然后，她要给父亲和弟弟擦洗身子，按摩，服侍他们睡觉。他们睡后，她才能静下心来备课。

葛水仙重重叹了一口气："你相信吗，我十二点之前没睡过觉。"

我感叹道："你真是太辛苦了。为什么不把你父亲送养老院？"

葛水仙说："想过，私立的住不起，公立的又不符合条件。我去找过几个部门，都说没办法。"

葛水仙的先进事迹材料我很快就写好了，可又觉得有些地方没说清楚，我决定去她家看一看。吃过晚饭，我买了些东西，敲响了她家的门。

葛水仙正在收拾家务。我看到地上有一堆衣服，就问她洗衣机在哪里。葛水仙说："你别动，有两件衣服要先用手洗。"

"我也可以的。"我说着去拿那些衣服，突然看到有一件衣服上沾着屎，我胃里一阵翻涌，差点吐了出来。我把衣服放下，寻找别的可以帮她干的活。她不停地表示感谢。

终于忙完了，我又问了葛水仙一些问题，准备离开。她送我到门口，犹犹豫豫的，似乎有什么话要说。我说："有什么事尽管说。"

她终于开口了："父亲洗澡我自己可以给他洗，可弟弟我实在不方便。你能帮我给弟弟洗次澡吗？他已经快一个月没洗澡了。"

我拍了一下脑袋，怎么没想到她还有这样一个大难题呢。

帮她弟弟洗完澡，我感觉我要虚脱了。我问她："平时谁帮他洗澡？"

她说："我儿子。他回来一次就帮他舅舅和姥爷洗一次澡。"

我知道她儿子在省城上学，很快就毕业了。我说："等你儿子回来工作就会好些的。"

"我绝不让儿子回来。"她很激动地说，声音大得吓我一跳。

"为什么？"

"就是不能让他回来。"她声音小了点，但语气依然坚定。

她的先进事迹材料我写得很感人，她也很快被评为区级好人，一个月后又被评为市级好人。

我很欣慰我帮了她，也遗憾我能帮她的好像只有这么多。

几个月后葛水仙突然死了，死于车祸。出殡那天，我去殡仪馆给她送行，她学校的校长对我说："其实，我都预感到她要出事了。"

"真的？"

"前一段时间她显得特别憔悴，神情也恍恍惚惚的，我怕她出事，还劝她请假休息几天，可她说没大用，谁知……"校长有点哽咽，顿了顿又说，"之前我托人给她介绍过几个对象，可惜都没成。倘若成了可能不会如此吧。要不是太累了，她何至于会撞上那辆车呢？"

我突然想起一个月前，她问过我一件事。她说："像我父亲和弟弟这种情况，假如没有我，政府会管他们吗？"

我打了个冷战，浑身冰凉起来。

卷毛喔喔

范子平

小韩从山沟里弄来一只半大的狗，灰不溜秋的卷毛狗，毛发脏乱不堪，肚皮上斑斑块块好似长有癣。被遗弃的狗呀猫呀，城里很常见，山里头委实不多。大家都围上来看。小韩说："也是鸡肋，唉——"

我知道小韩的心思。要了它吧，它既不如我那只误吃老鼠药死去的巴儿狗"薇薇"模样可爱，又不如小韩那只误入陷阱死去的德国牧羊犬"虎子"威武；不要它吧，我们勘探队长年累月在野外作业，一时半会儿也回不了城，这荒山野岭里找只狗比找条狼还难。我又打量它一眼，心里觉得没劲儿，无可奈何地叹口气："唉，好赖是个伴儿，留下吧。"

小韩将它抱到泉水里用香皂洗净，长癣的地方又抹了药，在太阳底下晾干，再抱过来就不一样了。棕红色卷毛覆盖着全身，毛茸茸的，大嘴巴一张，里边的牙齿白白尖尖的，伸出长长的红舌头去舔几下门框，模样也有几分可爱。这个摸摸，那个逗逗，也算添了几分生活乐趣。但大家正抚弄间，它突然箭一般蹿出去，跑到远远的野地里，钻这儿钻那儿。追出去的小韩抓住它恼怒地说："再不讲卫生就不要你这东西了！"我看着小狗浑身上下的尘土草末，说："这东西，要饭花子出身，适应不了好的卫生环境，给它起名叫个'窝囊'好了！"小韩说："就叫'喔喔'吧，这东西！"

早上，我们都洗过脸刷过牙了，喔喔才懒洋洋地从帐篷里钻出来，撅起屁股摆摆前腿伸了个长长的懒腰，将下巴蹭两下地皮，例行公事般地摇两下尾巴，伏到小韩给它摆的盘子上，狼吞虎咽地吃起香肠和面包来。我说："吃相凶猛啊！"小韩说："看它吃东西，倒是还有点基础，至少训练时它有劲儿！"

小韩驯狗有一套。以前他训练的那只"虎子"，就是我们的好帮手，能按照小韩的指令埋伏、出击、扑咬，动作干脆利落，不止一次给我们抓野兔改善生活。再一个，那东西灵性得很，除了我们几个，谁投的东西都不吃，哪怕是块香喷喷的牛肉扔到它嘴边，它也是狂吠着向主人报警。现在的喔喔呢？不管怎样，小韩又信心十足地训练它了。

"喔喔，冲！"小韩带头往前飞跑。喔喔似乎是不情愿地跟着跑起来，前边有一块斗大的赭色石，小韩做着示范一跃而过，喔喔已经跳过去了，却猛地打个旋儿，回过头来细细地嗅起来。小韩喊："喔喔！"喔喔在大石头跟前寻觅到一块儿小石头，双爪抱起来好像马戏团表演。小韩说："喔喔！"喔喔放到地上，张开后腿撒上一泡尿再嗅。小韩喊："喔喔！"喔喔就汪汪地连叫了几下，声音不高不低，好像带着满腔委屈。我说："小韩，算了吧，喔喔不是虎子！"

两周过去了。喔喔照旧能吃，饭量快顶得上当年那只虎子了；喔喔照旧跑不快，翘着尾巴晃着屁股一摇一摇的；喔喔照旧满满的好奇心，跟在我们后边抖着卷毛正在跑，动不动就停下来对一块石头发呆，有时还像猫掏鼠洞似的伸出前爪去探探石罅。我说："小韩呀，喔喔可能就是只宠物狗，咱逗逗就得了，你要叫它干别的，恐怕连只鹌鹑也抓不住。"小韩有点迷惑地说："喔喔的个头不像宠物狗呀。"他又对喔喔说："喔喔呀，要是遇到狼，你敢不敢往前冲？"老王不屑地扫喔喔一眼说："哼，不被狼吃掉就是好的！"喔喔根本不听我们的议论和感叹，只是嗅东嗅西的。

狼倒是没遇到，但在往牛头山转移的途中遇到了金钱豹！牛头山峰高林密，我们走到坎头岩下时，喔喔哼哼唧唧的，还在小韩的裤腿上蹭了两下，事后才回想起也许是喔喔对我们的警告。我们和豹子紧张地对峙时，冷汗浸透了布衫，完全忘记了喔喔的存在。豹子和我们相距只有十多米远，当时就是拿枪也来不及了。所幸那只豹子盯了我们一会儿，突然转身跳过沟跑了。我们这才松了一口气。小韩也一屁股坐在了地上，但马上又强撑着站起来喊："喔喔！喔喔呢？"是呀，喔喔呢？喔喔身子骨薄弱，不能指望它上前撕咬，至少也该汪汪叫几声示示威吧。但谁也没听见一声犬吠。我们全体人员一起出动寻找好半晌，喔喔原来躲在我们身后十多步处的一簇密草中，拨开草丛，看不见它的头脸，真叫"钻过头不管屁股"，只看见一团卷毛在瑟瑟地发抖呢。

走到黑虎岭时，天已擦黑，队长决定就地宿营。喔喔又是哼哼唧唧的并在小韩的裤腿上扒来扒去。这是不是什么猛兽将要在这里出没的预兆？经过金钱豹事件后，我们不得不格外警惕。于是在帐篷外点起了篝火，我们拿起枪分两拨人值班站岗。喔喔的哼哼唧唧声一直持续到深夜，不要说站岗的紧张惊恐，就是轮到睡觉的也睡不安生。但是一夜平安无事，直到红日笑眯眯地站立在黑虎岭的黑槐树枝头上。

被惊恐折磨了一夜的勘探队员都揉着红红的眼睛出来了，呼吸一口清新的山谷空气，活动活动腿脚，放松放松自己。就在这时，不知什么时间跑出来的喔喔突然在不远处狂吠起来。大家来不及细想，慌慌张张地跑回帐篷拿枪，没枪的拉出标杆做武器自卫。但是搜索半晌，看不见虎豹豺狼的踪影，又拿出红外探测仪扫描，也没有发现可疑的情况。喔喔还在那里吠叫。我们赶到跟前，它又咬小韩的裤腿。但那里既无蛇影又无蛇洞，裸露的红色岩石处只有几丛葛条棵而已。老王说："小韩呀，喔喔头脑里是不是阶级斗争的弦绷得太紧了？"队长也皱着眉说："该叫不叫，不该叫乱叫，净扰乱军心！"小韩脸上早挂不住了，飞起一脚将喔喔踢得在地上翻了个跟头才爬起来，一条后腿都有点瘸了。

从坡头回到基地后，小韩又托人弄来一条中华田园犬，起名叫"鹏鹏"。喔喔还要不要？老王说："干脆杀了吃肉吧！"我首先表示反对。小韩也说："那怎么行？送人得了。"老王就瞪大眼睛："这种成色，谁会要？"但后来，老王还是趁到市里置办物资，把喔喔带往狗市里卖，结果半路就遇到买主卖掉了。卖狗的钱我们上街吃了一顿羊肉烩面。

故事到这里本来就结束了，但那天杜工来我们第七勘探队检查工作。杜工是我们基地总工李大海带出来的博士。李总工深山探矿遇洪水牺牲后，杜工就是基地的头号权威了。我们和杜工在一起喝酒，他看着小韩的"鹏鹏"不住地称赞。老王就绘声绘色地讲起了喔喔的笑话。谁知杜工越听越紧张，突然问："它在哪儿？"老王说："早卖掉了！"杜工连连顿足："你们咋恁浑呀！那是李导的心肝宝贝！找矿犬！李导下功夫培育了五六条，只有这条卷毛成功，探矿可灵！你千条万条狼犬也抵不上一条这种狗呀！我还以为它也被洪水冲走牺牲了呢！啥也别说，赶快找它去！"我们顿时慌了，赶忙去各个狗市找寻，但茫茫大世界，哪里还找得到？

就你有意见

李伟明

吴小丁在乡下读小学时，有一次，教室里的一块窗户玻璃被大风刮落，摔了个粉碎。到了冬天，北风从缺了玻璃的窗户呼呼地涌进来，同学们都冻得难受。那天上课，天气实在太冷了，大伙儿只好拼命地跺脚取暖。老师皱了皱眉头，叫大家要克服困难，不怕寒冷，认真听讲，停止跺脚。老师当然是有威信的，同学们都渐渐安静下来。吴小丁忍不住说了一句："老师，这寒风太厉害了，大家都很冷，得让学校把窗户玻璃补上才行呀！"

老师一脸严肃地对吴小丁说："不就缺了块玻璃吗？大家都受得了，就你有意见！真是不像话！"老师用目光在教室扫视一遍之后，又说道，"大家说是不是？"

差不多一半的同学回答："老师，我们也受不了！"教室里一时又吵吵嚷嚷起来。

老师重重地拍了拍讲台，总算让大家再次安静下来。老师不再与大家讨论怕不怕冷的问题，言归正传，继续讲课。

过了几天，学校安排师傅把那扇窗户的玻璃补上了。

吴小丁上中学时，有一年，遇到一个很抠门的老师，这个老师从不把学生考试后的试卷发回给大家。那个年代，乡下中学复习资料少，升学压力大，同学们把每次考试的试卷看得很珍贵。只要是爱学习的，都把这些试卷整整齐齐地留存起来，大多数老师也会及时将批改后的试卷发回给学生。这个抠门的老师不把试卷发回来，是因为他家烧炉子做饭时，经常把试卷和作业本什么的当作上好的引火材料。同学们对此颇有微词，但又无可奈何。一次考试后，这个老师报完分数便准备上新课，吴小丁忍不住说道："老师，请把试卷发下来吧，我们要对一下答案，以后还要用来复习呢！"

老师生气地盯着吴小丁说："试卷一直都是这样处理的，大家都没意见，就你有意见！想捣乱吗你？"

吴小丁低声说道："怎么可能就我有意见？大家都希望能发回试卷呢！"

坐在吴小丁附近的大丙、二皮、小黑等几个同学也附和道："老师，我们也想留下试卷用作复习资料。"

老师不再接话了，继续上课。下课后，他把吴小丁和大丙等几个同学叫到自己的宿舍，说道："你们几个需要试卷就拿回去，其他同学的就算了，你们也别多管闲事。"

吴小丁进城读大学时，有一次，同寝室一名同学无端被校卫队几名队员打了一顿。那时的校卫队队员，都是些教职工子女，因为考不上大学，又没其他招工机会，便被安排在学校做临时工。这名同学受了欺负后，同寝室全体成员找到班主任，要求向学校反映这个问题，处分那几名校卫队队员，否则大伙儿将集体出动找校长评理。班主任将此事汇报到系主任那里。系主任很重视，晚上专门来到寝室教育大家说："这种事情，要讲大局，要讲团结，要注意班级形象，不可闹大，到此为止！"

吴小丁有点听不下去了，不禁脱口而出："校卫队这几个人一向风评很差，平时也听说他们经常对来自乡下的同学进行敲诈勒索，这次就得让学校处理一下他们才对呀，怎能就这样算了？"

系主任瞪了吴小丁一眼，说道："大家都没意见，就你有意见！你这个同学要好好反思一下自己。"

吴小丁不满地嘟哝道："怎么会没意见？大家说说。"

然而，全寝室的人，包括那个被欺负的同学，都没接话。系主任满意地点点头，在给大家讲了几句正确无比的大道理之后，与班主任一起扬长而去。此事就这样不了了之。

吴小丁参加工作后，有一年，单位年终发奖金时，分管领导放出风声说："今年就不发现金了，为了支持地方经济发展，采购了市里一家民营企业生产的白酒抵奖金。"消息传出，大家都很不高兴，在办公室议论纷纷。有人说，平时工资低，马上过年了，就等着这笔钱救急，发几箱白酒能解决什么问题？有人说，这家企业给了分管领导数目不小的回扣，单位其他班子成员平时也经常收企业送的白酒，现在是回报人家的时候了！还有人说，这家企业是单位一把手的亲属办的，如今产品滞销，所以一把手授意分管领导这样干。

年底的职工代表会议上，吴小丁提出，用某个企业的产品抵职工年终奖，这种做法显然是欠妥的，既损害了大家的利益，还存在较大的隐患，应该坚决纠正。领导听了，愤怒地冲他吼道："这事大家都同意，就你有意见！你有本事就另谋高就嘛！"

吴小丁环顾四周，希望有哪位同事出来证明一下，这事并非就他一人有意见。然而，会场一片死寂，没有任何人吭声，包括那些在办公室议论时嗓门最大的。一屋子的人目光齐刷刷扫过来，让吴小丁心里不禁升起一阵阵凉意。

此后，吴小丁每当对什么事情有看法时，便不由自主地想起那一幕，话到嘴边也就自然而然咽下去了。若干年后，吴小丁偶尔琢磨一些事情，忽然发现，自己早已成了一个没有意见的人了。

茼 蒿

肖曙光

路边摊贩的簸箕里堆着满满的一堆茼蒿儿。茼蒿儿刚从地里摘来，碧绿、青翠，带着早晨的露珠儿。一前一后走着的两个人，不由得都停下了脚步。

他和她都爱吃茼蒿儿。先前是他爱吃。刚结婚那阵子，他买了茼蒿儿，她总会皱眉，茼蒿儿那股土腥味儿，让她难以下咽。但他食之如饴。

他爱做凉拌茼蒿儿。将洗净的茼蒿儿，淋上陈醋，撒上酱油，浇上一点香油，拌均匀后，一盆油汪汪、碧绿绿的凉拌茼蒿，他能吃个精光。

他夹几棵茼蒿儿送到她嘴边，说，这是真正的绿色食品。尝尝！

看他期待的目光，她忍不住尝了尝。茼蒿清脆酸甜的味道，遮盖了土腥味，慢慢地她也喜欢吃茼蒿，还学会了做凉拌茼蒿。

站在簸箕前，她犹豫了一下，之后蹲下来，开始挑选茼蒿儿。一棵一棵，她挑得很仔细。

他耷拉着头看她挑茼蒿，本想帮帮她，但心里疙疙瘩瘩的，就直愣愣地站在那里。

挑好茼蒿后，她自顾自往前走。他不紧不慢地跟着，保持着一定的距离。

刚结婚那会儿，走在路上，她挽着他的胳膊，或者他搂着她纤细的腰，亲密的举动引来路人的目光；后来是并排走，偶尔牵一下手，遇见熟人，就像被电蜇了一般，慌慌地把手分开；再后来，就一前一后地走。他走得快，噔噔地往前冲，回头看，她远远地落在后面。

像现在这样，他跟在她后面慢慢走，多半是两人怄气了。他要是走在她前面，她会赌气一般冲到他前面。他见她气喘吁吁的样子，心不落忍，只好慢慢跟在后面。

是怎么怄气的？好像是昨晚她跟他说单位上的事，婆婆妈妈，啰啰唆唆说了一大堆。他正在看书，没搭腔。她说了半天，见他没接话，就怼他：聋了？还是哑了？

书看到兴头上，被她打扰，他本来就不高兴，就回了句：真啰唆。

她恼了，脸一寒，转身就去了客厅。

他知道她生气了。生气了不能劝，越劝越上火。他就强迫自己继续看书，但书上的字一个个在跳舞，搅得他心烦意乱，兴致全无。干脆合上书，抽支烟，呆呆地坐着发愣。

她什么时候变得这样啰唆？以前没这种感觉，只觉得一天不听她絮叨，心里就空落落的。没想到，现在居然感到这絮叨如此刺耳。

两人就这样一前一后地走着。到了家里，她进了厨房，开始洗茼蒿。她低着头，一棵一棵地洗，洗得很认真。一缕头发垂下来，遮住了她半张脸。

他站在那里看她洗茼蒿，要是以往她会喊他剥棵蒜、刨块姜、洗个辣椒什么的，总之，她要他打下手。他知道，他其实也帮不上什么忙，她要的是他帮着做家务的态度。

现在她没喊他，一个人在忙碌。他抄着手站一旁，实在无趣，干脆去了书房。

看了几页书，估摸着饭做好了，就走出书房。她一个人正坐在那里吃饭。她没喊他，他知道她还怄着气，就添了碗饭过去。桌上的菜是凉拌茼蒿。

凉拌茼蒿油汪汪、碧绿绿的，勾起了他的食欲。两人闷着头吃饭。今天的凉拌茼蒿儿做得好，他想称赞一句，话到嘴边又咽了回去。还是不出声的好，免得被她夹枪带棒呛个半死。

她夹起一筷子茼蒿儿。茼蒿上缠了根白色的头发。他很恼火，真是昏了头，菜也不洗干净。正想责备几句，蓦地，瞥见她一头灰白的头发，心里顿时一惊，她如墨一样的黑发竟然变白了。

他没留意她的头发啥时候变白的，但她注意到他的白发了。那天，他在电脑前全神贯注地写文章，等他回过神来，发现她站在身后，眼睛直直地瞪着他。他很诧异：发啥愣？她说：你有白发了。他觉得好笑，但看见她哀伤的神情，心里还是一暖。要注意保养自己。她端了碗莲子羹给他时，说了一大堆关于中老年人养生的话，他嫌她话多，就转过身，不再搭理她。

那根白发一定是她洗菜时掉进去的。他暗暗叹口气。他想提醒她，但来不及了，茼蒿儿就要被她送进嘴里。一着急，就用手握住她的筷子，她一怔，脸露愠色。他把白发挑出来，轻轻放在她面前。

她一愣，僵硬的脸像被融化了的冰，露出一丝笑容，自嘲道：岁月不饶人喽。

他松了口气，边吃茼蒿边赞叹：味道不错。

当然了。她说，多嫩的茼蒿啊，只是价钱贵了，哪像过去……

见他一副洗耳恭听的样子，她的话更稠了，滔滔不绝就像开闸了的水。

他使劲嚼着茼蒿，不知不觉间茼蒿的甜味儿从口齿间溢了出来。

在水边

张建春

一汪水迷迷茫茫，腾着雾气，带着太阳碎碎的光跳动，水靠在河边，水就轻松地透明，河是流动的，水不腐，活泼得天天跳跃。

跳跃起的是波浪，跳跃起的是鱼虾。

旺爷是守在水边生活的人。旺爷的家在水边的墩子上，墩子是个大墩子，也很古老，有很多传说。比如，古墩在夜里会发出剑啸之声，很多人听见过，剑啸声是弹跳着的，常在水面上跳舞。旺爷却是没听过剑啸声，但旺爷信，信得彻底。

一汪水浇出了一方好田地，田地里生稻花，风吹稻花香，美美的。

郢子里的人快走完了，旺爷不走，舍不得水边事，舍不得古墩子，舍不得割一茬又长一茬的稻子。

旺爷还有一样舍不得，蒸杂鱼，这可是美味中的美味。杂鱼是在水中一网打的，网中的鱼色不同，起上来，一碗蒸了，称之为蒸杂鱼儿。没吃过的不知其中味，尝过了的，保证恨不得连眉毛心也一齐吃了。

旺爷爱喝个小酒，杂鱼就酒，越喝越有。旺爷常是一碗子杂鱼，摆在骑在门槛的板凳头上，然后对着河喝酒，喝着喝着，旺爷就以为把一条河喝下了。

河叫派河，也古旧得很，派河比古墩古，人逐水而居，先有派河才有古墩子的。

旺爷的儿子保子叔早些年进城，旺爷是不同意的，旺爷说："没有比河边更好的地方了。"保子叔很是难过地点点头，说："是好，可看这河，水都脏了，还有鱼，一股子煤油味。"

保子是吃蒸杂鱼长大的，对这一口也喜欢进骨子里。保子说的是事实，水突然脏了起来，鱼也少了，鱼入口里确实有股子怪怪的味道。

旺爷拿眼睛望保子，保子的目光迎上去，算得上是爷儿俩"挤眼棍"，最后旺爷让步，保子进了城。保子进城还把媳妇带上，一小家子进城了。保子的妈死得早，旺爷一个人把保子养大，旺爷不容易。

保子进了城，就剩下旺爷一人在家了。旺爷种地，自己吃，还把粮食送到城里，说是给大孙子吃的。哦，保子有了儿子，旺爷给大孙子起了名字：派子。派子好听，喊得响。

旺爷依然喝板凳头酒，用蒸杂鱼就着，可这些年，蒸杂鱼的味道确实变了，在鲜美中伴着说不出的怪味。鱼也难打了，过去旺爷一网撒下去，提网就见银光闪，这些年，鱼都逃了，网上来的鱼也是极不精神的。

保子在城里混得不错，隔三岔五要接旺爷进城，旺爷拒绝。儿子就拿话"紧"旺爷，说："留恋个啥？蒸杂鱼都没鱼味了，水脏得呛鼻子。"旺爷无话可说，但还是"癞蛤蟆垫桌腿——硬撑着"，说："不去，就不去。"

实际上旺爷有个盼头，水脏可以治理，水会变清的，鱼也会在清水中把自己洗干净的。

旺爷八十岁这个年头，旺爷的盼还真就实现了，派河大治理，派河成了沟通长江、淮河大运河的一部分，水也成了双向流。过去派河水流向长江，如今派河水还能流向淮河去呢。派河还叫派河，可水不同了，河中的鱼也不同了，三条河的鱼汇合了。

派河加宽加深，擦到了古墩的边沿，开挖中出了件大事，发现了大批的青铜器，青铜的剑偏多。难怪古墩有剑声、剑啸呢。考古学家奔此而来，青铜器是夏朝的，和"桀放南巢"有关系。

旺爷击掌而歌，好好地开了瓶酒，还拿上旋网，在河湾处撒了一网，旺爷的网撒得开，缓缓收网，网离水面，已见银光闪烁。蒸杂鱼又是早年的味道了，让旺爷吃惊的是打上来的鱼好几条不认识，它们肯定不是派河的老住户。

蒸杂鱼天下一绝，旺爷还进城吗？

派子大学毕业，保子把派子撵回老家，让派子陪陪爷爷。陪爷爷一段时间后，派子突然对家人宣布："不回城去，留在水边，蒸杂鱼太好吃了。"

鱼是旺爷指挥派子撒网打上来的，活蹦乱跳。佐料是旺爷让派子从地里拽的野葱野蒜，香气扑鼻。火是派子生的，烟熏得派子流泪水。

派子把爷爷的蒸杂鱼儿起了个名字，古墩杂色。他还将蒸杂鱼编了个小故事，与"桀放南巢"联系上了，发网上，引得一片叫好声。

派子不回城是要做一番事的，古墩有文章可做，派河有事可做，河里的鱼更是活蹦乱跳的，还有爷爷喝的板凳头酒，过去是把派河喝进去，现在可是喝三条河了……还有风吹稻花香两岸的风光。

旺爷高兴，摸着派子的头，没头没尾地说："人奔恩处，鱼奔深处，蒸杂鱼好吃，好吃哦。"

在水边，所有的意义就是水意。旺爷就想，派子是派河的一滴水，也就是放回原河里。

父亲与毛衣

唐波清

父亲是一个多才多艺的人。

我念小学时，父亲在学校当代课老师，他讲的课娃儿们最爱听，讲故事，打比喻，通俗易懂。父亲教语文，也教算术，还教音乐。

放学以后，父亲脱下他最喜欢穿的米灰色的针织毛衣，那是母亲送给父亲的结婚礼物，除了天热，父亲的身上多半穿着这件毛衣，父亲将毛衣一丝不苟地叠整齐，小心地放进箱子里，然后换上那件破旧的劳动布上衣，扛起锄头，火急火燎地下地干活。

吃完晚饭，父亲先是拉二胡，他最喜欢那首《二泉映月》，家清月冷，压抑悲怆，如泣如诉，让人生出无限感慨。父亲拉完二胡再吹竹笛，父亲吹起竹笛很是热闹，一首《喜相逢》的蒙古民乐，高潮迭起，如同让人陶醉在一折折久别重逢、衣锦还乡的台戏里。

父亲是一个命苦的人。

父亲从小就没了爹娘，他靠吃村子里的百家饭长大。后来好不容易成了家，一连有了四个娃，大哥、二哥和我都是男娃，还有一个乖巧漂亮的小妹。可惜的是，大哥天生就是一个痴呆傻，不会走路，不会说话，吃喝拉撒也不能自理，父亲喂他吃饭，替他穿衣，帮他洗澡，日复一日，年复一年。

我初中毕业的那个夏天，母亲上山割猪草时被一条毒蛇咬伤。父亲背起母亲拼命地奔向卫生院，父亲边跑边对母亲喊，娃他娘，你千万别睡啊。可母亲再也没有答应父亲一句话，母亲就在父亲的背上永远睡着了。父亲的哭声撕心裂肺。

从此，父亲辞了小学的代课老师一职，既当爹又当娘。

母亲走的那年，我考上了县高中，这给了忧伤的父亲一丝安慰。父亲似乎是要奖励我，他小声地问，你想要点啥？

我看了几眼父亲身上那件米灰色的旧毛衣，怯怯地回话，听说县城里流行穿毛衣，我想要件新毛衣。

父亲没说话。

第二天，父亲小心翼翼地清洗那件米灰色旧毛衣，然后有些不舍地拆了它，拉开一根线头，一圈又一圈，半个钟头，米灰色毛衣没了，只剩下几个圆滚滚的毛线团。

不晓得父亲从哪里借来几根棒针，就是用竹子削成的两头尖的粗针，打磨得光光滑滑。头几天，父亲神出鬼没。再后来，父亲躲在房间里织毛衣，父亲的秘密被小妹发现以后，就不再躲躲闪闪，开始光明正大地织毛衣。只见父亲将毛线挽在食指和拇指上，先打一个活结，再将活结套在针上，拉紧；然后反过手来，手心向下，又将线圈套在针上，拉紧，这就起好一针。父亲越来越熟练地重复这个动作。

小妹很好奇，爹，你真厉害，别人家只有女人会织毛衣，咱家男人也会织毛衣。爹，你跟谁学的这个手艺啊？父亲没有回答，脸上有一些红润。

父亲对小妹说，你是个女娃，你也要学会织毛衣。父亲还一边织一边教小妹，这叫"平针"，这是最简单的一种织法，先将针从线圈下面戳出，右手把毛线拉紧，从后下方绕到前上方，再用针尖将线圈钩住绕过来，然后将线圈从左边针上脱下去，这就织好一针。

父亲跟小妹唠叨起来就没完，如果要织图案的话，就要用"反针"或者叫"上针"。当然，要想把毛衣织得好看，还有很多技巧和织法，譬如"单螺纹针法""鱼腥草针法""锁链针法"和"星星针法"。

半个月的光景，在父亲对小妹的唠叨中，父亲织出一件崭新的毛衣，胸前还隐约能看出一头牛的图案。父亲对我说，你属牛，你试试这件毛衣，看你喜欢不？我迫不及待地穿上毛衣，刚好合身，就跟长在我身上似的。

临近开学的时候，村子里的风言风语钻进我的耳朵里：父亲织毛衣的棒针是找村东头的李寡妇借的，父亲织毛衣的手艺是跟李寡妇学来的，父亲与李寡妇有一腿……

难怪那几天父亲神出鬼没，我心里这样猜想。我恨父亲，我恨李寡妇。

开学那天，村里人替我送行。父亲把那件新织的毛衣递给我，当着村里人的面，我接过毛衣，摔在地上，狠狠地踩了两脚。我没有回头，我流着泪去了县城。

高中三年，我就没和父亲说过话。

上了大学，我突然收到一封信，这是李寡妇请人代写的一封信：娃，俺是李婶。当年你爹是跟俺借过棒针，也是悄悄跟俺学过织毛衣。说实话，俺还真有跟你爹搭伙过日子的想法。可你爹说，你们家娃多，还穷，他不想连累俺；你爹还说，他这一辈子也不想给你们找后娘。娃，俺得了重病，医生说，俺活不了几天了。你爹是清白的，俺不能把这话带进棺材里。娃，你要善待你爹。

放了寒假，我赶回家，在打谷场上，远远地看见佝偻的父亲在晾晒过冬的粮食，父亲穿着那件当年他亲手为我编织的毛衣……

我跪在打谷场上。我跪在父亲跟前。我跪在李婶的坟头。

与天空的距离

余陶然

认识老高的人都说他胆大，胆子小的人干不了他那个活儿。"每天挂在半空中给人装空调外机，多危险。"老高听了这话就笑："不干，不干怎么办？家里人不吃饭了？儿子不读书了？"

老高大名高飞，应了那句"人如其名"。

取名是人生大事，儿子出生后老高苦思冥想了好几天，人都想瘦了。最后一拍脑袋，说就叫高地吧，占领高地！

老高儿子高地今年高二，成绩不错。昨晚下自习回来，他和老高说明天学校面试招飞行员，他想去。老高沉默着，在心里估计，一口饭在嘴里嚼半天，估不出这事要花多少钱。他对儿子说："你自己决定，要是考上了，爸砸锅卖铁供你。"

今年上工的地方是新小区，里面矗立着一栋栋崭新漂亮的高楼。老高看着这些楼，心里暖烘烘的，装修队里的其他人也一样。这么多房子，每一户都装修，他们有两三年不愁没活干。

老高今年收了个新徒弟，十八岁，拎着工具跟在老高屁股后面。老高对他不冷不热。太年轻了，怎么能不读书呢？老高心里惋惜。

前几个跑了的徒弟都吃不了这份苦，嫌脏又嫌累。老高冷冷地说："在外面吊半天，装一个空调外机，两百块。现在知道钱不是大水淌来的吧？"

新徒弟殷勤地给老高递烟，老高瞥了眼，心说学这些倒学得快。老高早戒了烟，他让徒弟揣回去。他说道："我操作，你仔细看，在工地，有真本事就有一口饭吃。"

"师父，你第一次吊在高楼外面害怕吗？"年轻的徒弟有些怵，他到现在还没有上过手，老高让他在旁边多看。

"盯着手里的活，要是感觉晕就看看天，别往地上看。"老高抬眼，视线看到最高的那层楼，再往上看，湛蓝的天空中有两道白线一样细长的云。

老高知道那是飞机屁股后面拉出来的云，儿子和老高说那是飞机云也叫航迹云，是飞机引擎喷出来的水凝结成的云。上学之后儿子懂得越来越多，他能教给儿子的东西越来越少。儿子懂得越多老高越高兴，那说明儿子未来能走得远——至少不用天天风吹日晒地挣钱。

有天饭桌上，电视里放着关于载人航天的新闻，儿子给他讲重力和失重。

"我们站在地上不会飘起来，是因为有重力。"

"啥是重力？"老高问他。

"苹果掉在地上，人在地上，都被地球牢牢地吸着，飘不起来，那就叫重力。"儿子指了指电视说，"你看宇航员在太空飘起来了，那就是失重了，没有重力了。"

"那我知道了，是不是离地面远了人就能飞起来，像神仙一样？"老高说。

儿子往嘴里扒了口饭，含含糊糊地说道："差不多。"

上午在五层装了两台空调外机，外面太阳晒得很。老高忙活完，一身的灰和汗。他疲乏地靠在墙边坐着休息，主家给他们几个人添上茶水，还有一会儿才到饭点。

"我儿子去招飞了，他想上天。"老高和工友们聊天，他不安地搓着手问，"这得花不少钱吧？"

有懂行的工友哈哈笑了起来，说："被选上了国家出钱培养，指望你，累死都供不起一个飞行员。"

老高听了这话，松了半口气，又说："这小子开飞机上天，我有点害怕。"

"他坐飞机里，风吹不着雨打不着，不比你挂安全绳在楼外稳当？"

"这话说得对，"老高认同地点头，"他以后比我过得好，就行了。"

新徒弟提出要上手试试，老高看了天气预报，第二天无风无雨太阳不大。施工地在三楼。他同意了。前前后后检查了所有设备，老高指着安全绳说："你知道这是啥吧？"徒弟说："是安全绳。"老高说："这是你的命，记住了，上上下下每次都要检查。记住了没有？"徒弟点头。

老高盯着徒弟爬出了窗户，看着他往下降。老高面上不显，心咚咚乱跳。徒弟慢慢降到高楼上预留给空调的平台，在上面稳稳地站住了脚，空调外机由其他人从窗户那边递给他安装。

主家散的金皖，是好烟，老高接了一根别在耳朵上。

等徒弟下来时，小伙子满手满身的灰，活像钻了锅炉的猫。老高故意问他："在上面害怕不？"

"上去不怕，下来有点怕了。"

"你能挣这个钱。"老高拍拍他的肩膀，把那根金皖递给他。

"这钱不容易挣。"

"什么钱都不容易挣，"老高说，"好好干吧。"

"唔，"徒弟叼着烟，感激地说，"谢谢师父。"

老高说："以后有机会学门踏实手艺，你还年轻，这活太危险。"

老高嘴上不说，有时心里也会羡慕其他人怎么这么有能耐。后来高地长大了，孩子长得比从地里钻出来的春笋还快。老高瞅着有点陌生的儿子，暗下决心要给他的未来助点力，就像让小时候的高地骑在他脖子上看天上的大飞机。

干活的时候，老高悬在空中，晃晃悠悠把自己往下放。绳子拉着他时紧嵌在他身体上，沉甸甸地捆进肉里，风一吹，连人带绳像钟摆摆动。老高知道这是重力，有地球吸着人飘不了，只能老老实实。

于是他在半空中老老实实干了一辈子。

后来，老高没事就抬头看着天空。他有时凑巧能看到飞机，一个小白点拖着两道航迹云飞走了。工友说老高又看儿子呢，老高没接话。儿子在空校，昨天才打电话说刚刚摸到真飞机。

他与天空的距离，以后是他和儿子的距离。

活着就好

刘　公

白铁匠是个游动匠人，一个担子就是他的全部家当。

白铁匠走南闯北，遇着需要铁匠出手的活儿，就支起摊子烧着火，丁零咣啷干起来。活儿做完了，闲几天没有营生了，就挑着担子继续走四方。

那是一个泥泞的雨天，白铁匠在屋檐下躲雨，恰逢我父亲也在那歇脚，二人随便聊了起来。一向善良的父亲见白铁匠的衣裳补丁摞补丁，孤苦伶仃一个人可怜兮兮的，就动员他落户农场，结束居无定所、吃了上顿没下顿的游荡生活。

白铁匠求之不得，一个劲儿地作揖说：谢谢，谢谢，那太好了。

在我父亲的帮助下，白铁匠就在街边搭建了两间窝棚，一间他住宿，一间为铁匠铺。就这样，白铁匠铺就正式开张了。

大集体时代，镰刀、砍刀、铁锹、锄头、镐头、犁铧等农具必不可少，小家庭用的饭铲、勺子、菜刀等，都是生活必需品，白铁匠的生意还不错，每天或多或少都有点进项。后来，农场包产到户了，从种到收，逐步走向了机械化，农具的用场越来越少了，白铁匠铺的生意也日渐惨淡了。

时光是个留不住的车轮，不管你愿不愿意，它都会把你碾到白发苍苍。慢慢地，白铁匠年龄也大了，许多铁匠活也做不动了。他每天在铺子外晒太阳，喝最便宜的柿子茶叶，一些铁器农具随意摆放在门外，有人买，自己挑选后把钱放进白铁匠跟前的木箱里，白铁匠有时看都懒得看一眼。木箱脏兮兮的，上面结满了垢。有一天一个古董商路过此地，一眼就看上了那个箱子，问白铁匠：箱子是哪里来的？

白铁匠说：别看箱子不起眼，它可是我老太爷的钱箱子，一辈一辈传到我手里的。

古董商说：两万，你卖不卖？当时的两万，可是个天文数字。

白铁匠稍一迟疑，摇着脑袋说：不卖。

古董商抱起来看了看，又问：五万卖不？

白铁匠漫不经心地说：五万也不卖，它是祖上传下来的，是个念想。

古董商摇了摇头，叹息了一声，头也不回地走了。

随后几天，很多人来看白铁匠的箱子。当地有名的混混二拐子晓得后，来了二话不说，抱起箱子就走。白铁匠一把拽住混混二拐子：咋啦？抢劫啊？白铁匠打铁一辈子，攒了一身力气，一下子就把混混二拐子的胳膊拧到其后背上。混混二拐子直喊叫：疼、疼！他一个劲儿地求饶，白铁匠才松开手。看着混混二拐子的背影，白铁匠厉声吼道：以后再打我箱子的主意，小心老子折了你二拐子的胳膊！

混混二拐子鸡啄米似的点头说：以后再也不敢了，以后再也不敢了。

一周后，古董商又来了。他把一捆钱往白铁匠的茶桌上重重地一放，嚷道：白铁匠，这是十万，可是我半辈子的心血。

白铁匠眼睛都没有眨一下：你以为十万，我就动心了吗？再说一遍，不卖！

古董商万万没想到，穷得叮当响的白铁匠，竟然是个不为钱所动的主儿。

第三天黄昏，白铁匠邀来街坊邻居，特意让我父亲做见证人，当着大伙儿的面，白铁匠举起了榔头，我父亲连忙抓住白铁匠的胳膊，意图阻止白铁匠做傻事。白铁匠说：谁也拉不住，我做的决定，就是十头牛也拉不回来，你们以为它是财，我觉得它是个灾。白铁匠说着，一榔头下去，就把木箱砸得粉碎，随后一把火点着，木箱在众目睽睽之下烧成了灰烬。

在场的人无不惋惜叹息。

去年我回老家看望老母亲，路过街口时，看到96岁的白铁匠还在老地方晒着太阳，喝着柿子茶，一副悠闲自得的样子。不同的是，他旁边多了个给他添茶的老太太。

我走近白铁匠，他一眼就认出我来了，邀请我在他旁边坐一会儿。

白叔叔，你当年的那个箱子，砸了实在可惜。

白铁匠抿了一口茶，悄悄地叫着我的幼名说：全顺啊！你以为白叔真的那么傻吗？当时白叔确实没要那十万，可那天傍晚一撒黑，我就和古董商悄悄地交易了。成交前，我找了个巧手木匠仿做了一个，大小、形状、颜色，还有雕花，都跟原来的那个箱子一模一样，随即还做了旧，我砸的烧的，就是那个仿制品。这些年铁匠铺几乎没生意，多亏那十万帮了白叔的大忙。靠着那十万，我细水长流才过得这么滋润，没有贼惦记，还给你娶了个贤惠的婶子。

老太太幸福地朝我咧着嘴笑。

白叔叔真有智慧啊！难道白叔叔演了一场戏，我的爸爸都没有察觉吗？

这事，还能瞒得过你的爸爸吗？只是他看破不说破，从来不跟人提起这件事。

哦。我一下子醍醐灌顶。

全顺啊！多少人都一个一个地走了，你白叔叔还活着，还活得比较自在。

是啊是啊，白叔叔很健康，活过一百岁，没一点问题。我给他杯子里添了点开水。

白铁匠摸了摸嘴唇，又摸了摸下巴，乐呵呵地说：你白叔这一辈子，虽说没当官，但也值了……

悲伤的白菜

李伶伶

老黑吃完晚饭回到病房，看到邻床多了一名患者。患者是个老大爷，左脚上打着石膏。旁边的老太太应该是他老伴，忙前忙后的。老黑跟他们打了声招呼，就躺到病床上看手机去了。

不一会儿来了个女人，听称呼是老大爷的闺女。她一进门就问，怎么摔倒的啊？老大爷不吭声，老伴替他说了，是被车撞的。

老大爷下午去超市买菜，超市正在搞活动，可以用购物所得的积分换白菜。白菜三块钱一棵，老大爷的积分能换两棵白菜呢。但是兑换积分需要身份证，老大爷没带身份证，超市工作人员不给换。老大爷问，回家取身份证回来，还给换不？工作人员说，给换。老大爷就把买好的东西送回家，拿上身份证和购物小票又往超市赶。老大爷家离超市远，骑自行车需要半个小时，他骑车经过十字路口时，被车撞了，到医院一检查，是小腿骨折，得住院。

女人听后，一阵埋怨，说，你为了两棵白菜值得吗？现在住到医院来了，得花多少棵白菜的钱啊？老太太在一旁说，我也说不让他去，可是他不听啊。老黑偷偷瞄了一眼老大爷，老大爷一副理亏的样子，从头到尾一声没吱。

女人又问，肇事司机呢？撞了人他得出住院费呀。老太太说，去交警队了，你小弟也去了，这会儿也该回来了。女人说，那住院押金谁出的？老太太说，咱自己先垫上的，等交警队判完了，肇事司机该给多少他得给。女人说，他不但得给住院费，还得给补偿费，这么大岁数骨折了，得遭多大罪呀！

正说着，病房的门开了，进来一个中等身材的男人。男人脸色不太好看，进来后径直走到老大爷旁边。女人问，交警队怎么说？肇事司机怎么没跟你一起来？男人说，交警队说，轿车司机没撞到咱爸，人家没有责任。女人说，没撞到咱爸，咱爸怎么会摔倒呢？男人说，我看监控录像了，咱爸摔倒时，轿车前杠离咱爸还有半米远呢。女人越听越糊涂了，说，怎么会呢，你是不是看错了？男人说，从监控录像里看，咱爸是为了躲一个送外卖的摔倒的。女人说，那送外卖的得对咱爸负责呀。男人说，送外卖的也没撞到咱爸。女人说，照你这么说，咱爸是自己摔倒的，跟别人没关系？男人说，不是我说的，是监控录像里这么显示的。而且咱爸还闯了红灯，就算别人撞到他，咱爸自己也有责任。

女人听到这儿，生气地转过身问父亲，爸，你咋还闯红灯呢？老大爷说，我不是着急嘛。女人说，就为两棵白菜吗？男人说，什么白菜？他显然还不知道白菜的事。女人给他讲了父亲换白菜的经过，然后说，咱爸是为了给你省两棵白菜的钱才摔倒的。男人说，你这说的是啥话？啥叫为我省？女人说，咱爸跟你住在一起，不是为你省是为谁省？

男人被说得脸上有点挂不住，好像父亲跟他一起生活没有享福，净受罪了。男人说，我没让他给我省。女人说，你让没让他省，他都是为你省，从小到大他都偏向你，缺啥少啥他都是冲我要。男人说，怎么偏向我了？他冲你要啥了？两人说着说着吵了起来。

老太太在旁边劝完这个劝那个，但两人都在气头上，都听不进去，越说话越多，七百年的谷子八百年的糠都倒出来了。最后说到了住院费，因为父亲摔伤别人没有责任，住院费都得自己出。女人说手里不宽裕，拿不出钱来，她再次埋怨父亲没事找事。

病房里像住进了一窝马蜂似的，嗡嗡嗡地吵个没完，一刻也不得安宁。老黑作为外人，劝也不是不劝也不是，他正想出去躲躲，忽听老大爷一声吼，别吵了，我不治了，我这就出院。说着就要下床。三个人赶紧劝阻。但老大爷的倔脾气上来了，非要走。他好像忘了左腿骨折了，下地往前走时一用力，受伤的腿吃不住劲儿，摔倒了。大家赶忙去扶他，并叫来了医生。

医生查看了老大爷的伤腿，觉得没什么大碍，让他别乱动，好好休养。医生走后，老大爷还闹着要出院。女人发了脾气，说，你不用走，都是我不对，我不会说话，我不会做事，我走！说完，女人从兜里掏出一沓钱放在父亲的病床上，转身走出病房。老黑看到那些钱里有两张一百元的和几张十元一元的纸币。

病房里沉默下来，一度有些尴尬，老黑假装看手机，没敢往那边看。

过了好一会儿，就听老太太说，也不知道你姐吃饭了没有。没人回应她。老太太又说，你跟你姐瞎吵啥，这两年经济不景气，她在家政公司干活挣的也没以前多了，她手里有钱的时候没少给我们花，这回就别让她出钱了。男人说，我没让她出啊，我啥时候跟她提钱了？老太太说，你是没提，可是她觉得自己该拿，但是拿不出来，她心里觉得愧得慌嘛。男人没吱声。老太太说，你开出租车虽然没有以前挣得多，但也比她强，我跟你爸还有点积蓄，这次住院费就不用你俩出了。男人小声说，好了，别说了。老黑觉得自己听到了别人的隐私，再听下去就不礼貌了，便起身出去了。

老黑一开病房的门，看到老大爷的闺女正站在门外抹眼泪呢。

见老黑出来，女人有点尴尬，急忙走开了。看着女人走远的背影，又回头看看病床上的老大爷，老黑叹口气，仰头看向走廊的灯。

剪纸王

李晓东

王道明是城北闸口巷我的邻居。

那年，他去乡下做客，看到婶婶在剪纸，一张红纸几经折叠和裁剪，便幻化成生动的图案，这让他着了迷。父亲发现后，便让他学习美术。

后来，王道明和我都被分配到市储运公司工作。再后来，公司倒闭，我便去深圳打工。而他则在家门口租了间房子办了家书画培训班，不久便入不敷出。他还开过 VCD 出租店、餐饮店、麻将馆、茶吧等，先后都倒闭了。几年下来，他身心疲惫，还赔光了积蓄。我邀他去深圳打工，不料他竟把希望押在剪纸上。

谁都知道，要在剪纸行当里占有一席之地，必须拜访高手名家。于是，他把想法告知家人和朋友，可他们都认为剪纸是没落的民间艺术。但他偏要试试，还找到我借钱，说："老兄，正因为会剪纸的人越来越少，才需要有人来继承，把它发扬光大。"

叫我怎么说他呢！这年十月，他带上记录着河北、天津等地剪纸名师的名单和筹措的五千元钱，踏上了拜师学艺之路。

他先来到河北蔚县，几经周折总算找到了周师傅的家。但周师傅的妹妹告诉他："我哥哥外出了。你拜师可以，但一天要交五百元，并且只能看，不能问，最多学一个星期。"王道明吓了一跳，考虑到带的钱不多，便提出用劳力换钱学艺的想法，但被拒绝。无奈，王道明又找到李家、陶家，但结果都一样。就在他决定前往天津之际，周师傅赶回来竟同意了他的提议。这样，他白天帮做包子、煮饭、洗衣服，忙里偷闲看周师傅剪纸。虽然只看了七天，但他觉得值。

不久，王道明来到天津杨柳青镇，身上的钱已所剩无几，妻子又打电话催他回家，但他还是留下来了。

几经辗转，王道明找到了钱雪庵大师的店堂，不料钱大师外出未归。晚上，他蜷缩在店外，在冷风中熬过了一夜。第二天，钱大师回来后，竟严词拒绝。王道明急了，再三恳求。钱大师问他基础如何，他当场剪了一幅作品，递了上去，钱大师才勉强答应收留他，让他学五天。这五天，王道明废寝忘食，恨不得把握好每一分钟。这让钱大师深受感动，也着实教了他几招，又留了他几天。钱大师先前称必得经过三五年学习方能掌握的技艺，王道明竟在一周内就学会了，并能把复杂的图案剪得栩栩如生。

次年二月，王道明学成归来，在家潜心创作，还摆了个剪纸摊。

我曾亲眼见到他一连半个月在公园门前卖剪纸，围观的人很多，而购买的人几乎没有，很多天也卖不出一幅作品。一日午后，天上电闪雷鸣，风雨大作，他来不及收摊，剪纸被狂风刮得满街乱飞。望着一地狼藉，他欲哭无泪。这又何苦呢！我早就对他说过，剪纸没有市场。

这年十月，王道明总算遇上了伯乐。一个福建商人见王道明的剪纸作品构图饱满，繁简有致，千刀不落，万剪不断，人物和动物均活灵活现，山水花卉皆气韵生动，一时赞不绝口，当即花万余元购买了30多幅作品。此后，许多酒店、宾馆、纪念馆也开始购买、悬挂王道明的剪纸。

王道明终于找回了自信。他不再受画稿限制，不断尝试怎样让剪纸具有立体感，以及如何利用色彩，使剪纸拥有比肩国画的美感。他刀下的剪纸作品，具有清、坚、洁、高、简、逸之特征，透出独特的神韵和灵气。

不久后，王道明成了小城的"剪纸王"。《麒麟图谱》《刘关张桃园结义》两幅作品入选《中国民间艺术通鉴》，成为业内学习和借鉴的典范。他的《石家大院》《观音》分别被评为"全国民间绝活"一等奖和三等奖。我在一家纪念馆里看到他的《月夜》，只用黑白两色，就将月光映照在树木、房屋、地面上的景致表现得极富立体感和层次感，逼真而空灵。

去年腊月，我回小城过年，到街上闲逛，忽然看到一家剪纸店，店主是个瘸腿的老汉，他的剪纸品种多，卖得便宜，生意红火。而王道明的剪纸艺术馆离此不到百米，却鲜有人光顾。

我悄悄走进馆内，只见粉墙上挂满剪纸，有《西厢记》《三国演义》《红楼梦》《牡丹亭》中的人物和景物图案，构思极为精巧。

见到我，王道明先是一愣。我指着那家剪纸小店，开玩笑说："老弟，你不怕被人家抢了饭碗吗？"

王道明摇头说："我和市残联免费举办过多期剪纸培训班，培训了几百名残疾人，他就是我的徒弟之一。"

我说："老弟，你得当心啊！"

王道明笑道："哪里话。看到残疾人自食其力，改善生活，我真为他们感到高兴！"

英雄的耳朵

赵淑萍

老年大学颁奖典礼上，十佳学员上台领奖。我一眼就看到了他。到底是位军人，腰板笔挺，站着就像一棵苍松。合影完毕，他给大家敬了一个标准的军礼。

"看呀，他就是'马到成功'的那位英雄。"台下掌声雷动，还有人窃窃私语。

我在市老年大学授课。一年前，来了一批新学员。坐在第一排的他，引起了我的注意。他独自坐着，每堂课认真做笔记，眼睛瞪得大大的，仿佛要把投影仪和黑板上的每一个字，都烙在脑海里。这倒让我有点不自在了。也许这是一种无声的监督，促使我将课件做得美观、清晰，板书写得工整。

几堂课后我发现，他上课时总是面无表情。莫非是我讲得不够生动？一次下课后，我特意走到他的面前，大声招呼，他愣愣地看着我，冲我一笑。我瞬间明白了：他是个失聪的人，完全听不见。

老年大学招生名额非常紧张，资格审查特别严，年龄、户口、健康状况需要一一核实。招生人员怎么会让一个失聪老人"混"了进来？

一次，碰到教务处的老师，我说起了这个特殊学员。

"赵老师，对他，您就睁一只眼闭一只眼吧。"接着，教务处老师就讲起了这位老人的故事。

原来，老人是位战斗英雄，一等功臣，他的耳朵是在一次排雷时被炸聋的。那年，20岁的他，已排除了615枚地雷，在排第616枚时，地雷爆炸，他遍体鳞伤，永远失去了听力。

前些年他的爱人离世了。爱人原来是部队里的一名护士，在护理他时，彼此产生了感情。后来，他俩一起转业来到这座城市。妻子喜欢文学，常有文章在本地报纸上发表。每当妻子的文章见报，他们就像过节一样高兴。他亲自下厨犒劳妻子，还把报上的文章剪下来，贴在本子上。每年，他给妻子的新年礼物，就是上一年的剪报。退休后，妻子的不少同事、朋友上了老年大学，妻子很羡慕，也想上文学写作班，但为了照顾他，硬是打消了这个念头。

妻子离世后，子女想把他送到本地的功臣疗养院。他告诉子女，自己不想就这样被"养"起来，不想离开这个处处留有妻子生活痕迹的家。后来，子女给他请了一个保姆。但是子女很快发现，父亲经常独自一坐就是大半天，把一本本剪报翻出来，一遍遍地读。一天，老人在报纸上看到老年大学招生的消息，告诉子女，他想读老年大学，要上文学写作班。他的女儿和学校进行了沟通，教务处老师被老人的故事感动了，破例录取。写作班班长也知道此事，为了防止"露馅"，排座位时特意给老人排在第一排，而且是单人座。

老人很安静，上课认真做笔记，下课也很少走动。后来，班级建了一个微信群，同学们在群里分享自己的文章，互相点评。不久，一个微信名叫"马到成功"的人，像一匹黑马"杀"了出来，他的留言最多，评论最精彩，和大家互动热烈。不久，大家弄清了"马到成功"就是那个坐第一排沉默寡言的学员，进而又知道他是位双耳失聪的战斗英雄。

期末，我们统计写作班学员在报刊上发表的文章，他的发表量居然是第一。一学年结束，学校评选优秀学员，他向学校上交了一本厚厚的剪报。

颁奖典礼结束后，我请他去学校的休闲吧喝茶。

老人专注地看着我。我拿出纸和笔，准备跟他笔谈。

他摆摆手，说："不用了，看您的口型，我就知道您说什么了。"我笑着收起纸和笔。他竖起食指，说："妻子去世，我等于又一次失去了耳朵。妻子生前很仰慕您，很想来听您的课，但为了我，没成。今后，我继续用我的眼睛替妻子来'听'您的课。"他这么说着，目光炯炯有神。

夜　遇

朱红娜

现在是凌晨四点，万籁俱寂。小区保安伏在岗亭桌子上睡着了，也是，这个时候还有谁出入呢？我蹑手蹑脚，用门禁卡轻轻一刷，溜进了小区。

如果不是老婆每次出差一早醒来要视频，我是不会回来的，我知道，老婆的目的就是查岗。

轻轻上楼，开门，开灯。沙发上坐着一个女人，吓了我一跳。我以为老婆回来了。

你是谁？我大喝一声。

我们认识的。女人说。

我认真打量女人，却发现并不认识她。

她是我老婆的朋友？她是怎么进来的？难道有我家钥匙？难道是老婆派来监视我的？我迅速在大脑中寻找答案。

我没有找到答案。对不起，我真不认识你。

她起身端了一杯茶给我，累了吧，喝杯茶解解困，再仔细想想看。她像主人一样，招待起我来。

女人三十七八岁的样子，长发及腰，穿着一身淡蓝色的长裙，五官精致，皮肤白皙，在橘黄色的灯光映照下，梦幻一般。

我心里咯噔一下，怎么那么像淇淇？

你现在满脑子除了淇淇还是淇淇。女人说。又吓了我一跳。

淇淇是个美女，准确地说，是我的情人，我刚刚与她幽会完，身上还满是她甜蜜的气息。

你怎么知道淇淇？你跟踪我？我怒不可遏。一定是老婆请来的侦探，我必须先发制人。我在心里想着对策。

也难怪你认不出我来了，十几年了，虽说我没变，但你变了。你记忆越来越混沌，心思越来越复杂。女人答非所问。我给你个提示吧，玩火。

我压住心脏，又被吓了一跳，原来是玫紫。

很好，你终于想起我来了。女人好像兴奋了起来。

你来干什么？

与你好好叙叙旧。女人微笑着，伸手拉我坐下，她在左，我在右。我自知理亏，缩在沙发上，掏出一根烟，在烟雾中梳理头绪。

玫紫原本有个幸福的家庭，老公是个老师，老实稳重，爱她疼她，儿子乖巧懂事，读书自觉努力，一点儿不用她操心。在别人眼里，她是泡在蜜罐里。如果人生就这样走下去，她会很幸福，很圆满。但每个人的心里都埋着一颗贪欲的种子，只要有点儿阳光雨露，种子就蠢蠢欲动，首先冒出芽来，再长出叶子来，继续向上，期望长成参天大树。殊不知，欲念之树越长越大，人心便越来越空，最后整个人轰然倒塌。

玫紫欲念的发芽是在一次朋友聚会上。在那里她认识了本地知名企业家王总，王总对她的一番赞美就像阳光雨露，她听见欲念的种子"毕剥"响了一下，这就是发芽的前奏。有事无事地，她给王总打个电话，发个短信。男人何时能禁得住漂亮女人的诱惑？更何况王总首先诱惑了她。他们一拍即合，两棵欲望之树缠绕在一起，越长越茂盛，最后结出了果子。王总像醉酒的酒鬼被雨淋了一场，这下彻彻底底清醒了，他现实的大厦辉煌无比，怎可让一个孽种毁了一切？他给了玫紫一笔巨款，让她把孽种拿掉。玫紫正往欲望的天堂飞升，果子是她的助力器，岂肯轻易罢手？她拒绝了巨款，她要的是瓜熟蒂落，与王总比翼双飞。她不知道此时危险正向她飞来，一场车祸让她和果子粉身碎骨。

要不要我帮你讲述一下细节？玫紫盯着我，盯得我毛骨悚然。

玫紫是小说《玩火》里的人物。《玩火》当年轰动一时，我第一时间购买，一口气看完，反反复复看了三遍，为小说中的人物悲哀。

我是小说中的人物吗？玫紫咄咄逼人。

当然，玫紫是有原型的，就生活在我生活的城市，我虽然不认识她，但我有许多朋友同事见过她。小说之所以轰动，是因为那场车祸影响太大，起初交警以为只是一次普通的事故，后来玫紫的通话记录引起交警的怀疑，经过抽丝剥茧，发现车祸是王总精心策划的。一个充满欲望的悲剧故事被作家写成了小说，昭告天下。

虽是春寒料峭的凌晨，我的额头不断冒出了冷汗。玫紫走了，留下一声叹息，人啊，为什么总是不能吸取前车之鉴？

是啊，什么时候我把这篇小说忘得一干二净了？是有必要重温一下了。

天渐渐亮了，我走进浴室，拧开花洒，任冷水冲刷全身，一遍一遍。

打 "包票"

王培静

边防中队的谢队长强烈要求转业，听说上级批下来的转业名单里没他，他先是休假不归，回来后也一直穿着便装，撂挑子不干了。

这天，团政治处石主任带着一个干事来到了边防中队。

谢队长没在岗位，也没在连队。石主任让副队长派人把他找回来，几个人分头行动，好不容易在荒野里把他叫了回来。

见了石主任，他始终低着个头。

石主任生气地说：把头抬起来。你看看你，现在不说别的，你自己觉得，自己还有个军人的样子没有？石主任走上前去，指着谢队长的鼻子，接着说，你今后走到哪儿，千万别说是我带出来的兵，我为你感到丢脸，我丢不起这人。

我要求转业，别人的申请都批了，为什么不批我的，就因为我是你带过的兵？石主任，您说句良心话，过去我给您丢过脸吗？谢队长瓮声瓮气地说。

大家都转业回内地，谁来守卫我们的边疆，总得有人做出牺牲吧。石主任沉着气说。

我做出的牺牲还少吗，这些年，我给营里、团里、师里挣来了多少荣誉？我原先的爱人出国不回来了，现在的女朋友要求我转业回内地，不回去就要和我吹了，我该怎么办？谢队长双手抓着自己的头发说。

石主任叹了口气：谢大强同志，请原谅我刚才的态度不好，这样的恶劣环境，谁也不想在这儿多待一天，谁都有自己的实际困难，你的困难我更是心知肚明。这样吧，现在我答应你，你好好工作，我给你打包票，明年让你走行不行？

谢队长盯着石主任的眼睛：你说话可得算数。

石主任说：你见我什么时候给人开过空头支票。

行，石主任，我听你的。再坚持一年，绝对和从前一样，好好工作。

谢队长说到做到，从那天起，重拾精神，官兵们感觉到，往日里那个争强好胜的中队长又回来了。

后来，谢队长没走，石主任却走了。

在那次夜间军事行动中，一个新兵由于没有经验，陷进了雪山边沿的雪坑中，稍有不慎，这个新战友就可能随着雪崩滚下山去。石主任对身边的战友说：都离远点，我过去救他。没有我的命令，谁也不能向前多走一步。官兵们纷纷抢着向前，石主任说：我再重复一遍，没有我的命令，谁也不能再向前多走一步。石主任去救这个战士，雪山开始有雪向下滑落，眼看有雪崩的迹象，战友们大喊：危险，石主任，快回来吧。石主任大喊：大家都再向后撤几步。他用力拉住了那个战友，用力向上一推，那个战士顺势趴在了地上。那个新兵得救了，石主任却随着塌下来的雪堆摔了下去，战友们声音嘶哑地哭喊道：石主任，石主任……

后来大家才知道，由于石主任长期在高原生活，他爱人一直没有生育，在世界上没有留下一儿半女。年轻的战友们去看望石主任的爱人，他们说：妈妈，我们都是您的儿子。

谢队长一直当到了军长，都没有离开高原。

他到内地开会什么的，从不敢多待，时间一长，就感觉水土不服，醉氧的滋味太难受了，浑身都不舒服，一回到高原，什么反应都没有了，人也一下子就有了精神。

苦恼了，有心事了，逢年过节，谢军长都会去烈士陵园看看石主任，他谁都不带，喜欢静静地和老领导说说话，聊聊家常。每次去，他总忘不了念叨：老领导，我没给您丢脸吧，我做您的兵够格吧。您放心，假如有来生，我还会到您的手下来当兵。

钥 匙

蒋先平

周六，我正在家里写小说。突然有人敲门，我打开门，门口站着的是几个月前搬来对门的老夫妻。

我、我是你对门的，刚才我和老伴下楼去商场了，这会儿上楼掏遍了身上的兜也没有找到钥匙，钥匙不知道丢哪了。花白头发的老头着急地说，老伴耳朵不好使，不用手机，我的手机在屋里充电呢，麻烦你打电话给我找个开锁的吧。

好，好。说着我转身从客厅找到手机，又站在门外，在墙上花花绿绿的小广告中找到了两个开锁电话。一个关机没有打通；另一个打通了，人家说正在城西忙着呢，干完活赶到这里最快也得一个小时。

我让老两口进屋等一等，老头说啥也不进屋，说去楼下凉亭里坐一会儿。

老两口刚要下楼，我突然想起了一件事，忙喊住了老头，大爷，您搬过来后换锁了吗？老头转过身摇了摇头。

没换锁就好。我高兴地说着进屋在抽屉里翻了起来。

我举着一把钥匙，兴冲冲来到对门，轻轻地把钥匙插进去，转了两圈，门开了。

老两口看得目瞪口呆。

愣了一会儿，老头让老伴进了屋，他接过我递给他的钥匙，不解地问道，你、你咋有我们家的钥匙啊？我开玩笑说，大爷，我是配钥匙的。老头又摇头说，看你文质彬彬的，不像是配钥匙的。

我站在门口，跟老头讲起这把钥匙的由来。

对门以前住的是我同学的父母。同学是博士，在国外工作，父母被接到了国外生活，可人生地不熟，最要命的是语言不通，上街连个说话的人都没有。住了半年，父母说啥也不待了，让儿子买了机票回来了。

父母回来了，让同学放心不下的是父母身体不好，身边又没有人照顾。不差钱的同学想给父母雇个保姆，照顾老人生活起居，可父母说让个不熟悉的人进家里，多不方便啊，他们死活不同意雇保姆。

无奈的同学给我打电话，问我怎么办。我也没有想出来好办法，说还好我和老人住对门，就替你照顾一下老人吧。

同学让他父亲给我送来他家的门钥匙。我把这把钥匙上到了钥匙圈上，天天带在身上。

我和媳妇要上班，还要带孩子，每天忙得像陀螺。我和同学父母约好，有事老两口随时敲门，平时早上我出门上班时，敲一下对门，大声说一句，早上好！老头会打开门，笑着说，早上好！晚上睡觉前，我再来到对门，大声说，晚安！过一会儿，屋里的老头会隔着门说，晚安啊。

那天晚上十点多，我看完电视，出来在对门门口喊了几次，屋里老人没有应答，我忙打开门进了屋，闻到了刺鼻的味道。坏了，燃气泄漏老人中毒了。我急忙把昏迷的老两口背到楼道，又拨打了120急救电话。等急救人员赶到时，老人已经苏醒了过来。

原来，晚上九点多，老头饿了，煮了袋方便面，燃气灶没有关好，老两口被熏倒了。

后来，同学的父亲得了脑梗，同学放心不下，放弃国外高薪工作，回到了北京，把父母接到了身边。

同学父母的房子几个月前租给了你们，我想你们一定会换门锁，就没有把钥匙给你们，只是把钥匙摘下来扔到了抽屉里。

对门老头听完我的解释，连连点头，伸出大拇指，说，你是大好人啊。

年底，对门老两口在上海工作的女儿回来了。她特意给我带来了两瓶好酒，给了我一把新配的钥匙和一个厚厚的红包。

她跟我解释说，父母原来是在乡下当老师的，自己在上海的住房面积小，房贷还没有还完，孩子上高中花销又大，没有条件接父母去上海，只好在老家给退休的父母租个房子，远亲不如近邻，近邻不如对门，麻烦我像照顾同学父母一样，照顾一下她的父母。

可怜天下儿女心，我接过钥匙，说，谁让咱们是邻居呢？放心吧，我会像以前一样，早问候，晚请安的。我把那厚厚的红包塞了回去。

送走了对门老人的女儿，一旁的媳妇认真地说，哪天我也要回趟老家，给老爸配把钥匙送给对门。

1970年的酒

郑玉超

那些年，鹅河两岸的人们提起酒，就会想起老坛。老坛是个酒贩子，姓陈名彪，肚大腰圆腿很短，就像他挑着的酒坛。

那个年代，人们买东西得去供销社，私人之间做买卖，被逮着就是投机倒把。老坛脑子活泛，二十世纪六十年代末就偷偷做起了鹅城的大曲酒生意。

他挑着担子，一头一只酒坛，包着黑毡布，沿着鹅河两岸一面走一面吆喝："好东西来咧，香香的，好香嘞！"

你听，他绝不提酒。

隔着好远就能听到他浑厚的声音。男人的酒虫一下子被勾了出来，坐立不安。女人蹙着眉头，不去骂自家男人，偏去怪老坛："这鬼老坛，又来害人了！"

老坛刚放下担子，男人就一把掀开黑毡布，鼻子嗅了嗅说："这次不赖。"老坛佯怒："我的东西哪次赖过？"

很快，更多男人围上来，有的使劲翕鼻子，有的咂巴着嘴，仿佛不花钱就能把酒搞到嘴里。

买酒的男人口袋里寻不出几个子儿，伸手向女人要。女人并不理，男人被逼急了，女人这才从腰间扯出小布袋，很不情愿地从里面摸出几张票子，唾唾两声，沾着唾沫，数了几遍，这才狠狠将钱递了去："药钱拿去吧。"

老坛接也不是，不接也不是。另一个男人望着那女人，笑道："没这药，你夜里才难受呢！"

女人听了，嗔怒着要撕那男人的嘴。那人慌忙跑开，众人哄堂大笑。老坛早忘了尴尬，也忍不住笑了。

男人如果实在掏不出钱，老坛就会让他赊着，等以后有了再给他也不迟。如果对方想不起还钱，老坛倒也不催。真忘了，老坛自然也会把这事忘掉，忘了一两次酒钱，没什么大不了的。

女人不欢迎归不欢迎，隔上三五天，老坛照样挑着酒，从村头一路吆喝着走来。他可不是奔女人来的，他是奔着爱喝酒的男人来的。这样的男人不少。鹅河两岸，不喝酒的男人寻不着几个。

男人常说，喝的不是酒，是血性。女人就去驳，却总是驳不过男人，喝过酒的男人更辩驳不倒了，倒不是男人的拳头硬——男人让女人相信，有的是身体力行的办法。

老坛几乎识遍鹅河两岸的男人女人，熟悉每个人的秉性，谁家男人戴了绿帽子，谁家孩子犯法进了局子，谁家男人喜欢酒后吹牛说大话，甚至连娘们儿的悄悄话老坛都知道些。只是，这些家长里短的闲事老坛从不会到处乱讲。

谁家男人女人要是吵架红脸，老坛见了，自会上前劝架。一次，老坛遇到男的脾气刚烈，宁折不弯，他打开坛子，舀上半勺酒，笑眯眯地端上去，让男人喝了败败火。

女人见了，忙伸手抢了去，问："喝酒不会长血性吗？"

那男人扑哧一笑，顿时消了气。

老坛笑道："我这酒，滋阴补阳作用大，夫妻夜夜恩爱说情话。"

女人一听，脸唰地红了。那男人趁女人不备，倏地夺过酒勺，仰起头一饮而尽，然后伸手让女人掏钱。老坛摆摆手，哈哈笑着，挑起担径自走了。

1970 年的冬天来得有点早。老坛贩卖酒的事，还是被公社领导知道了，领导将大队主任骂了个狗血淋头。大队主任也是好酒者，每次老坛来，他不好出面，就托别人去买。他辩称不知此事，说回去一定好好查。领导说你不用查了，人已抓了现行。

领导好不容易抓到一个典型，一门心思要割掉这个"资本主义的尾巴"。老坛被押到村里游街的那天，显得更加矮小，肚子瘪瘪的，像是几天没进一粒米了。游完街，领导说还要判刑。酒收缴了，算是物证，但买酒者跑个一干二净。大队主任说现在没了人证，不好无缘无故判刑。

领导说人证很简单。只见他打开扩音器，用手拍了拍，通知鹅河两岸所有大队领导来开会，他让大伙儿现场指证老坛卖酒。

可领导失望了，无人指证。他心有不甘，坐上吉普车，亲自跑到村里，发动女人指证。他又失望了，没女人证明。他又找孩子证明。有人咕哝，孩子的话哪里能信？边说边把自家孩子拉走了。

领导很有耐心，就等。老坛还被关着，领导相信总有一天会有人证的。

老坛女人知道没人出来指证老坛，感动得泪流满面。一日清晨，她背着快一岁的儿子，到鹅河两岸一家家道谢。

女人们眼圈红了一遍又一遍，都说老坛是好人。她们接过老坛的儿子，逗着引着，恨不得把家里孩子的玩意儿一股脑儿翻出来，送给他。

刚哄好老坛女人，没想到，树上的喇叭又响了。领导再一次慷慨激昂，鼓励大家去做证。老坛女人听了，眼泪又流了下来。孩子见母亲哭，也哭。女人们七嘴八舌去劝，劝着劝着，眼泪也不争气地涌出眼眶。

男人噌地站起，嘴里骂道："去砸了树上那鸟，看它还能瞎咧咧！"

老坛女人见了，忙止了哭，慌忙去劝阻。男人放下锄头，嘴里念叨着："谁要管不住自己的嘴，到公社瞎胡咧，看我不撕烂了他的嘴。"

漫长的冬天结束了。

春天终于来了，鹅河里沉睡一冬的水醒了，泛着涟漪，垂柳竞相吐出新芽，毛茸茸的，一片鹅黄，像是刚出壳的小鸡崽。没有人证，领导实在没辙，只好放老坛回家了。从那以后，老坛再没在鹅城出现过。直到1980年的一个夏日，人们忽然听到了熟悉而久违的声音："好东西来嘞，香香的，好香嘞！"只是这一回，又多说了几个字，"鹅城大曲，好酒嘞！"

鹅河两岸喧嚣嬉闹的男人们一下子静了下来。很快，像是大梦初醒，男人们高声叫起来，那声音响彻云霄，仿佛要掀开老坛的酒坛，任那阵阵酒香四处弥漫。

身　份

戴　希

　　吉狄克喝酒后皮肤瘙痒起小红疹，后来手上也有了水疱。因为痒得难受，就匆匆赶往医院。吉狄克选择看专家门诊，接诊的是个老医生，鹤发童颜，和善如秋阳。

　　"帅哥，你是做什么工作的？"问清了吉狄克的姓名、年龄、婚姻状况等基本情况，老医生又微笑着向吉狄克打听。

　　"以前在文联工作，后来辞职下海，自己开办了一家文化公司。"吉狄克沉静地回答。

　　老医生当即投来赞许的目光："既是文化人，又是企业家，不简单、不简单啊！"

　　"也没什么，只是厌倦了按部就班的工作，想换个自由创业的活法。"吉狄克谦虚地说。

　　"腹有诗书气自华！看你这么儒雅，这么文质彬彬，我就想，你应该是位作家！"老医生打量一眼吉狄克，"我猜得对吗？"

　　吉狄克微微一笑："也算是吧。我的习惯，无论再忙，每天都要挤出时间爬爬格子，舞文弄墨。"

　　"那你——"老医生开心地说，"一定知道莫言吧？他的长篇小说《蛙》获得了茅盾文学奖，还荣获了诺贝尔文学奖！"

　　"当然，老早我就是莫言的粉丝，对大文豪崇拜得五体投地！"吉狄克的眼里闪着光。

　　"你也写小说吗？"老医生试探地问道。

　　吉狄克点点头："写啊，试着写，不过只写短篇。"

　　"能写就了不起啦！"老医生竖起大拇指称赞。

　　"有人说，读莫言的小说，仿佛是在同时读卡夫卡和马尔克斯的作品；还有人说，莫言的小说里大量运用了意识流的写作手法。是这样吗？"老医生进一步问。

"您说呢？"吉狄克笑问。

老医生略一思虑："文学我不懂，只是感觉莫言的小说揭露了咱们中国人丑陋的一面，有讽刺批评的意味。但可以肯定的是，他的小说写得很不错。因此，闲暇时，我也看莫言的小说。"

"您说得有道理！"吉狄克接过老医生的话，"但我以为，莫言的小说还有一点很突出，那就是人物形象多带有其家乡高密人的特点，集朴实、倔强、大义、豪爽、自私、狭隘等于一体，多面复杂，既表现人性的真善美，也鞭挞人性的假丑恶。"

两人越聊越深，乐不思蜀，吉狄克对老医生也越来越钦佩。

吉狄克还在兴头上，想继续往下聊时，老医生却不动声色地切换了话题："因为时间关系，关于莫言，我们暂且聊到这儿。开初你说你创办了一家文化公司，现在你的公司一定生意兴隆吧？"

吉狄克一愣，笑了笑："感谢上苍！公司现在风生水起，办得不错呢！"

"那就好！"老医生又向吉狄克竖起大拇指，"你是多面手，更是大能人！请问公司收益如何？"

"好啊！像滚雪球一样越滚越大。"吉狄克满脸自豪。

这时，吉狄克的老婆却憋不住了："老公，你忘了你是来看病的，你还没搞清楚你患的什么病，还没开药啊！"

老医生和吉狄克聊天之时，吉狄克的老婆始终在一旁静候。

吉狄克如梦方醒，不好意思地望着老医生笑笑："您看您看！"

"没关系，我帮你好好看看。"老医生温和地拉过吉狄克的手。

"熊老可是权威专家，"坐在老医生身旁的女助手也终于开口，莞尔一笑道，"他的医术很高超，相信他哦。"

"相信相信！"吉狄克连连点头。

"帅哥你是湿疹复发，"看过体征做过检查之后，老医生和气地说，"不过别急，我给你开些药，用完了症状就会消弭。"

"医生，这病能根治吗？"吉狄克的老婆下意识地问。

老医生笑着摇头："目前还不能。你老公如犯了再来就是。"

很快，老医生的女助手就不声不响地帮吉狄克开好了药方。

女助手把药方递给老医生，老医生看了轻轻地点头。

走出老医生的办公室，吉狄克和老婆步履轻快。

看着吉狄克他们离去的背影，老医生和女助手也相视一笑。

可拿着药方下楼划价交费时，吉狄克的老婆惊呆了："天，2400 多元！"

"老公，我记得上次也是湿疹啊，看病后医生只给你开了 250 多元的药，这次怎么啦？"吉狄克的老婆一脸蒙。

"这个，这个？"吉狄克同样满脸疑惑。

"别急，你好好想想看。"老婆提示吉狄克。

"哦，想起来了，上次我去的是另一家医院！"吉狄克说。

"知道！听你讲过的，上次你看的也是专家门诊。可同一个地方不同的医院，费用怎么会有天壤之别？"老婆仍然愁眉紧锁，"你再想想，问题到底出在哪儿？"

吉狄克沉思一阵，脸忽然红了："怪我，都怪我！"

"怎么回事？"老婆一头雾水。

"上次医生问我的职业，我回答她，只是文联的一个小干部；问我的收入，则告诉她，养家糊口都很紧巴。而这次……"

"牛皮吹大了吧！"老婆恍然大悟，"你为什么要吹牛？"

"夫贵妻荣，"吉狄克不好意思地笑笑，"为老婆你撑面子呗！"

"撑面子？"老婆白了他一眼，"那上次你为啥不吹牛？"

"因为你没和我一同上医院，不在我身边啊！"吉狄克摇头晃脑。

"你呀你！"老婆狠狠地瞪了瞪吉狄克。

吉狄克嘟起嘴："这个老东西！"

麦苗青青

曾 瓶

布谷、布谷。大清早，黄麦岭上密密麻麻的树林里，布谷鸟一声接着一声地叫唤着。岭下面的麦地里，青青戴着草帽，弯着腰，扯着麦地里的杂草。

麦过春分日夜忙。春分节气过了好几天，村前村后，一片片麦田里，小麦长出半人多高，风儿轻轻地吹，麦苗摇曳着，发出窸窣的响声。青青用手抚摸着肚子鼓鼓、开始扬花的小麦秆，心里五味杂陈。

青青，富贵还是不借钱，要我和他一起去城里打工，这田地干脆不承包了。青青在麦地干了一阵子活，正准备回家做早餐，青哥开着一辆破旧拖拉机跑过来，拖拉机刚熄火就说了这话。家家户户承包合同签好了，怎么能说退就退呢？看到气喘吁吁、脸色苍白的青哥，青青回答说。

都怪我这不争气的身体，把你拖垮了。青哥说完，一屁股坐在地上。

无论如何，也不能外出打工，家里小麦要人管，田地要人种，青哥身体弱，在家也是个帮手啊。青青心里想。

黄麦岭是块风水宝地，种下的麦子，麦苗壮，麦秆粗，麦子粒粒饱满，做出的面条筋道，馍馍个个香甜。当年，青青爸被黄麦岭周边的土地迷住了，看中了漫山遍野的小麦，在媒人说合下，把青青嫁给了身体瘦弱、病恹恹的青哥。那几年，年年闹饥荒，家家户户缺口粮，天天啃红薯干，咽米糠。青青出生在青黄不接的三月天，看了看面黄肌瘦的女娃，又看了看麦地青青麦苗，青青爸说，这女娃名字就叫青青吧。

村里人都到外地发财去了，田地都长草了，荒着可惜，我们承包过来吧。年前，青青对青哥说。

我又不能出力，家里田地靠你一把手，太辛苦你了。青哥低声低气地说。辛苦做，幸福吃，多出点力，多收粮食，日子过得稳妥些。青青大声地说。三亩、五亩、十亩，一连几天，村里几百亩地承包到手。

富贵哥，借点钱给我吧，承包了这土地，需要买种子、化肥，还想买些农机具。上午，青青找到村里包工头富贵说。青青，想麦子都疯了吧，你和青哥一起到外面打工，一年的收入就能买几车粮食。富贵躺在沙发上，一边喝着茶，一边说。

富贵哥，承包合同已经写好了，在家种点粮食也好。青青说。

没钱，没有钱借给你。富贵把茶杯往桌上一放，大声地说。

富贵啊，你太不够意思了。这么多年，你们夫妻俩到外面发财，老人、孩子丢在家里，每年小麦收回家，我第一个给你家送面粉，送馒头，送面条，没有想到，你发财，就忘了本。唉，没有你富贵帮忙，我田地照种，麦子照收。青青心里想。

吃了闭门羹，青青一路小跑到家，和青哥一起，送肥、播种、浇水。十几天时间，麦子播下去，青哥突发高烧，身体不适，住进了医院。

青青，家里拿不出钱来，病不治了，回家吧。躺在病床上，青哥有气无力地说。就是砸锅卖铁也要把你的病治好。回到家，青青卖了家里的猪崽，还有唯一的老黄牛，凑齐了几万块钱，总算把青哥的病给治好了，捡回来这条命。

一季麦子一季稻。多年来，青青把家里田地利用好，年年油满缸、粮满仓。开春了，阳光暖暖的，地里小麦就像娃娃的脸，长势一天一个样。看到青青麦苗，青青半点高兴不起来，家里没有一分钱，牛也卖了，青哥破烂的拖拉机，开开停停，使不上力，往后生产怎么搞？

青哥，你和富贵一起长大，一起读书，你再去借借看，搞点资金周转下吧。早上，天还没亮，青青对身边的青哥说。

试试吧。早上，青哥从床上爬起来，穿好衣服，开着拖拉机，突突地就往富贵家奔。没想到，青哥又是两手空空地跑回来了。

不求他了，就是卖血，我也要把稻谷种子、化肥买回来，还要买回拖拉机、播种机、插秧机。青青挽起两个袖子，拉起坐在地上的青哥说。

嘀嘀……青青、青哥正要往家里走，一辆黑色小轿车停在麦田边，从车上走出穿着西装，头发抹得光亮，提着一个黑色提包的富贵。

青青，急坏了吧，我算是服了你，别人都与钱拼命，你却与田地拼命，为的啥？说着，富贵把手里的黑色提包递给青青。

这是二十万元现金，先借给你用，尽快买些种子和农机具吧。富贵笑着说。

接过黑色提包，青青双手直哆嗦。看着眼前一眼望不到边的麦苗，在微风吹拂下，如同波涛汹涌，青青眼眶湿了一片……

北重楼

宗玉柱

北重楼不是楼，是一种草药。

谢师宴的主角是华子爹，所以他最先喝多了，第一个离席。顾老师也喝多了，抱着酒瓶给大家伙儿唱歌。谢师的人不是华子，是华子弟。华子弟偶尔瞥华子一眼，透出小得意。

谢完师，下一步是祭祖。华子爹一边磕头，一边念叨着表功，话里话外，金榜题名的人倒像是他。华子看了看弟弟，只见这个全县高考状元泪汪汪的，一脸虔诚。这个时候，心里不好受的也就华子一个人，他免不得走神，就有了到底是自己没有为祖先增光，还是祖先只保佑弟弟而不待见自己的复杂猜想。

偶一转头，发现乱草之间有一株奇怪的草，华子伸手去薅，被弟弟一把拉住。华子说，这种草少见啊。弟弟说，祖先墓前的草不能乱动。

华子爹看见了，欢喜道，哈哈，真是好兆头，这里长出北重楼了，咱家也要出大官啦。

华子问，啥？这不就是一棵草吗？又不是人参，有啥稀奇的？

华子爹收拾好祭品，对俩儿子说，记住了，这草叫北重楼，能治喉咙肿，还能解蛇毒。

哦，韩铁拐的腿不就是让野鸡脖子咬的吗？为啥没治好呢？

难怪你小子学习不好，除了会抬杠，还会啥？你韩叔的腿是被大木头砸坏的，野鸡脖子咬的那次还是我用北重楼给他解的毒呢。记住了，以后不许叫你韩叔外号。

野鸡脖子是山里的一种毒蛇。华子爹和韩铁拐是师兄弟，感情很深。华子爹没说实话，用北重楼解蛇毒的是林场的卜大夫，当时，华子爹只是在现场。卜大夫还是喝酒的高手，谢师宴上就是他把顾老师喝醉的。

华子爹捏了捏北重楼的叶子说，你顾老师可不是一般人，早晚会更上一层楼。你没你弟的本事不要紧，将来只要跟着顾老师学，保证错不了。

华子学习一般，对稀奇古怪的事儿却很上心，于是就去找卜大夫问北重楼的事儿。卜大夫挺喜欢华子，就耐心给他讲，北重楼是百合科、重楼属，根入药，可以治疗喉咙肿痛，治疗蛇咬伤。

华子问，咱这边叫北重楼，那就是还有南重楼啦？

没有这个叫法，不像是五味子有明确的南北之分，重楼属是按组分的，分别为南组、北组。南重楼组常见的重楼，又叫华重楼、铁灯台，因为大都七片叶，也叫"七叶一枝花"，治疗瘟疫和痈肿，民间有"是疮不是疮，先用重楼解毒汤"的说法，可见它应用有多广。这类植物叶序属轮生叶，叶数也不固定。像北重楼常见八片叶，多的有九片叶，少的有五六片叶。因为它们只有上下两层轮叶，下层多，上层少，所以叫重楼……哎，你小子到底听还是不听啊？

卜大夫讲起药材来就收不住，华子很快就听得头大了，之前还觉得北重楼这名字挺神奇的，突然就没了兴致，赶紧找了个借口跑掉了。

华子爹的话果然应验。因为升学率高，林业局的高级中学成了远近闻名的重点中学。顾老师因为教学水平出众，被任命为主管业务的副校长，从此走上仕途。

华子爹掰着手指头算，你看顾老师，这才几年的时间，就这么有发展，以前和你说过，多和顾老师学，不会错。

华子顺着爹的话说，是啊，顾老师的前程就像是盖楼，一层又一层，没准儿还能往上升呢。对了，我弟考上大学那年，咱家祖坟那里发现了北重楼，你说过咱家早晚也能出大官的，咋不灵验啊？

华子爹听了很不高兴，说，你咋知道不灵验？咱们家将来有出息的，也只能是你弟，他考上了大学，现在又考上了公务员。再看看你，不好好学习，又不跟着顾老师学，让你留在林业局，说啥也不听，以后再想回去，怕是没机会了。

华子反驳说，我们单位叫林区检察院，可以说，我还算是林业人呢。

华子爹说，少忽悠我吧，咱林业公检法都移交给了地方，你就算是，也只能算是幌子。

"幌子"这个词，山里人一听就懂，有假货的意思。比方说人参幌子，就是指怎么看都像人参，但其实不是，而是另一种植物。华子爹这样说，纯是为了找借口打击华子。

后来，教育部门也划归了地方，顾老师留在了林业局，还当上了林业局副局长。华子爹跑去请他吃饭表示祝贺，顾老师不仅应邀到场，还偷偷结了饭钱。虽然顾老师吃到一半儿有事走了，但华子爹仍然非常满足，逢人就炫耀。

这时，华子后悔了，当初要是听爹的话留在林业局，顾老师或许会提携自己。可是，以顾老师的性格，除非自己足够优秀，他才会提携，否则想都别想。这样一想，华子又释然了。

这些年，华子稳当下来，踏踏实实和卜大夫学中医。现在卜大夫已经是华子的岳父了。华子学得不错，还给顾老师诊过脉，抓过药呢。

顾老师保外就医那天，是华子送他去的医院。

华子低着头不敢和顾老师对视。顾老师小声对华子说，对不起啦，我不配当老师，给你们丢人了。

华子听了，五味杂陈，想哭，忍住了。他想起远在省城，忙得风风火火的弟弟，也想起了多年前，祖坟前的那株北重楼。

老张的烦恼

李忠元

单位车棚坏了，一遇上大风天，上面的彩钢瓦就刮得呼嗒呼嗒乱响，活像一部失灵的破风车，让人看着就心惊胆战。

老张可不敢掉以轻心，他负责整个大院的安全保卫工作，于是赶紧去找办公室吴主任。听了老张的反映，吴主任哼哼哈哈，答应了下来。

老张以为吴主任能当个事办呢，可他左等右等，足足等了一个月，也不见吴主任找人来维修车棚。

老张很是着急，这个破车棚一刮风就呼嗒呼嗒乱响，弄不好出了事故可不是闹着玩的。老张清楚地记得，今年春起，上级单位发文签责任状，单位一把手还亲笔签了名呢。责任状上说，如果出现安全事故，一把手可是被一票否决的！

想到这儿，老张又去找吴主任，吴主任一听老张旧事重提，不觉皱起了眉头，冷言冷语地说："老张，我看你是吃饱了撑的，当好你的保安得了，那个车棚整天在那里呼嗒呼嗒乱响，难道领导自己就看不着，非用你这张老嘴巴巴儿地说这些？"

老张被吴主任这一问，顿时哑口无言。没办法，他只得垂头丧气地回到门卫室，却待不安稳，急得如热锅上的蚂蚁——团团转。

吴主任爱搭不理，老张决定去找单位一把手，可他一打听才知道，领导早上就出差了，去外地招商引资去了，一周内回不来。这下老张傻眼了，领导见不上，这事要耽搁下来，出了事故，领导可要怪罪自己的。

老张硬着头皮又去找吴主任，吴主任一看老张唠唠叨叨的样子，就气不打一处来。吴主任说："老张你是不是脑袋有问题？那个车棚坚持了这么长时间也没出事，马上入夏了，也没那么大的风了，你再这么婆婆妈妈的，小心我开了你！"

老张还想说什么，听吴主任这么一说，只得就此打住。吴主任他可不敢得罪，他能到城建局来上班，还多亏了吴主任呢。

那是三年前，单位领导带着吴主任下乡搞扶贫，到了贫困户老张家，了解到老张孤身一人，吴主任就给领导提建议，安排老张做了保安。到了单位，老张对吴主任言听计从，事事遵从。可这个车棚事关安全大事，他不敢掉以轻心。

老张想到给领导打电话，他抄起手机却犹豫了，自己要是真给领导打了电话，领导知道了这事会不会怪罪吴主任？如果真怪罪了，自己是不是有点太忘恩负义、落井下石了？

老张放下电话，可他的心里还是不落忍，他急得在屋里走来走去，最后他还是决定去找吴主任，把事情的严重性说清楚。

于是，老张再次找到吴主任，好一通说，将安全责任状上的条条框框如数家珍地对吴主任说了个透彻，直说得唾沫星子横飞，这才罢休。

吴主任仍旧不以为意，但听到老张说疏忽大意酿成安全事故的严重后果时，这才摇了摇头，接着说："你还是看好大门吧，车棚的事我会处理的。"

吴主任果然出手了，虽然没有大动，但也将车棚做了及时维护。

老张看到修好的车棚，握住吴主任的手，有些激动地说："谢谢吴主任！"

吴主任没说什么，看了看老张，心想：咸吃萝卜淡操心，哪来那么大的风，能吹动这么大个铁棚子？

吴主任挣脱了老张的手，一脸嘲讽地瞪了老张一眼，悻悻地回到了楼上。

可事情并没有到此结束，这天晚上突然狂风大作，瞬间风力达到10级，车棚在狂风的肆虐下真是不堪一击，车棚盖几下就被掀翻在地，掉落的过程中还砸中一辆奥迪轿车的尾部，幸亏老张及时央求吴主任对车棚做了一番维护，虽然车棚一角掉了下来，但仍旧和棚架紧紧地焊接在一起，要是整个车棚都砸下来，那整个车体就都被砸废了。

吴主任闻讯赶来，赶紧找来值班人员，将车子拖出来，这一动车门，吴主任顿时吓了一大跳，发现这车里还躺着个人呢。

原来，单位的司机小王晚上没回家，嫌屋里热，就睡在了车里，没想到车外竟刮起了百年未遇的大风，差点就见了阎王。

第二天一早，领导也赶了回来，有好事者把这事一五一十地讲给领导听，领导一阵后怕，顿时对老张刮目相看，当即决定让老张给全单位职工讲一堂安全教育课。

老张还真识抬举，讲得头头是道！课堂上，领导问老张："我说老张，你这人也没啥文化，咋就对安全知识了解得这么透彻呢？"

　　老张抬起头，笑了笑，有些腼腆地说："领导您签署的那个安全责任状有好几张彩页，就贴在门卫室我座位对面的墙上，我闲来无事，天天看，天天研读，一来二去我都能倒背如流了！"

　　老张一席话，让在座的每个人都瞠目结舌。

老 三

颜士富

老唐是高中老三届毕业生，恢复高考的首届大学生。老唐大学毕业后被分配到县里做一名普通教师。改革开放后，各行各业缺人才，组织部翻找档案，把有学历的都查找出来委以重任。老唐也在其中。老唐随后被提拔到领导岗位上来，先干中学校长，后到行政上做领导，最终在党校校长的位子上退下来。

老唐做人做事都很低调，深受同事的尊重，现在他已退休赋闲在家。

一天，同事老童遇到他，说，几次想找你喝闲酒，就是联系不上你，都什么年代了，连个微信都没有。赶紧注册一个，然后我把你拉进群，有事招呼一声，全到。

虽然互联网时代了，但他既无微信，更不玩什么抖音。说老唐是网盲有点过了，只是他不愿加入这些。他以为，微信只能发发信息，有些东西太虚，他不想沾而已。在老童的动员下，老唐抵制微信的心有些动摇了，于是他向老童请教，如何加入这个互联网时代。

老童说，这个很简单，起个微信名，注册一下就 OK 了。

听了老童的话，老唐就思索起来，到底用什么名字好呢？思来想去，他的一生，在校长的位置上时间最长，于是，他决定用校长作为他的微信名。微信号注册好，老童把他拉进群，并号召群员，欢迎校长进群。

老童的话犹如一滴水滴进了油锅，顿时炸开了。有人开了第一枪，说，自称校长，有点不自量力。

可不是，现在网上爆料，有几个校长是好人？道貌岸然。

老唐始料未及，刚进群就因一个微信名遭到众人非议。他决定改掉这个微信名。改成什么好呢？老唐冥思苦想，觉得老三届这个名字不错，这个标签，最能说明一点，他是那个时代的人，也是一个上了年纪的人了。

于是，老唐把微信名由校长改成了老三届。这一改，非议不断——

充老大了！有什么资本啊？

就是，还装老呢。

老三届是什么，代表一代知识分子，有点狂妄的味道。

……

老唐有些无所适从。

午餐，无意间女儿说到网上的事，一下触碰了老唐的神经，他把自己起微信名的遭遇说了。

女婿听了，说，其实微信名就是一符号，叫什么真的有那么重要吗？

集思广益，老唐说，你们替老爸想一个比较适合的。

叫思贤。女儿说。

还若渴呢！女婿表示反对。

说明你有好的想法。老唐对女婿说。

老爸，我说了您不要介意喔。

还卖什么关子，说吧。

老爸，您兄弟五人，您排行老三，就把老三届的"届"字去掉，干脆就叫老三如何？

不好听。女儿坚决反对。

老唐没有立即表态，说，暂时放一放，以后再说吧。就这样，微信名的事暂且不论了。

等他们都走了，老唐把手机打开，他终于想好了，他决定把微信名改了。

微信名一改，群里又沸腾了——

先是一挂长长的鞭炮。

掌声响起来。

热烈欢迎。

欢迎新人进群。

……

欢迎老三！

终于，有人把老三的名字报了出来。

老唐有些激动，动了下手指，留下一行字：新人报到，请多关照。

老唐回忆几十年的风风雨雨，积累了一生的宝贵经验，他知道，人们为什么习惯同情弱者，示弱方能聚得人气。

老唐悄悄地退了群。

做　证

何圣林

自己给自己做证，算个鸟。成立仁嘟囔一句，一脚踢向横在路中间的空矿泉水瓶。塑料瓶在空中划了一道漂亮的弧线，掉落下来，砸在青石板上，哐当哐当响。

几只宿鸟从树丛中惊叫着飞出，也惊得成立仁一哆嗦。他定了定神，长舒一口气，快步向家走去。

巷子幽深。有枝杈耐不住寂寞翻过院墙和对面的枝杈握手言欢，不时就有几片黄叶子悠悠荡荡地飘落下来。

远远的，成立仁看见地上有个球状的黄色物体，走近一看，是个成熟的柠檬。他探头朝前方看看，又转头望望身后，不见一人，于是，弯下腰，快速捡起柠檬，剥开一片，塞进嘴里。一丝丝甜意刚滑入喉咙，眼睛却直愣愣地盯着前方。前方，一个黑乎乎的镜头正对着他。

那东西成立仁认识，叫摄像头，城里到处都是。自从网络的触角伸到农村，有钱的人家也开始装这个。眼前这个摄像头是老石家的，老石家除了一头牛，能有啥？

想到老石，成立仁就想到刚刚发生的事。

上午，成立仁从县城坐公交车回到镇上。镇上离家还有三四公里的路，以前，都是打电话让老婆秋菊骑电动车来接的。这次，他想自己走回家，给秋菊一个惊喜，顺便去看看自家的稻田。

初秋的阳光温柔灿烂，洒在农田里，一片金黄。他在自家田埂上边走边看，突然停下来，蹲下身子，用手指触摸那一小片没了穗子的稻秆，不像是刀割的。他愤怒地站起身，正要破口大骂，余光处瞧见一头大水牛的屁股。在村里，唯一的一头牛是老石养的。人人都说老石古怪，儿子在城里安了家，接他过去享福，他把牛寄养在亲戚家，可去了不到一周，就回来了。他还说，离不开老牛。

成立仁快速赶上老牛，在老牛屁股上狠狠踹了一脚。老牛实在是太老了，只是懒懒地摇摇尾巴，头也不抬。响声惊动了前面的老石。老石回头一看是成立仁，牵拉着脸，说，咋，几个月不见，你成立仁变成城里人就横了？为啥踢我家老牛？

谁让你家老牛吃我家稻穗了？

你哪只眼睛看到是我家老牛吃的？

秃子头上的虱子——明摆着，田埂上只有你家老牛经过，不是你家老牛吃的还能是青蛙吃的？

老石嘴一撇，说，老牛知道那是粮食，不会吃的。我做证。

笑话，自己给自己做证，算啥。

老石左顾右盼，想找人做证，偌大的田野上，只有飞鸟不时飞过。他叹了口气，说，我家老牛神着呢，它可以给我做证。

成立仁扑哧一声笑出声来，你这叫"同牛合污"。谁都知道，审犯人要人证物证，你怎能自己给自己做证？

那你又怎么证明是我家老牛吃的？老石反将他一军。

我就是人证，至于物证，肯定在你家老牛的肚子里，剖开老牛的肚子就知道了。

你敢。老牛没吃就是没吃，不信拉倒。说完，老石牵起牛绳自顾自走了。

真是个老顽固，认个错，这点水稻我还能让你赔不成？

成立仁想到这儿，浑身一激灵。他把柠檬放回地上，走了几步，想想不妥，又走回来捡起来，然后站直身躯，双手举过头顶，扭动腰杆，双手从左往右来回摇了几次。边做动作边对着镜头说，这是风刮下来的。

成立仁，你晃来晃去干啥呢？是老石的声音。

我可没摘你家柠檬，我是地上捡的。

是吗？老石白了一眼成立仁。

你看啊，我手中没棍子，个子矮够不着。成立仁边说边往上蹿，站稳后，又对老石说，你家摄像头可以做证。

老石望了一眼挂在墙角的摄像头，说，那东西耗电，早断电了。

那我给自己做证。成立仁想到了老石刚才的那句话。

自己给自己做证，算啥？

你刚才不就是自己给自己做证的吗？你能算我怎么就不能算？

老石被他猴急的样子逗乐了，你说算就算。说完，老石拴好牛，开门回家了。

老石肯定是理亏，想扯平。成立仁使劲扔了柠檬，边走边想这事哪里不对劲。

成立仁回到家，看见秋菊正在门前剥柠檬，笑着问，都吃上柠檬啦？

这东西老贵了，哪舍得买，石叔送的。

成立仁"啊"了一声，转头看见兔笼上有几把金黄的稻穗，忙又问，稻穗哪来的？

前几天开会，要求每家取点稻穗样品，给专家研究研究二季稻的收成情况。我今早去田边忘了带镰刀就用手撸了一点。你回来得正好，把稻穗送到村长家。

成立仁望着远处的深山，自言自语道，给自己做证，是得算。

星 辰

白小川

老张最喜欢的一句话是，我们的征途是星辰大海。喜欢，就记住了，而且记了一辈子。因为这是马丽说的。

退休后的老张，晚年生活安逸，有养老金，吃喝不愁，唯一遗憾的是老伴马丽前年去世了。想想这一辈子，跟走马灯一样，春去秋来，花谢花开，老张突然觉得，一生最美的是相遇，最难的是相伴一生。

老张那前儿还是小张，大名张强。年轻人总是充满朝气，就跟老铁西滚滚冒的浓烟一样。张强爸说，只要这大烟筒不倒，我们的厂子就是兴旺的，生活也是美的。张强住在工人村，是最早那批入住的，因为张强爸是厂里的劳模。张强初中毕业就进了厂里的技校，学习车工。在技校学习的劲头很足，他说他要像他爸一样，做劳模。张强爸就说，你要早这样用功，保不准也能读上大学。其实张强用功的动力还来源于同班一个叫马丽的女孩。马丽长得好看，一下就俘获了张强的心，那一刻他就决定，这辈子非马丽不娶。

后来，在病床上奄奄一息的马丽，就问张强，咱俩这辈子磕磕绊绊，你娶我后悔不？张强握紧马丽的手，后悔啥，下辈子我还娶你。那天马丽是带着笑容走的，很幸福。

技校三年，张强成绩优异，还得到了马丽的爱。毕业后，他就留在厂里做了一名车工。马丽是张强爸托关系才留在厂里的。就这样，一毕业两人就结了婚。那时的工人村热火朝天，跟火热的老铁西一样。张强跟马丽是双职工，整天一起上下班，一起吃饭。一起在厂里的浴池洗完澡再回家。马丽貌美，尤其是婚后更显风韵，每当马丽去找张强时，车间里就会掀起一阵小波浪。口哨声，赞美声，羡慕声，叫两人脸红。

张强最幸福的，就是搂着马丽坐在工人村的小树林里，看满天星斗，看流星飞舞。马丽说，我们的征途是星辰大海，未来可期！

可谁也没想到，有一天，天突然就塌了，星辰也不见了。

那年张强的儿子刚上初中。那年张强也跟他爸一样，戴着大红花，成了厂里光荣的劳模。

往事不堪回首，老张回想起那段时光，先是幸福地笑，然后才慢慢严肃起来。

厂子要减员增效。说白了就是员工要开始下岗了。马丽是最先走的那批，因为她是库管，可有可无的职位。下岗那天，马丽扑在张强怀里，轻轻啜泣起来。张强虽嘴里没说什么，但他知道，少一份收入，家里的负担就会重一些。他虽是劳模，是技师，可厂子效益每况愈下，也挣不了多少。

不是还有我吗，哭啥？张强乐观地跟马丽说。

下岗的马丽，就在铁百和轻工市场那块，打一些零工，收入没多少，也能贴补下家里。她每天早出晚归，张强看着心疼，说，别太累了。后来，马丽就回来得更晚，但赚得多了，说是饭店晚上吃饭的人多，总不断地来，总得收拾。马丽说，不干咋整，儿子得补课，还要读高中，读大学，你想让他跟咱俩一样？！那个时代已经过去了。

张强不再说啥，铆足劲儿地干，一个零件又一个零件地加工。那磨刀时喷出的火花，多像漫天喷洒的烟花，看着看着就像挂满天空的星辰，妖娆，亮丽，你够不到，却能感受到它们的温暖，给你力量，给你希望。

要说两人的日子平淡却快乐，直到河边的柳条冒出鹅黄的时候，又发生了一件事。

一天，刚下班。一个在外面做生意的老工友就打电话说，看见你家马丽了。

那不正常吗？

正常个屁！我去于洪那边请客户吃饭，在一个饭店里，看见你家马丽跟几个不三不四的女人在一起呢。

工友没继续说下去，没说是给张强面子。

张强当然懂了。

那晚马丽回来后，张强还跟往常一样，打好了洗脚水，侍候完她就搬到客厅睡去了。马丽该是看出了端倪，她知道，这天早晚要来的。

那段日子多难啊，上有老下有小，都张着嘴等吃呢。孩子要补课，要补充营养。日子只好那么煎熬着过。张强跟马丽几乎没了话说，张强继续侍候着晚归的马丽，然后到客厅睡觉。有一回马丽起夜，看到张强仍旧坐在客厅，看着漫天星辰，屋内浓烟弥漫。

后来，儿子还算争气，考上了重点大学。张强跟马丽都乐开了花。

一天，马丽如释重负地说，离吧，这几年你都憋着气活的。我对不起你。我不是原来的我了。

张强思忖片刻，离了，我还是爷们吗！在我这儿你一直是干净的。星辰和大海也有哭泣的时候，不是吗！

对了，马丽最后是在育儿师的岗位上退下来的，她半路出家学了一技之长，开办了月嫂培训中心，帮助好多下岗的姐妹重新上了岗。

此岸是麦子，彼岸也是麦子

李海燕

一场大雨把我家的麦子地泡了三分之二。母亲站在地头发出狼一样的号啕，之后在泥泞的路上朝着家的方向狂奔。

母亲扑进屋子里，直接扑向坐在里间的父亲，抡起拳头一下一下砸在父亲身上。母亲似乎还不解恨，抓起那几页稿纸，三下两下撕个粉碎，然后，甩在父亲的脸上。

父亲愣在那儿。脸上的表情说不出是惭愧，还是悲伤。

夜很艰难地覆盖了白天。家里一片静寂。父亲在里间屋一直没有出来。没睡着的时候，我曾听到他的几声压抑着的咳嗽。母亲和衣躺在炕上，脸冲着炕墙，无声地抽泣。我没吃到晚饭，肚子饿得咕咕乱叫。

第二天早晨，我醒了。母亲不在屋子里。父亲手里拎着一只皮箱，站在屋中间。那是只陈旧的箱子，之前与一些杂物并排放在橱柜上面。父亲看着我，似乎有话要说，又羞于说出口的样子，最后只笨拙地跟我挥了一下手，便走出门去。

我爬起来，趴在窗户那儿看父亲。父亲摇摇晃晃地穿过门前那片被雨水泡烂的麦子地，走向那条河。

那天的阳光很灿烂，岸边出现一片黄灿灿的花儿。我断定那是油菜花。父亲站在油菜花里，似乎还回了一下头，风一吹，就不见了。

后来我坚信父亲是在那片油菜花里走掉的。

那年我六岁，或者五岁。

在我的记忆里，母亲从此变得强硬了起来，不再抱怨什么，把家和麦子照顾得很好，麦子再没被雨水泡过。家里没有了那个不务正业的男人（母亲如是说），一下子安静下来，这让我觉得父亲走了未必是件坏事。

开始，我还能清楚地记得父亲的样子，尤其记得父亲临走之前站在屋中间看着我欲说还休的样子，还有他在那片油菜花里消失的样子。我时常站在里间屋的门口，好像父亲还坐在那儿，手里拿着一支笔，笔尖含在嘴里，不停地转动，抬头看见我，温柔地一笑。

上学后，我的各科功课都不错，尤其作文，有一种与生俱来的天赋。每次得到奖励（奖状或者笔记本什么的），母亲都会变得温和。那时候我才觉得母亲也是个女人，有灿烂的笑容，有温柔的目光，有女人遇见喜事时所呈现出来的柔软。

上高中以后，我开始倾向文科，作文写得尤其好。语文老师很喜欢我，时常把我带到他的宿舍，给我看他那些文学藏书。在那些书里，我喜欢上了一本诗集。诗人有个很特别的笔名——第叁条岸。

诗集的扉页上，印着诗人的一张黑白照。那是个看不出实际年龄的男人，头发和胡子长而凌乱，唯有那双眼睛深邃明亮。他是谁，怎么会有似曾相识的感觉？再仔细看，又是陌生的。

语文老师把那本诗集送给了我。

我开始阅读那本诗集。诗人有很多首诗是描写麦子的，他说，他的麦子是长在天上的麦子，月亮是麦子的家，嫦娥是麦娘，玉兔是麦童……我为诗人那独特的语言所倾倒，所疯狂。不知为何，父亲出走时的情形，开始频繁地出现在我读诗的时候。但我似乎忘了那个拎着皮箱，消失在油菜花里的男人是我的父亲，我痴迷的只是他那种奇妙的诗意的消失方式。

升入高三时，我的学习成绩（除了语文）下滑得厉害，班主任找上门来。母亲脸色铁青，嘴唇哆嗦着吼出一句，报应！然后撕碎了我书包里所有的诗稿。

班主任走了以后，母亲的态度缓和了一些，她说，你要么好好读书，考上大学光宗耀祖，要么跟我下地侍弄麦子，没有第三条路可走。

那个夜晚，天空看不到星星。我的脑海里奔跑着凌乱的碎片：拎着皮箱的男人，泡烂的麦子地，亮晶晶的河水，黄灿灿的油菜花……我企图把那些碎片拼接起来，可母亲的话一次次挤进来，让我的拼接变得很艰难。

我一次次地想到消失，像那个男人一样，在一片油菜花里消失，然后也去天上种我的麦子。

那天我没去上学，母亲说教了半天，见毫无作用，气呼呼地去了麦子地。外面的阳光金灿灿的。我又看到了岸边那片油菜花。我的思维里跳出那个拎着皮箱的男人，他越过那片被雨水泡烂的麦子地，然后消失在油菜花里。我望着橱柜，原来放皮箱的位置依然空着。

我一下子确定，那个反复出现在我记忆里的，在油菜花里消失的男人，就是我的父亲。

我变得很激动，端详着诗集上的诗人照片，我发现我有一双和他一样的眼睛，深邃而明亮。

我背着那本诗集，穿过那片麦子地，来到河边。河床并不宽，此岸是麦子，彼岸也是麦子。阳光跳跃，麦子一片金黄。我恍然，那天我看见的是阳光里的麦子，而不是油菜花。

望不到尽头的河水，泛着碎银子一样的光。我想，父亲大抵是顺着这条河走的。如果顺着这条河走，也许有一天，我会与父亲相遇。我试探着走进河水里，水温微凉，深至我的膝盖。

突然，我看到了母亲。她站在此岸的麦子地里，右手拿着一把镰刀，摁在自己的脖颈上。她的嘴张得很大，我听不到她的声音，却分明听到她在嘶吼。我不甘心这样妥协上岸，把脸扭向彼岸。不可思议的是，彼岸的麦子地里，也站着和此岸一模一样的母亲。直到看到一条鲜红的血线，从母亲的脖颈上流下来，我吓得如梦初醒，浑身颤抖着爬出那条河。

五年后，我从某师范大学中文系毕业，继续读研。那年我出了第一本诗集，名叫《长在地上的麦子》。

父亲上城

侯发山

　　这天下午，杨阳正在局里开会，忽然收到妻子小娟发来的短信：父亲来了。当然是杨阳的父亲，如果是岳父大人，小娟肯定会说咱爸来了。他来干什么？杨阳怔了一下。是因为自己当上了局长，父亲一高兴，就坐车从乡下赶来了？前天，杨阳忍不住给父亲打了个电话，说自己被提为单位一把手了。是啊，父亲应该感到骄傲，自己一个农民出身的孩子，凭着真才实学，一步步走到今天，着实不易。

　　单位的会议结束，已到了下班时间。杨阳本打算回家，接到一个老同学的电话，这家伙现在是一个房地产商，说要请杨阳吃个便饭，叙叙旧。杨阳说父亲来了，要回家陪父亲吃饭。老同学说把老爷子接上，一块儿吃嘛。杨阳就让司机先把车开到了家里，打算接上父亲，让父亲也开开眼界。没想到，父亲拒绝了，说就在家里吃。

　　小娟看到杨阳为难的样子，就说："爸，让杨阳去吧，咱在家里吃。您想吃啥我给您做。"

　　父亲没有理会小娟，看着杨阳："是同学重要还是爹重要？"

　　杨阳无奈，只得给老同学打了个电话，费了一番口舌。

　　小娟做了几个小菜，拿出一瓶酒。两杯酒下来，父亲的脸色缓和了不少，话也多了："小子，你有几个钱就烧得不像你了？外边吃一顿要成百甚至上千，在家吃一顿才花几个钱？"

　　杨阳想都没想，就顺嘴说道："咱不掏钱，都是他们请客……"

　　"那就更不能去！吃人家的嘴短，拿人家的手软。就在家里吃，以后天天回来陪我吃！"父亲脸一黑，把筷子摔了。

　　杨阳央求道："爹，您小声点。"

　　父亲脖子一梗，依旧粗声粗气地说："我一不偷二不抢，没干犯法的事，为啥要小声点？"

　　小娟出面了："爸，不是怕邻居听见，而是影响了人家不好，左邻右舍有老的，有小的……您说是不是？"

父亲这才不作声了，瞪了杨阳一眼，喘着粗气，端起酒杯一饮而尽。

第二天，杨阳临上班走前，对父亲说："您想去哪转就去转转，让小娟带着您，来一次不容易。"

父亲笑了笑，说："我这次来，就不打算回去了。你有能耐了，难道不能让爹在这里享享清福，安度晚年？"

杨阳怔了一下，忙说："爹，我求之不得呢。家有一老，胜似一宝嘛。"

在上班的路上，杨阳还在想这个事，心想父亲犯哪门子邪了，打五年前他在城里买上房子后，多次让父亲进城，父亲都以不习惯为由给拒绝了。这下好了，每天晚上，杨阳都不得不把应酬给推了，陪父亲在家吃饭。其实，杨阳也乐得这样，外面吃得不健康，喝酒又难受。如果在酒桌上别人求你办事就更为难，办吧，违规；不办吧，情面上说不过去。

某个星期天，一家装修公司的经理请杨阳和他的几个副手去邻县新开发的一个景点游玩。这家公司正给局里的新办公大楼搞装修，经理也想借机表现一下。那几个副手兴致很高。如果杨阳不同意，肯定就把关系弄僵了，以后还怎么开展工作。杨阳也就答应了。回到家，杨阳就委婉地和父亲说了，说他们局里要搞个外出考察的活动，没说是装修公司买单。

"我要去植物园逛逛，你陪我去。"父亲拉着脸，看样子没有商量的余地。

杨阳张了张嘴，刚要说些什么，父亲又说："我都七十好几的人了，还能有几天活头？你还能陪几次？"

父亲这么一说，杨阳就真的无话可说了。

杨阳只得让副手们跟着装修公司的经理去了，自己陪着父亲去植物园玩了一天。

父亲过76岁生日，杨阳提出在饭店过，父亲坚持在家里，说吃顿炸酱面，有个意思就行了。谁知道，临近中午，呼呼啦啦来了十几号人，说是给老爷子祝寿。由于家里地方小，饭菜也没有准备，他们把红包丢下就走了。

看着一个个红包，父亲呵呵一笑："既然是给我祝寿，红包是不是送给我的？"

杨阳看到父亲没有发火，心里松了一口气，说："爹，当然是给您的。您想怎么花就怎么花。"

"好，红包我就收下了。"说着话，父亲就把红包揣进了怀里。

过后，小娟还嘟囔不已，杨阳劝她，说："父亲手头宽裕，咱不也放心吗？他若是不花，将来还不都是咱的？"

小娟这才没有跟父亲计较。

半年后，杨阳的几个副手被纪检部门带走了，原因是那个装修公司的经理犯事了，把他们也供了出来，他们不只是接受了"旅游"，每人还收取了一个红包。杨阳想起父亲生日那天，装修公司经理也到家里去了，也给父亲送了一个大红包。杨阳坐不住了，就到纪检部门说明情况。纪委书记说："你要感谢你父亲，当时第二天他就把红包交了。"

交了？杨阳感到很奇怪。

纪委书记说："你父亲不知道交到哪里，为此还闹了个笑话，他把红包交给了路上执勤的交警，他以为戴大盖帽的啥都管。后来，警察同志把老人家带到了这里……整整十万元！"

杨阳忽然有种想流泪的感觉，他迫切地想见到父亲。

特殊印章

高 军

从苘麻地里采来一些苘麻花和刚成形的果实欣赏，只见分作五个瓣儿的黄色花朵每片都像古代的精美障扇，散发出一阵阵清香；嫩嫩的青绿色半球形果实在我们这儿叫苘麻头，苘麻头由一个个紧密排列着的分果爿组成，顶端还长着一个个尖芒，从上往下看分果爿之间有沟槽，像掀开的一扇小小磨盘。

校长突然找我谈话，要在我担任班主任的班里安排一个转学来的女生。而这个学生就是暑假前闹得沸沸扬扬的那件事儿的当事人，校长看我不大情愿的样子，又和蔼地说道："别的方面学校不做要求，在对这个学生的管理中把握好度就可以了。"

放暑假前这个女学生在另一所小学读书，成绩处于中游偏上，班主任知道她父母生计不易，想让她成绩往前赶一赶，对她要求就有些严格。那次她没有完成作业，还旷了上午两节课出去玩耍。学生随意跑出学校，这是很大的事儿，班主任又气又急，在班上批评她时忍不住用教鞭抽了她屁股两下。她母亲中午接她回家后，发现她坐得有些歪斜，就追问是怎么回事儿，她说电动车的皮座太烫了。后来，母亲追问出那两教鞭的事儿，看她屁股表皮有伤痕，有些发红也似乎有些发炎，就用电动车带她去医院做了鉴定，将班主任的体罚行为发到朋友圈，一下引起强烈反响。最后老师赔款八万元，并背上职称降级且五年不能升级的处分。家长在开学时，向教育局提出转学要求，于是她来到了我的班里。

刚进入班级没几天，她在原来学校发生的事老师和学生大多就都知道了，她时常会被指点议论，本来就布满忧郁的眼睛变得更加黯淡。我本来也不想多管这个学生，怕自己把握不好度，也会惹来祸事，再说我心里也一直为她原来的班主任感到委屈，何至于把老师逼到那个程度呢？但我通过了解得知，那一切都是由家长操控的，她就是被动地当道具而已。看着她学习成绩渐渐下滑，我心里开始不忍，觉得她是无辜的，不但不能歧视她，还得让她正常地融入班集体。

我教语文科目，她的语文成绩又下滑不少，想起有次她看我手中苘麻头的眼神，并且我还发现她曾拿着苘麻头往左手心按压。在这次下发试卷前，我灵机一动，在她的试卷后边写了句"苘麻在成长中越来越美了"，顺便用刚从苘麻地里采来的苘麻头蘸蘸桌上的红印泥，按八九下后盖出一个好看的心形图案。我偷偷注视着她的神情，只见她看完试卷后眼中有光，脸蛋有些发红，脸上的肌肉也不再紧绷着了。我心中有些激动，觉得和她交流的契机可能即将出现。

平时我努力保持平静，和对待其他学生一样待她，提问时也不动声色地让她站起来回答问题。第一次向她提问时，她感到意外也有些慌乱，看到我鼓励的眼神后，还是磕磕绊绊地回答了问题，我肯定了她的优点也指出了不足。我看到她坐回座位时右手在胸前使劲握了一下。

深秋来临的时候，她的成绩已经提升了一些，也慢慢地和周边的同学有些交流了。

这天，我看到她的作文已进步不少，就用掰开的半截带着玉米粒的玉米棒横断面蘸着印泥，在批语后边按出一个边框呈玉米粒状的印章，这个印章上的玉米粒栩栩如生，我自己看着都有些兴奋。批语中有这样一句话："玉米经过春天的蜕变，夏天的暴晒，长出了成熟的果实。"

我适时把她叫到办公室谈话，夸奖了她的进步。她脸上升起一片红云，使劲点点头，小小的右手又握成拳头。我假装没有看见，把目光转到一边，让她慢慢恢复到常态。

春天柿子树开花了，落在地上的小小花朵质地较硬，四个瓣向外翻着，显得很美丽。我捡了几个花型较大的腋生单花带回办公室，既为欣赏，也在适当的时候给这个学生又盖了一次柿花章。

她中考时的成绩很优秀，已成学校成绩靠前的几个学生之一了。更让我高兴的是，她也已经逐渐变得开朗起来。临别时我扶着她的肩膀使劲往下按按，她大大的眼睛看着我，然后抿着嘴唇又使劲点几下头。

两年后，我偶然在一张报纸上看到她写的《特殊印章》，写在她心情最黯淡时，老师用植物花果给她盖章，让她慢慢从教鞭事件中走出来的经历。在文章结尾她这样写道："正像我父母说的那样，真希望老师用教鞭再抽我一次，以让我减轻一些对教鞭事件的歉疚之情。我知道，老师已不会这样做，但老师给我钤盖的那一个个特殊印章，让我受到了鞭策，我将永久保存。"

看到这里，我的眼睛有些模糊，透过晶亮的泪花，这个学生越长越高的身影清晰地出现在我的眼前。

画　梦

谢大立

上完工件，手套忘了摘，就按下了启动杆，要不是手缩得快，自己的手和胳膊可能都没有了……小梦望着还在转盘上呼呼甩着的手套，吓成了个傻子。

段长飞奔过来帮她停了车，边用钩子把手套从工件上往下钩，边看看周围，小声对她说，今天这活你不能再干了，我发现你神情不对头，就担心你会出事……去弄板报吧！别的工段板报都换了。

段长是为她好，她眼皮一酸，泪水盈满了眼眶。车工戴手套操作，违反了操作规程。就这，车间知道了，是要扣奖金的。出了事，更是不得了，连车间领导头上的乌纱帽都有可能被摘掉。卡完工件，怎么就忘了摘手套呢……段长拍拍她的头，看了她一眼，说，是不是遇到了什么事？有事就对大姐讲。她的鼻梁又一酸，赶紧往外走去。

确实遇到事了，为一个梦的事。

梦里的那个小南，电工工段的电工，和她住在同一栋单身楼。那栋楼的四楼，住的全是他们车间的单身青工，男的住东边，女的住西边。她是车间的一朵花，围着她"施肥浇水"的单身男性有不少。在她的心里，小南是没有位置的。一天，他们下楼时走了一起，他突然对她说，小梦，我能请你喝一杯咖啡吗？小南请她，使她感到格外意外，她喜欢喝咖啡，一些单身男性投其所好，常有请她的。但他们和小南是有区别的，前者自我感觉良好，且有感觉良好的底气。小南却不一样，父母都是工人，什么背景都没有，属于夹着尾巴做人的那种。但她又不好当面拒绝他，对他笑笑，路过咖啡馆时，随他走了进去。

大凡请她喝咖啡的，好听的话说尽，无非是想与她处朋友。可是她一杯咖啡喝完了，小南什么话也没说，连正面看她一眼也不敢。从咖啡馆出来，更像是做了什么见不得人的事一样。小梦直想笑，碍着小南没走远，又不好笑出来。小南走远了，姐妹们从后面追上来搂住她的肩膀说，又白喝了回咖啡？她终于扑哧一声笑出来，笑弯了腰还叫了一声妈哟！

没想到两天后，小南在马路边等到她，又对她说，小梦，我能再请你喝一次咖啡吗？她没有马上回答他。她还没有和哪个男孩子进过两次咖啡馆。她寻思了一下说，你是不是有什么话要对我说？只要他像那些油嘴滑舌的家伙一样说想跟她处朋友，她就跟他来个干脆的——我还小，不想谈这事。小南忸忸怩怩地说，也不是什么重要的话，只是我这几天反复做一个梦，想请你帮我解一下。梦里，我总是追一只蝴蝶，它总是让我追不上，昨天的梦里终于追上了，它却变成了个女孩子的背影……

她扑哧一声笑了出来，她喜欢扑哧地笑，笑着说，你是不是看梁祝着魔了……小南在她的笑声里红头赤脸，不待他再说什么，她毅然离开了他。

又是两天后，他竟然来到了她的宿舍，低着头对她说，小梦，我是真心想请你再喝一次咖啡……她皱起眉头说，你是不是又要告诉我你梦里追蝴蝶的事？小南反问她，难道你真的没做过这样的梦？她有点生气了，我干吗要做这样的梦？小南说，小梦你别来气，这是因为那个蝶变的女孩儿终于让我看到了她的脸，她非常像你，我就想知道，你是不是也和我一样做了这个梦……

小南的话，是在她的眉头越皱越紧时打住的。她的眉头越皱越紧，是她觉得面前的这个男孩子很荒唐，比那些想用一杯咖啡骗她芳心的家伙都荒唐。那些家伙怎么说，都是围绕着想跟她处朋友这个谱，不像面前的他，竟编出了这么离谱的故事。跟一个如此荒唐的家伙浪费时间太没有意义了！她的干脆，比以往任何时候的干脆更干脆，她脸一板说，我没有做过这种荒唐的梦，你也不要再跟我谈这种荒唐的事……

可是最近，小梦也总做追蝴蝶的梦，在梦里那蝴蝶总是逗着她去追它，她追着追着，那只被追的蝴蝶变成了一个小伙子的背影，那个小伙子的背影还真像是那个在前不久离去的小南。几次，她对着那个背影说，你是小南吗？那个背影却总是和她若即若离。

又一次的梦里，她敞开心扉对他说，你不是问我做没做过一个追蝴蝶的梦吗？我现在可以回答你了，我做过，而且做过多次了，我这么对你说，确实是做过多次了……对方还是不转身也不回头，只是用那酷似小南的声音带些哭腔地说，你确定自己的人生是一场梦，和梦是一回事了……

现在的小南，已不在他们车间了，她不能像当初的他一样，去找他交流了。小南那个失踪了的叔祖父，从香港来信找到小南的父亲，要小南去继承自己的那点财产，为自己养老送终。小南去了香港，如一粒石子入海，杳无音信。

下班前，小梦画好的板报引来了众多的观众。小梦画的板报，始终是车间的亮点。洗了手准备下班的师傅们，一边用擦手布擦着手上的水渍，一边围着小梦的杰作赞叹不已，说小梦不愧为车间的才女……突然有人指着上面的一幅插图说，画里男孩子的背影好像小南！人们"哦"一声说，可不是小南嘛！小梦定睛一看，脸上掠过一阵嫣红，自己怎么把梦中的情景画在了板报上……

鼓　魂

蒙福森

龚州地处广西浔江中游，沃野千里，飞红流翠，百卉千葩。舟行烟霞里，燕飞深巷中；鱼洲雁信，科甲之兆；将军古渡，剑气冲霄；钟灵毓秀，英才辈出。

《龚州志》云："入邑境，则见绿野平畴，豁然开朗，四山远绕，一水中流，非若他邑之山重水复，阴翳险阻也。"

呜——呜——

一阵震天的牛角声划破了龚州城早晨的宁静。

这是操练军队的号角声。

士兵们从军营中奔跑出来，云集操场上，旌旗猎猎，铁甲凝霜，战马嘶鸣，一面高耸入云的中军大旗随风飘扬，上书"大汉伏波将军马"。

须发皆白的马援凝望着严整的队伍，对副将孙永说，开始操练吧！

孙永打了一个手势：开始——

咚——

咚咚——

咚咚咚——

战鼓响起来了。刹那间，战马奔腾，军号声急，呼号声、呐喊声、刀剑撞击声、战马嘶鸣声响彻云霄。

操场外，有不少百姓在观看。

操练毕，孙永忽见人群中一老人摇摇头，淡然笑之，脸上似乎流露出不屑之色，便走近前去问老人，军威雄壮否？老人点点头，答道，雄则雄矣，可惜……

可惜什么？

擂鼓之人少了一样东西。

何物？

鼓魂！

老人家，何为鼓魂？不知什么时候，马援来到了老人的面前。

这、这……老人支支吾吾，低头不语。

老人以前也是兵，岭南客家人，行伍出身，早年跟随汉军东征西伐，身经百战，屡立战功，为军中鼓手，阵前负责擂鼓；后征战百越，负重伤，伤愈后留在龚州，娶妻生子，寒来暑往，今垂垂老矣。

你是老鼓手？马援肃然起敬，再三虚心请教。

老人说，愚以为，刚才擂鼓之人，虽雄壮有力，却有形而无神，无神则无魂，无魂则气泄，士气泄，战力竭。何故也？古人云："一鼓作气，再而衰，三而竭。"故史曰："有是鼓者，极为豪雄。"又云："有鼓者，号为都老，群情推服。"

能示范一下吗？

这……老人沉吟半晌，说，承蒙不弃，老朽愿意献丑。老人走到鼓前，拿起鼓槌。咚，咚咚，仅打三两槌，便显得不同凡响。

十日后大军开拔，祭旗出征，往南方平定交趾之乱。到时，请老人家为我大军擂鼓壮行，壮我军威，如何？

老人说，好。

在远古时期，鼓被尊奉为通天神器，最初作为祭祀的器具。后来，在狩猎征战活动中，鼓被广泛地应用。"击大鼓，吹号角，歌舞以为乐。"上古时代的鼓，鼓皮用鳄鱼皮，取鳄鱼的凶猛习性以壮鼓声。后来，征战杀伐必用鼓。战鼓战鼓，刀剑飞舞，壮我军威，捍我国土。

十日后，牛角声声，旌旗蔽日，铠甲凝霜，兵强马壮。大军祭旗毕，整装待发。

一张牛皮大鼓，如一头巨兽般静卧在战车上。大鼓平底腹空，腰曲胸鼓；鼓面为太阳纹，外围饰以晕圈，与鼓边接近的圈带上铸着精美的饰物；鼓足留空素底，虚实相间，相得益彰。

战鼓即将擂响。

老人头裹红布，须发如雪，腰系红绸，左右手两根鼓槌，酸枣木做成，浸泡过桐油，温润如玉，色泽微黄，纹理细如蛛网。

老人目光如炬，气度不凡。

队伍中，旌旗招展，猎猎有声。千军万马敛声屏气，神情肃穆，鸦雀无声，静到每个人能听到自己扑通扑通的心跳声。

此时，唯有晨风吹拂。

时间，在那一刻仿佛停滞了。

咚——

咚咚——

咚咚咚——

咚咚咚咚——

鼓声骤起。随着老人槌落声起，顿时，鼓声震野，响遏行云，气吞山河，势不可当，如狂风，如暴雨，如虎啸，如龙吟，如雷鸣电闪，如大海奔腾，如火山喷发，如万马嘶鸣，如黄河咆哮一泻千里，如千军万马冲锋陷阵……

鼓声愈来愈密，愈来愈急，愈来愈快。

老人的头部、双腿、手臂，乃至全身都在舞动，鼓槌起落，铿锵有力，挥汗如雨。此时此刻，他全神贯注，物我两忘，仿佛他的身心、血脉、灵魂浑然一体地融入了鼓声之中，激越雄壮，撼天动地。

咚——

咚咚——

咚咚咚——

咚咚咚咚——

战鼓发出的声音，撞击着每个将士的心坎，顿时，他们血脉偾张，斗志昂扬，毛发竖起，毛孔张开，血流加速，仿佛浑身充满了无穷的力量。鼓声震撼，震耳欲聋，每个人都想呐喊，想冲锋，想肉搏，想飞翔……

这时，恰好有一行大雁从头顶上飞过。

鼓声更急，更高，更猛，更密。

咚——

随着最后一下鼓槌起落，鼓声戛然而止。

蓦然间，一切静了下来。

出奇地寂静。

稍后，众人大吃一惊，但闻一声哀鸣，一只受惊的大雁肝胆俱裂，从云端上如断线的风筝直跌下来，似被重物击中一般，口吐血沫，跌落在操场上，扑棱了几下，便一动不动，死了。

马援久久地凝望着将士们。

出征——

他气势如虹，剑指前方，大军开拔，士气高昂，浩浩荡荡，刀枪如林，旌旗招展，遮天蔽日。

史载：建武二十四年（公元 48 年），马援奉命出征，斩俘五千余人，平交趾之乱，封列侯。又云：马援所过之地，"治城郭，穿渠灌溉"。

时光倏忽，沧海桑田，千年之后，龚州至今犹存将军古渡和伏波庙遗迹。

白萝卜花园

赵　正

林伟在铁道职工公寓切菜时，一不留神把手指削破了豌豆大的皮，于是指尖就沁出一粒殷红的血豆子，晃几下，落在一片工整的白萝卜芯上。他突然开始怀念这色彩，女人炽红的衣衫，血液中还带有那日正午太阳的温度。

去年，林伟主动向上级请示，要求把自己乘务员的岗位调换至 K1903 次列车。这趟列车的终点站在 L 省最偏僻的县城，到站时间是夜猫子都犯困的后半夜，偏偏又在阳光毒辣的晌午发车，就连员工宿舍也只有一张单薄的行军床，和一团几经揉洗而破败不堪的棉被。唯一可以缓解疲乏的是宿舍旁 24 小时营业的便利店。

林伟说，他换工作岗位为的就是在下班后来这里抽一口烟。

列车行驶至小县城的最后一段，恰好途经几亩白萝卜地。这时他总是神情恍惚地靠在车门边，目光郁郁沉沉地投射出去，脸上浮泛着苍白的颜色。

上小学时，母亲也种白萝卜，只有家门前小小的一块地。每到收获的季节，母亲便上前松土，左右拨弄着，一根白萝卜被轻松带出。母亲双手打圈，极为利落地搓干净附着在白萝卜表皮的泥土，咔嚓脆响，将一小半白萝卜塞进林伟小小的巴掌里。真干净啊，他心想。但他不舍得吃，冰凉柔滑的触感足够他把玩一下午。

这个偏僻的县城是林伟的故乡，自结婚后，他就很少回来了。

列车停靠站台，林伟径直走出车站。墨色天空不着一颗星星，微风吹送来路坡下白萝卜混合泥土的清香。他翕动鼻翼，困怠的眼睛终于有了光彩。

掀开竹帘，林伟一头钻进了便利店。

野地里的白萝卜，没你摆着的好闻。林伟笑眯眯地和坐在收银台边的女人说话。

还是中华？女人从抽屉里抽出一包烟，按在玻璃柜台上，我这白萝卜还能从天上掉下来不成？

那不一样，那不一样。林伟讪讪地缩进角落里。小店里的灯光不是很明亮。一团火光在阴影中浮现，隐约照耀出他略带棱角的瘦脸。

那件红色衬衣咋没穿？林伟放松地喷吐着烟雾，顺手从篾篮里拿起一根白萝卜摩挲。

女人的眼神有点异样。穿旧了总是要洗的，筐子里放的也不一定是白萝卜，也许明天就变成红萝卜了。

不要换，还是白萝卜好，你摆得像花园一样，谁看了都想买。白萝卜刚好解暑嘛。有句话说得好，出淤泥而不染，就是白萝卜。

那是莲花，白萝卜咋能跟莲花比。女人不客气地打断。

咋，蔬菜和花还要分个高低贵贱，白萝卜不比莲花差。林伟站起身，将白萝卜凑到女人脸边，你看嘛，你看嘛。

女人向后欠欠身子，脸色怏怏的，没啥心情。老式钟表在暗处微微发亮，嘀嗒作响，像门外的月亮。时间不早了，你回去歇着吧。

林伟一时有些局促，改天我买朵莲花来送你，你就知道什么更好看了。

站在店外，他想，应该给女人留下一句话，下次你穿红色那件吧，那件最好看。

白萝卜的香气更浓了。

第二天发车前，林伟又钻进便利店，买了烟，也买了白萝卜。

车又经过那片萝卜地，他只是盯着怀里的看，他看到昨晚女人沉静的眼神，仿佛沉静着一片白萝卜花园。

午饭时间，林伟特意跑到厨房，向厨师长借了案板与厨刀。洁白的萝卜横陈在木质案板上，被切成厚度适中的圆片，只有萝卜芯的部分。在厨师长赞许的目光下，林伟把它雕刻成了一朵莲花。厨师长竖起大拇指，没啥可说的。

是没啥可说的。小时候，林伟坐在家门槛上，安静地望着白萝卜地里母亲的背影，母亲的香气就是白萝卜的香气。他叹口气，不禁又想到昨晚的女人。

列车再到站时，比平日晚点了三十分钟。夏日整天的曝晒似乎蔫巴了野萝卜的香气，有一种黏稠凝滞在夜晚的空气里。

林伟像往常一样推开竹帘，没看到女人，一个陌生的男人坐在柜台前。

那……林伟抻着头，小心翼翼地向男人询问。

我老婆让你明天别来了。

林伟简直落荒而逃，哪能呢，我就是想买两根白萝卜。

凝重的空气掩埋了他微弱的尾音。

立在门外，林伟鼻头一酸，眼泪模糊了视线，顺着鼻梁流下，他尝到一股涩涩的味道。他依稀感觉路坡下的白萝卜地正渐行渐远，记忆中他是不喜欢吃白萝卜的，母亲种的白萝卜也有一种涩味。但自从母亲去世后，他似乎也逐渐淡忘了这件事。忽然，他模糊的眼睛捕捉到一个飘动的斑驳的红影，他不顾一切地冲上前去，将红影抱在怀中，冲入不远处的白萝卜地。

白萝卜花园！林伟叫喊着消失在大片没有色彩的黑暗中。

第二天，站台上，一个满脸悲戚的女人拉住列车员询问，林伟是不是在这趟车上？他调动工作怎么不告诉我？

但直到列车启程，女人也没见到林伟。

列车再一次经过白萝卜地，若女人此时望向窗外，可以看到便利店前的晾衣架上，串着一朵精致的白萝卜花。

醉 信

庞 滟

这个时刻，高羊正在给一个高傲的姑娘写信。他深知，醉态中写信，纵然心中有千言万语，也容易半途而废。但他无法阻止疯狂书写的欲望和浩瀚的激情。他先把收信人夏丽的名字和地址写在信封上，用力吸了几下鼻子，嗅到了一些花香正从信封上冒出来。

高羊展开雪一样白的信纸，写下第一句话：亲爱的夏丽！第二句：情不知所起，一往而深，生者可以死，死可以生！要写第三句时，他有些腾云驾雾的感觉，手中的笔要跳舞。他第一次感觉醉得如此兴奋，不能自已。

夏丽是高羊高中时的梦中情人，他们当众接过一次吻——尽管那吻不是夏丽心甘情愿奉献的。那天体育课的内容是排球比赛，夏丽是女生中最勇猛的干将，高挑的身材、强健的手臂、超强的弹跳力，让她屡屡得分。高羊是男生里冲在最前面的人，他被夏丽曼妙的身姿和活力迷住了，一个球也没击中。直到下一节课的铃声响起，难分胜负的两队才作罢散去。

高羊紧跟在夏丽身后，她身体散发的香气热浪一般涌来，熏得他头重脚轻。走到教室门口，高羊一只脚刚踏上门槛时，他身后的一个女生呼喊夏丽的名字。夏丽停下脚步，猛地回头看招呼她的人。"砰"一声响，如同两个脱离轨道的星球相撞——高羊的脸和夏丽的脸贴在了一起，不是"撞"在一起（高羊及时扶住门框，阻止了冲击力）。高羊的唇上留下了夏丽粉嘟嘟的唇印，还有甜蜜蜜的杜果糖味道，钻进他咚咚狂跳的心房。夏丽瞪大水汪汪的眼睛，愠怒又羞涩。高羊注意到那节课的夏丽一直在用手绢偷偷擦嘴，而他好些天都没舍得洗脸。黑夜里，那软如果冻的触感总会不请自来，把他的嘴唇灼得火烧火燎，时刻散发着各种芳香的味道。

从此，高羊开始偷偷跟踪夏丽。每每见到她顾盼生辉的一瞥，欲言又止的芳唇，都能让他满心欢喜好长时间，杜果的芳香欢畅地游遍全身。他一直跟踪夏丽到大学毕业，也没敢对她说出"我爱你"——从没。他害怕被拒绝，被一个姑娘的拒绝打倒在地，那窘态想想都可怕。每当看到小鹿一样活泼的夏丽与其他男生说笑，他的心里如同滚着无数只刺猬，被扎得千疮百孔。他真想冲上去，对那男生一顿拳打脚踢，捍卫自己的爱情。但他一直都没有勇气，没有堂吉诃德战风车的斗志，没有佩剑王子的勇敢，只能抱紧一棵树，把肝肠寸断的痛苦转述给沉默的树。

外面传来哭泣的雨声，高羊扯回跑远的思绪，继续书写积攒了五年的相思，笔越来越重，手指怎么也捏不住了。他把笔紧紧攥在手心里继续书写。那些从心里流淌出来的话，在纸上一会儿变蝌蚪，一会儿变波浪，不断前行。他的思维好像很清醒，又很混沌，以葡萄酒一样发酵的天真与含糊的方式写下去，把一些眼泪都弄了出来。他恨这些没有勇气的眼泪，在唆使他沉默地放弃。他不断残暴、粗鲁地对抗放弃。这反反复复的愚蠢斗争，让他愤怒又疲惫至极。那些日夜疯长的思念让他的心中毒已深，无法根除。他试过和其他女孩谈恋爱，可她们都被夏丽的杧果香打败了。

写了好多页纸，高羊无力再写下去了，他把这些沉重的信纸统统塞进信封里，连同他混蛋的懦弱。他唤来弟弟，命令他马上把信邮寄出去，他害怕清醒后不敢寄。

高羊酒醒后，听到弟弟戏谑地说："哥，给点儿跑腿费吧，昨天冒雨帮你给一个叫夏丽的妞寄了一封花痴信，上面涂满了你的鼻涕和眼泪……"高羊愣了好半天，除了责怪弟弟不该寄那封信，就剩扯自己的头发懊悔了。

几天后，高羊竟然接到了夏丽的回信，他的手颤抖了好久才拆开那封信。夏丽娟秀的字体花朵一样绽放，她深情款款地写道："亲爱的高羊！你把一封信写得一塌糊涂，天书一样难以辨认。那些字个个都像醉鬼一样摇摇晃晃，到底想说什么呢？如果想说你爱谁爱得死去活来，请在下周日傍晚，到我们大学外的枫林里一见……"

度日如年，周日终于到来了。高羊跑兔一样的心等不到傍晚了，他怀揣一瓶壮胆酒，早早来到枫林里，困兽一样转来转去，等待梦中情人前来拯救自己。

直到太阳落下去，月亮升上来，夏丽还没有出现。高羊不敢打电话给她，把一瓶酒都喝光了，心火熊熊燃烧起来，要把林中的一切化为灰烬。他绝望地躺在草地上，喃喃自语："我承认，我死了也会深深爱着夏丽。可我不敢面对她的拒绝，我要离开这里。"

一只色彩斑斓的鸟落到高羊的胸口上，把那封醉话连篇的信摔到他脸上，玫瑰一样火红的喙里发出女孩的声音，生气地叫嚷："我是夏丽派来的一只鸟，你这个愚蠢的家伙，五年都没追到一个姑娘，还用这样潦草的信去求爱，和她当面说，不是更好吗？"

不知过了多久，杧果味道的吻唤醒了高羊，银色的月光里，夏丽的脸，好美！

手机坏了

胡　玲

洗手时，阿辉的手机突然响了，他急忙拿出来看。手一滑，手机掉进洗手盆的水里，捞出来，竟黑屏了，只好送去维修店。维修师傅让他第二天再来取。

没了手机，阿辉坐立不安，吃不下饭，睡不着觉，像热锅上的蚂蚁，每分钟都是煎熬。

他想，微信工作群不能看了。

自从公司建立了微信工作群，大家都在群里交流，面对面说话的机会都少了。上司经常在群里分派工作，例如叫小王去采购办公用品，叫小方去拜访客户。所以，大家都时时留意着工作群，一旦上司分配了工作，也好及时回应，要不然会给上司留下工作不认真的坏印象。有一次周末休息，阿辉就因为没及时看群消息，晚上才发现经理在群里让他下午加班写活动方案。第二天，他便被经理在大会上狠狠批了一顿。经理还在会上强调，要大家时刻关注工作群，即使是周末和节假日，也不能松懈。

同事们干点什么工作，也会在群里报告一下，好像不这样就显得自己没做事似的。张三去开会，就发张会场现场的照片；李四出差，会发张出差目的地的照片；就连王五给员工购买水果，也会发几张菜市场的照片。有一回，财务处的老陈去银行办事没来公司，忘记发信息了。后来，大家就在背后议论说他是不是上班时间摸鱼去了，根本没有去银行。老陈气得吐血，却是百口莫辩，毕竟无图无真相啊。

他又想，无法及时掌握女儿班级家长群的动态了。

家长群里，全班同学的家长一个不少。老师经常在群里发布各类信息，有时候是学习任务，有时候是放假通知，家长们看到会第一时间回复："收到，老师辛苦了！"这样才能显现出对老师的尊重，对孩子的重视。如果不理会，会显得自己这个家长"不称职"。

家委会成员也经常在群里发布各类倡议书，布置教室、购买班服，等等，要求大家交费。前几天，家委会提议说要给教室再加装一台空调。阿辉心里极不情愿，去年已经交费给教室安装了两台空调，况且孩子们马上要中考了，也用不了多久。他想回复"不同意"，但其他家长都说好，他也不好唱反调，这样会成为群里的"异类"。就像去年儿童节，家委会组织家长交费为孩子们购买蛋糕，一个家长委婉地说吃蛋糕不健康，结果被大家群起而攻之——你家孩子不吃蛋糕，别的孩子还要吃呢！买蛋糕花得了几个钱？给孩子留下一个美好的童年比什么都重要。那位家长只好交了钱，在群里再三道歉，一场风波才算平息。

每逢过年过节，总有"热心"家长在群里建议凑钱给老师买礼物。大家也是连连附和，积极交费。尽管老师总是不肯收，但是大家还是热情不减。每次，家长们都要精心编一段感谢老师的话语发到群里，一段比一段煽情，一段比一段感人，仿佛不送礼、不发信息，老师就不关照自家孩子似的。

还有，他不可以进聊天群聊天了。

阿辉平时喜欢摄影，被拉进了本地的多个摄影群。去年，他还当选为本地摄影学会的秘书长。从此，他在群里更加活跃了，每天都要刷一波存在感，不是分享各种摄影知识，就是发自己的摄影作品，还会对大家的摄影作品点评一番。他觉得，每天都要在群里亮个相、发个言，才不会被人遗忘。他还有意无意将所做的工作发到群里，今天带会员采风，明天组织会员开会。开会时布置会场，他也要发张照片出来，因为觉得做人不能默默无闻，既然出力干了活，就应该晒出来，要不然，他为大家奉献了那么多，岂不是白做了？当然，每次发出来后，大家都纷纷竖起大拇指，说一声"辛苦了"，他心里更像吃了蜜一样甜。

最重要的是，他不能够在朋友圈里给别人点赞、评论了。

每天，阿辉都会认真刷几遍朋友圈。上司、领导发的朋友圈他会点赞和评论，这样可以留下个好印象，说不定以后升职加薪的机会也多些；同事发的朋友圈必须点赞、评论，天天都要见面，必须维持好关系，免得以后在工作中给自己穿小鞋；那些虽然加了微信，但没有什么交集的名人、大腕的朋友圈也要点赞、评论，说不定以后有事求助于他们；好朋友发的朋友圈当然更要点赞、评论，相当于间接向他们打招呼，以免友情逐渐变淡。

但此时手机不在手上，阿辉心里犹如万马奔腾。领导、同事找不到他怎么办？

家长群有急事怎么办？会员在摄影群里见不到他怎么办？朋友发私信给他不能回复怎么办？没在朋友圈给别人点赞、评论，冷落了别人怎么办？

半天时间，竟像一年那样漫长。

第二天，手机终于修好了。阿辉迫不及待地打开手机，发现微信群里还是一如既往地热闹，但并没有人找他，也没人发微信给他。阿辉心里突然涌起一阵深深的失落感……

热河旧事·石匠

孟宪歧

俗话说，民以食为天，以住为地。吃饱了，有睡觉的地方，老百姓的日子就好过了。有地种，有房子住，这是生存最起码的条件。

盖房子搭屋是一件大事。这件大事离不开三个人：石匠、木匠、瓦匠。

热河这地方最不缺的就是石头，石头是盖房子最好的材料。

石头多，石匠就多。盖房子用石头是有讲究的。有钱的人家，要用凿好的方解石下地基，牢固；没钱的人家，就用一般石头，砌进地槽里，也牢固，但比起方解石来，就差远了。遇到好年景，建房的多，弄石头的活也多，石匠就吃香了。

孙石匠在热河一带有点名气，他祖父是当年修建热河行宫的石匠。行宫墙里墙外的大石条，就有他祖父的一份功劳。

成天跟大石头打交道，孙石匠只有一个厚布袋，里面装了十二把錾子和一把锤子。就凭这，孙石匠就可以开山劈石，再大的石头也不怕。

孙石匠混到三十岁了，还没能娶上媳妇。

不是他人熊货囊，能当石匠的，都有一副好身板。

孙石匠五大三粗，体格确实棒，但他看中的女人，看不中他，看中他的女人，他又看不中，一来二去，就耽误了。

盖房子最先打地基，离不开石匠，一直到把石条上好，才可以立架。

立架是木匠的事。本来石匠就是石匠，木匠就是木匠，风马牛不相及。可一家盖房子，石匠、木匠、瓦匠缺一不可。

这样，就把这三匠捆绑在一起了。

比如，木匠定好的工期，哪天立柱，哪天上梁，哪天挂檩，木匠说了算。可石匠不理会你，他干他的，石条没上完，木匠干着急。

李木匠是个好木匠。据说，离宫金山亭就是他祖父领着工匠修建的。

李木匠手艺好，孙石匠手艺好，还有个周瓦匠，活儿也可以，三人经常在一起干活。

开始是有点儿不和睦。

李木匠是个性急的人，他说哪天立柱，必须哪天立柱。

孙石匠一把铁锤，一根錾子，不紧不慢地凿着。

李木匠说："老石，快点干，明儿立柱了！"

孙石匠说："立呗。爱咋立咋立，跟我啥关系？"

李木匠说："你不合拢石条，我咋立？"

孙石匠说："后天吧。明天我出门有事！"

李木匠就骂："就你事多！你出门，我就得窝工！"

后来，李木匠就去找东家。

李木匠告诉东家："行有行规，家有家法，人家石匠有讲究，石条合拢这天得吃喜！"

东家不明白："我盖房，他干活，吃啥喜？"

李木匠说："你给他五斤猪肉就行了！"

东家有点儿舍不得："三斤行不？"

李木匠说："不行！就五斤！"

东家嘟嘟囔囔给孙石匠提溜去五斤猪肉。

李木匠问："咋样？明天立柱行不？"

孙石匠笑笑："你说行就行！"

李木匠骂："操蛋玩意儿，五斤猪肉的事！"

其实，这确实是石匠内部行规：房子的所有石条都应该凿得平平整整，但就留最后一块门槛石，两头不凿。等东家送上猪肉，他只要三锤子两錾子下去，立刻就严丝合缝了。

当然，这猪肉也没具体规定，三五斤均可。大方人家也有给十斤的，最少也得三斤。

李木匠和孙石匠联手盖房的时候越来越多，李木匠觉得孙石匠这人不错，就把自己的小姨子介绍给了孙石匠。李木匠的小姨子刚刚死了男人，没有孩子，人也长得可以，孙石匠一眼就看上了。

李木匠和孙石匠成了连襟。

这以后，李木匠和孙石匠配合特别默契。李木匠说这活咋干，孙石匠就按李木匠说的去干，从不耽误李木匠工期。

有一回，孙石匠使了坏心眼儿。

张财主家盖一溜十间大瓦房，跟孙石匠定了一百二十块石条。呵呵，一般人家盖房子也就用十二块，可见张财主家底殷实。偏偏，张财主这么大的工程，居然没有请李木匠，而是从外地请来了个木匠。外地木匠李木匠认识，手艺一般。李木匠挑张财主的眼了。

李木匠找到孙石匠："这张财主目中无人啊！"

孙石匠："是呀，姐夫这样好的手艺他不用，真是眼拙！"

李木匠："咋样？想个法子，遛遛他？"

孙石匠点点头："好吧，那就遛遛他。"

张财主请的木匠紧锣密鼓地干活，很快，梁柱都已经做好，就该立柱上梁，单等孙石匠的石条合拢了。

孙石匠却不见踪影。

张财主派人提溜十斤猪肉去请孙石匠。

孙石匠老婆说："他夜里去了独石岭！那里有个大活，建庙呢。"

独石岭距热河一百多里路，来来回回要四天！没办法，张财主只好雇了两匹好马，找孙石匠的人骑着一匹，另一匹准备给孙石匠骑。

孙石匠回来了，不到一袋烟的工夫就把石条凿完了。

张财主知道了此事的来龙去脉，以后家里有啥木工活，就找李木匠。

孙石匠凿了一辈子石头，最得意的作品只有一件。

热河罗家的儿子是属马的，抗击八国联军时牺牲了，孙石匠给他凿了一匹威风凛凛的石马，活灵活现，立在墓前。

热河人见了，都伸大拇指：这马神了，简直就是真马！

谁年轻时没有犯错的时候呢？

苏 龙

早读差不多下课了，学生甄岛旦还没有来。他瞪大眼睛往教室后面一扫，牙齿咬得嘎嘎响，蹦出一句话："甄岛旦这硬臭脾气！"他嗓尖声大，一个学生听了嚷："老师，昨天您不是叫他今天不要来了吗？"他脸一红，不耐烦地挥挥满是刀疤的右手："去去去，我那是说气话，再说了，他昨天惹出那么大的事情来。"昨天甄岛旦胖揍隔壁班的男生，打得那男生鼻青脸肿，这事惊动了校长，因甄岛旦屡次犯错，校长已经责令政教处拿出开除甄岛旦的处理意见。

说实在话，他打内心里烦透了这学生，这甄同学就如其名：真捣蛋。经常迟到早退不说，把同学课本里的人物涂上小胡子，把毛毛虫放进女同学的书包，把扫把、垃圾篓放在门头上……学生吐槽，家长投诉，科任老师头疼。他对甄岛旦的教育不可谓不到位：先是和颜悦色、不厌其烦的和风细雨式教育，一如《大话西游》里的"话痨"唐僧；后是声色俱厉、拍桌擂台的疾风暴雨式教育。身家千万的甄父甄母更是动武动粗：或是"男子单打"，或是"女子单打"，或是"男女混合双打"。可甄岛旦才收敛一阵，不久"涛声依旧"，重复犯同样的错。他算是彻底服了，甄父甄母也苦不堪言。

但是他还是说服了校长暂缓给出开除意见，拍胸脯保证说他的学生不会再犯类似错误。他及时把事情告知了甄父，还在班上狠狠教育了甄岛旦，本想今早再找这调皮学生好好谈心，尝试"挽救"一番，没想到甄岛旦却没有来。

走到教室走廊，他拨通了甄父电话："您好，甄岛旦没有来上课，怎么回事呢？"

"哦，老师，我现在在厂里了。"

"那您叫他妈妈催他？"

"他妈妈也在厂里了。"

"那……"

"昨晚我们狠狠揍了他一顿，兴许他赌气，这会儿还赖在床上呢。"

"也不全是他的错，隔壁班的男生欺负我们班的女生，他才出手的。对了，你们快点赶回去叫他来上学吧。"

"不必了，老师，我们昨晚商量好了，既然他惹祸了，干脆让他退学，到厂里来帮我们。"

"别别别。"

"以前您不是希望他转学吗？"

"那是气话。谁年轻时没有犯错的时候呢？只不过这孩子犯错过头了，正因为这样，我们要一起矫正他呢，以防以后走弯路。"

"这小子已经够麻烦您这个班主任了，我们不想再给您添乱了。再说这小子即将高中毕业，可以当个大人用了。"

"可你们要这样做等于剥夺了他受教育的权利，将来他会怪你们的。"

甄父那边沉默了一下，说："既然老师您这么上心，我回去催他上学吧。"

……

当天甄岛旦没有来，作为班主任的他也消失了大半天。当晚班里同学间传言说看到甄父和医护人员用担架把甄岛旦抬下楼，额头还有血迹，鼻子戴着氧气罩，120 救护车在楼下呜呜叫。"邻里街坊都说头晚甄家大人又吼又打，下手实在太重了。"

……

多年后，他退休了，闲不住，牵头实施了"夕阳红关注关爱农村青少年成长"志愿项目。正当他为其中一个项目筹集经费发愁时，一张数万元的汇款单飘然而至，汇款单留言写道：班主任教育之恩和救命之恩，终生难忘。无以回报师恩，唯有回报社会。落款：学生甄岛旦。

救命之恩？见有同事疑惑，他慢慢道来。原来，当年他联系上并催促甄父赶回家中叫甄岛旦来学校，甄父在卧室发现孩子摔下床来，全身抽搐，眼神涣散，闻到了煤气的味道，才想起早上煮了早餐忘记关煤气了，急忙一面开窗通风，一面赶忙跑到门外打 120……

说完，他欣慰地笑了，抚摸满是刀疤的右手，心中感慨：当年读书时，如果不是班主任及时教育矫正，可能他早成了社会混混，步入歧途。他感激班主任，也一直记得班主任说的那句话：谁年轻时没有犯错的时候呢？

一路向阳

刘　帆

李向阳疾行在山路上。山路陡且窄，爬到山腰，已是满头大汗。

往前穿过一片树林，便到了山的北侧。李向阳每每就在这里歇脚，俯瞰卧于山坳处的幸福村。

流云青山，石墙黛瓦，一条小河弯弯曲曲，穿村而过，一幅自然天成的静美山水画。

李向阳的单位在北大街的老司法局，位于城里的草桥埠。司法局的前身是一家专为劳苦大众打官司的事务所，创办于民国元年（1912 年）。中华人民共和国成立后，老司法人念旧，仍在此地办公。

李向阳这天起个大早进城，是专程回来请周局的墨宝的。

李向阳在幸福村挂职四年有余，每次抽空回单位，都会见到新面孔。

到了单位，正要进大楼，一个年轻人以为他是来打官司的农民，就对他说，你走错了，要寻求法律援助，得去门口的林德大厦六楼。

李向阳摆了摆手说，我哪儿也不去，就回来看看。

正说话的时候，恰好周局来了。周局说，文德才，这是法治调研科的李副科长，在幸福村挂职当书记呢。你拦着他干什么？

文德才一脸尴尬，忙说，对不起，对不起。

一见周局，李向阳就乐了，说，周局，幸福村的法治教育基地就等您的书法题字了！

这个好说，这个好说。我现在就给你写。周局爽快，让文德才去准备笔墨纸砚。

周局走进办公室，一边脱外套，一边说，老李，你那个村，都成模范村了，工作做得好啊！这回，幸福村名副其实了。

说话间，笔墨纸砚已在桌上候着。周局略一凝神，提笔写了"幸福村法治教育基地"几个字。

李向阳喜笑颜开，好书法！

任务完成，回村的路上，李向阳脚下像生了风，步履轻快。

幸福村以前不幸福，至少四五年前不幸福。早前，到县里打官司，上访，幸福村的人最多，就是李向阳负责接待他们。后来他到幸福村蹲点挂职，那是熟门熟路。

熟归熟，一旦工作，那就不能光讲这些。山里民风彪悍，山林田畴，纠纷不断，今天为争水，明天为一棵树的归属，后天为一只鸡吃了谷，没完没了。

说到这儿，李向阳第一回冒汗，不是因为爬山路，而是面对一帮老爷们儿和老娘们儿。

第一次村委开会，阳光正好，李向阳兴致勃勃当街发表"施政演说"。有人却说，白天要做事，你说再多都没用。要议事，只有晚上有时间。

一群人跟着起哄。李向阳没辙，头上直冒汗。后来凡是村里有事，都在晚上开会。

这个两千来人的自然村，"怎么管"仨字在李向阳的脑袋里反复打转转。了解情况，倾听民声，李向阳一拍脑门儿，定了个调——"抓经济，也要抓普法"，循法守正，多方致富。

调子刚定好，李向阳就遇到了第一个亟须解决的纠纷——村东的上下两眼塘，上一眼塘的鱼顺水流到了下一眼塘，鱼归谁，谁也不让。

上一眼塘是鱼老四家的，下一眼塘是张苟家的。李向阳把两家喊到村委会调解。锣对锣，鼓对鼓，各执一词，那架势，随时要火拼。

李向阳想了想，说，跑到张苟家水塘的这些鱼我都买了。鱼钱呢，我给上一眼塘的鱼老四家。至于张苟，你的养鱼技术差了点儿，就由鱼老四负责教你。一会儿你俩去把鱼都捞上来，今晚请朱大嫂掌厨，你们两家都来，大家和和气气吃顿饭。

鱼老四拿着鱼钱，高兴；张苟想养好鱼，有了师傅教，也高兴。

鱼老四本不想教张苟养鱼，因为张苟偷过自家的鱼，弄得鱼老四很恼火，可既然蹲点的李书记要自己教他养鱼，那就教吧。

新问题又来了，大家都养鱼，卖给谁？

鱼老四忍不住就问了，以后鱼多了，销路怎么办？

李向阳拿起手中的小法槌一敲，说，今后不管你们养多少鱼，我全收了！我联系了城里的酒楼饭庄，咱们的鱼专门供应他们。

皆大欢喜。

养殖、稻谷、特产，李向阳四处奔走，请农林水产水果专家来培训，唯一没有请来专家培训的项目，是伐木。

树如果全部伐了，幸福村的幸福就不长久了。

幸福村法治教育基地落成揭牌那天，周局来了。

李向阳陪着周局走遍幸福村的角角落落。周局说，回去我就跟县委书记建议，到你们幸福村开新农村建设工作现场会。

周局曾跟李向阳转达县委书记的话，书记说幸福村的钱袋子全在金山银山上。李向阳冒着汗，答道，这里有弯弯曲曲的河，就一定有悠悠扬扬的歌。

这可是你说的，不许反悔。

当然。

辽阔的高天流云下，清凌凌的河水，一路向阳，奔向远方。

我们的吕叔

洪兆惠

1965 年，吕叔退职。市场管理员，那可是让人眼馋的工作，吕叔说丢就丢。退职后，吕叔干啥，你想不到，收破烂去了。邻居笑话吕叔任性，吕婶解释："他难得乐意，乐意就好。"

吕叔乐意，有缘由。苍石南面有条深沟，长几十里，顶头的村子叫沿水沟，那里，是他的老家。清明回去祭祖，他被秋姑叫去。秋姑，村里长者，"九一八"事变后一个人来山里，隐居至今。她话少，凡人不接语，但做事泼辣，打猎、采药、放山挖"棒槌"，从来一个人。乐于助人，出手又大方，她咋那么富裕，一直是个谜。

秋姑打开蓝色印花封皮，里面是牛皮纸，里一层外一层，包着一本书，1931 年出版的老书，《少年维特之烦恼》，由上海泰东图书局印行，译者郭沫若。

秋姑讲，1940 年春，正是青黄不接时，在南山林子里撞见一个人，衣衫褴褛，饿得打晃。他手里握着枪，一看就是打鬼子的。她把手上吃的给了他，又回家取来两根"棒槌"，跟他说，两根都是六品叶，六品叶的"棒槌"，世间稀罕，哪根都上百岁，值点儿银子，揹劲时能帮你。这个打鬼子的从怀里掏出这本书，说："这书是俺政委的遗物，跟命一样金贵，只要我能活下去，回头一定来取。"

秋姑说："我一直等着，他到今儿个也没回。我这把年纪，说不上哪天两眼一闭——你打小爱书，思来想去，就留给你。"

这事改变了吕叔。村村落落，各家各户，藏着多少书，把它们找出来，收集在一起，想想就兴奋。干啥能到处走四处逛？挑货郎，磨剪子抢菜刀，还有收破烂，吕叔选择了最后一个。一根扁担，两只竹筐，挑着挑，沿街喊"金子换钱"。吕叔只要废旧金属，废铝废铜废铅废铁，别的不收。不知根底的，以为他把金属叫金子，而家里藏着书的，一听就知"金子"是个啥东西。那年月，有些书拿出来，真得偷偷摸摸。

苍石左右，方圆百里，吕叔见村就进。起早贪黑，走街串巷，全靠一副好脚

275

板。有时走一天，竹筐空着，摞在一起，用扁担挑在肩上。吕婶不怪，还笑，端上好饭好菜。孩子睡了，他掏出一本旧书，难掩兴奋："宝贝呀！"吕婶又笑，他不知猫在哪儿，眼睛掉进书里，一猫一天。吕叔把牛皮纸摊在桌上，给书包上书皮，正面写上书名，背面右下角记下打哪儿收来。

吕婶结婚时陪送的炕柜，成了吕叔的书橱。他家的日子，过得紧巴。挣一些，花一些，剩下的不多。那套《静静的顿河》，1951年版的，虽说有两本硬壳封面没了，还是花了二十块。吕叔上班时，一个月也不过就挣两个二十块。吕婶手巧，会成衣活，用家里的那台缝纫机挣了一些钱。一家人不吵不闹，和和气气，紧巴日子过得有滋有味。

我们这茬在苍石街长大的孩子，都念着吕叔的好。我们小时读到的红色经典，全是他的。晚上聚在小卖店，夏天窗前，冬天炉旁，听吕叔讲小说中的故事，其乐融融。那些年，吕叔领着我们活在故事里。

我迷小说，有事没事愿往吕叔身边凑，久了，成了他的忘年交。有天他说："我想写长篇。"我吓了一跳，忽然感觉，神圣的小说离我很近很近。

他又说："你想啊，那个政委，老是把一本书揣在怀里，书肯定是他的亲人送的，而且是最亲的人。出来打鬼子那会儿，他还是学生，那应该就是恋人送的。书成了念想，成了力量，战争那么残酷也能挺住。再想想，他的恋人，在很远很远的地方等他，盼他，可他不在了，只留下这本书。"

吕叔伤感，怅惘，自语着："盼人的滋味，不好受，难哪。"

几天前，秋姑走了。最后，吕叔在她身边。

后来我家从苍石搬走，再后来，我大学念了中文系。对于我，读中文就是读小说，一读小说，眼前就会闪出吕叔。大学最后一个假期，也就是1981年的夏天，我回苍石去看他。

吕叔往沿水沟去了，只有吕婶在家。她说："你来，他高兴。他念叨过，这孩子也不来看我。他还是每天出去，不过，收不上来多少东西，心思没在那上。以前倒头就睡，现在可好，一宿一宿苦熬，睡不着。随性多好，一天出去，看看山，看看水，累了，就在树下躺一会儿，眯一觉。钱嘛，多了多花，少了少花，不攀谁，不比谁，自己的日子自己过，舒坦。"吕婶叹气。

我说："吕叔，还是我们的吕叔，不会变。"

吕婶笑了："多少年就这么过来的，他想咋的就咋的吧。"

我说我还没看过那本《少年维特之烦恼》。吕婶打开炕柜，里边的书摞得整整齐齐，书页泛黄，而书皮，清一色牛皮纸，有新有旧。我一下激动起来："看见它们，很亲很亲。"

吕婶拿出书，书仍然用蓝色印花封皮包着。翻开扉页，有书写字迹，但辨认不清。

我借辆自行车，骑着往南沟去，在沿水沟村外见到吕叔。他笑，我也笑。他说："你小子书念得咋样？"

我不答，而问他："动笔了吗？我想看您的小说。"

他笑出声："不许往外说，你吕婶都不知道。"还是那个嘻哈性子的吕叔。

我隐约感觉，秋姑才是吕叔的心事，就说："我想看秋姑的故事。"他好像被触痛，脸色一黯，嘟囔着："秋姑——"

我们沉默。

突然，他说："最早来苍石开金矿的，叫慕佶多。后来金矿让日本人夺去，他把妻子安顿在一个地方，自己打鬼子去了。一走，再没音信，他妻子到死都相信他活着，早晚能回。"

我明白了。我说："吕叔，您最应该写小说，因为您心里装着故事。"

他说："一个收破烂的写小说？"顿了一下，"写，必须写，管它呢。"

红马河

喻永军

    望杆子说，那年，他们是从长流湾西南角进入沙漠的。那时，他四十岁，满头乌发，眼仁晶亮。搭档三十岁，隆起的宽额，深陷的眼眶。搭档坚信，自己是胡人的后裔，数世之后流落在这个东部小城。在进入沙漠的那个早晨，望杆子说这他看出来了。搭档姓安，叫安洋，在沙子里翻滚了一阵，眼眶湿漉漉的。

    说起去红马河，已经是二人的一个老旧话题。安洋喝醉酒的时候，经常提起，酒醒后便忘却。他得去自己的工作室上班。望杆子经营一个貉场，整天忙得焦头烂额，喂养两年的貉，在深冬得请人宰杀，皮毛是贵重的。他安排好事情，从不去现场，这段时间里便约人喝酒，一喝就醉，醉了就说他听见了貉们被宰杀时凄厉的叫声。他想去红马河的原因很简单，因为红马河有一个叫望杆子的地方。

    安洋说："你不去看看？"

    望杆子说："去就去！"

    两年后的某一天，安洋收到一条短信：红马河。

    安洋回复一个字：吹。

    望杆子发去一张托运发票单据。是晨光街摩托车行的，他说新买了一辆摩托车，已经原包装寄走了，这是他俩约定好的进入红马河的交通工具。

    这是二人红马河行程的开始。

    三天后，二人聚首在三千里外瓜州城酒店的一个房间里。

    夜里，拉灭灯，望杆子说："你的脚老样子，真臭！"

    安洋说："你老了点，鼻子还行。"

    瓜州的夜很静。

    安洋根据地图的比例尺计算出长流湾到红马河的直线距离是三百四十公里，往返需要四天。过二道湾，经沙井子，就是望杆子。这一片是无人区，属于干涸的红马河流域。望杆子对安洋说："人算胜过天算，小子，你终于要回家了。"安洋宽厚地笑了笑。

后来，安洋经常说起那辆摩托车，说望杆子老谋深算，说那是一辆大肚子油箱的家伙，油箱圆鼓鼓的，天蓝色车身，锃亮大方。那天早晨，安洋驾驶着摩托车，望杆子坐在后边，望杆子的身后是一个行李箱，六个军绿色行军水壶，装满汽油，用被单裹着，另一边是水和食物。当时，购买瓜州的汽油是受限制的，每辆摩托车只能加半箱油。安洋有办法，在瓜州，一个加油站加半箱，在野外放出来装进水壶里，再去另一个加油站加半箱。如此方式就有了满满的一整箱，外加这六壶汽油。

他们进入沙漠，返回驻地，总共经历了七天。尽管在计划之外预留了一天的富余食物，他们仍然挨了两天饿，甚至脱水。

安洋说是在一百六十公里处迷路的，望杆子说是在二百公里处迷路的。总之，他们迷失了方向，没有到达预定的目标望杆子。在他们发现迷路的初期，安洋满不在乎。他向望杆子请求，在那里搭好帐篷做参照物，他继续向前徒步二十公里，然后返回，安洋笑了笑说：“说不定能看到红马河古城遗址呢。”望杆子不同意，安洋说：“十公里行不行？两公里行不行？”望杆子说：“不行。走前说好的，你只负责行程计划，这事情得听我的。”安洋的脸色变得难看起来，光头上落着一层沙尘，一下子单膝跪在脚下的沙子中，愤怒地望着望杆子，吼了声：“懦夫。”

望杆子说，一个晚上，他俩没有说话。

第六天，已经没有了食物和水。第七天，他们扔掉帐篷被单，搜寻关于方向的蛛丝马迹。在那个暴热的正午，安洋在一个沙丘边发现了一个模糊的脚印，依稀能看见脚窝里的鞋底花纹，望杆子脱下右脚的乔丹运动鞋，放进去比画了一下。他看了安洋一眼，确认是自己的脚印。

这个脚印的反方向，应该就是他们回家的方向。安洋用手拂去摩托车里程表上的沙尘，发动了车子。行驶八十公里后，望杆子使出浑身力气，在安洋的肩膀上抢了一拳。夕阳的余晖里，他俩同时看见了红马河管理站院子中旗杆顶端飘扬的红旗。

后来，安洋的影视工作室搬往省城。他闲暇时间喜欢在就近的一家影视拍摄基地做群众演员。其中有几张发给望杆子的照片，可能是定妆照。他穿着清末关中农民的紫灰色对襟低领上衣，宽裤口裹腰裤，眼神平淡坚毅。他的两个姑娘，安金朵、安银朵，在省城的一家重点中学读高中。望杆子说，在红马河的最后那个夜里，这个自称胡人后裔的安洋，说得最多的就是金朵和银朵。这应是他内心最柔软的地方。

望杆子现在的头发稀稀拉拉，吃力地苫着头顶。他依然经营着貉场，规模扩大了一倍。他早年在貉场的南角开了一小块荒地，种了白萝卜、小白菜，栽了几行红薯。山中气候凉爽，四月末撒下萝卜籽，五月底起垄栽下红薯秧子，小白菜吃完一茬，再种一茬。在一场一场的雨中，地里的东西，一天一个样地生长着，青翠葱绿。这是在红马河最后那个夜里，望杆子给安洋讲得最多的东西，也是望杆子最想念的东西。

望杆子有时会想起红马河，他也查找出瓜州地图，学着安洋的样子量一下沙井子到望杆子的距离。一点六厘米，他在眼前用拇指和食指比画着，就这么一点点。

他二人后来深信他们所到的位置是沙井子。

他又在眼前比画了一下，想起安洋吼他的那句话："懦夫。"

鸟　窝

许心龙

1

一阵呼啸的寒风把田里的桐树活脱脱剥去一层皮。桐树上那个大盆一样的鸟窝却安然无恙，好像在嘲笑无形的风神。

此鸟窝非一般的鸟窝，它是村支书家的鸟窝，因为它搭在了村支书孙二孩家的桐树上。

冬天里鸟窝当然是空的，鸟儿远走高飞，那精致而骨感的鸟窝却给人留下了希望和遐想。

阳春三月，孙二孩就发现了麦田里这棵桐树上的鸟窝。不久，窝里就有了几只幼鸟，嗷嗷待哺，活力无限，老鸟不时地叼着虫子飞回来。

屋檐下燕子衔泥，是祥瑞；树上有鸟儿垒窝，想必也会有喜事。

果不其然，这年孙二孩的儿子孙文品考上了北京的一所大学。村里另一位考上大学的是孙豪。巧合的是，孙豪的家就在这鸟窝下。看来孙豪也沾了这鸟窝的大光。所以说，这好事和坏事真不绝对，起初孙豪的爹对搭有鸟窝的这根树枝非常有意见，甚至跺脚骂了娘。孙豪的爹之所以骂娘，是因为这根树枝伸到了他家二楼屋脊上，一有风树枝就来回摆动，屋脊被戳中，砖块松动，有了明显裂纹，恐怕下雨要渗水。当然，那时候还没有这个吉祥的鸟窝。

可以说，孙豪的爹是恨透了这根多事的树枝，又一时拿它没办法。因为这是村支书家的树枝。你要是不事先打声招呼，贸然把树枝钩断，那就复杂了！一有风，树就动，树一动，那树枝就戳屋脊，好像是给屋脊挠痒痒，其实是一下一下戳孙豪爹的脊梁骨！孙豪爹的拳头握得离老远都能听到咯嘣嘣的响声。

这鸟窝真是孙二孩的宝贝，每天他都要来树下，耐心地站一会儿，跟检查工作一样。肯定没发现啥异样，他这才走开。

其实那根树枝已明显戳动了人家的屋脊，能看不到吗？俩驴蛋眼只顾看空中的鸟窝了，不知道心里咋想的！一墙之隔的孙豪爹跺脚骂道。

2

放了寒假的孙文品和孙豪一起玩，遛到树下，看出了异样，目光从硕大的鸟窝沿着树枝，定格在了屋脊上。

孙豪瞅瞅孙文品，说："鸟窝搭得是好，就是树枝太长了。"

"嗯。"孙文品点点头，"把枝头钩断就好了。"

"钩断枝头？"孙豪说，"那得跟你爸商量吧。"

"商量啥？"孙文品说，"一根树枝的小事，我看没必要。"

"这根树枝可不是一般的树枝，"孙豪说，"听说你爸天天来，跟视察工作一样。"

"我们又不动鸟窝，"孙文品说，"只是把危险的枝头钩断。"

孙豪望一眼屋脊，说："还是回去说一声吧。"

"有长钩子吗？"孙文品伸手问道。

"我回家看看。"孙豪说着转身去了。孙豪很激动，他没想到同学、发小、村支书的儿子恁爽快！他早就发现西屋山南头竖着一根长长的带剪刀的钩子，那是老爹专门给这根树枝量身定制的。

孙豪一脚迈进门楼，没料到老爹手持钩子，早在门楼下等着！

孙豪惊讶得直想喊叫一声，老爹忙捂住了儿子的嘴。

3

回到家，孙文品给爸爸说了刚才钩断枝头的事。孙文品没想到爸爸没恼火。爸爸还说："我看那屋脊上的枝头早该钩断了。"

"那他咋不钩断呢？"孙文品问道，"屋脊被戳得都有些松动了。"

"死鳖呗！"

"不是您说的那样。"孙文品摇摇头说，"应该是惧怕您，惧怕村支书。"

"怕不怕是他的事，我总不能去钩断我的枝头吧。"

孙文品笑说："他们早准备好了。"

"准备好了啥？"

"一根不长不短的带剪刀的钩子，使起来很舒服，顺手牵羊一样就把枝头拿掉了。应该是量身定做的。"孙文品说。

4

放下钩子，孙豪说："爹，这回您能睡个踏实觉了。"

"唉！"孙豪爹叹一声，久久之后咕哝出几个字，"鸟窝就是好。"

琴　师

冷　江

1

琴师坐在寺庙山墙下面，阳光像一面温暖的镜子，静静地照耀在他的脸上、身上，还有他的古琴上。

那是一把用上好的金丝楠木特制的琴，琴身辉映着明亮的光泽，在琴师如魔法般的手指下显出静穆的庄严。琴师穿着一身青色的长衫，头发高高挽起，远看活脱脱一个颇有修为的道士。

可是琴师毕竟不是道士，之所以这么着装，仅仅是因为他顺自己心意，自然而为。

琴师的脸色平淡而又从容，他所有的目光都倾注在膝上的那架古琴上，随着他细长手指的上下翻飞，琴声就像清冽的山泉水汨汨地从他的指缝间倾泻而出。他沉醉在自己的琴声里，阳光渐渐从他的脸上滑落下来，爬过朱红色的院墙，淡淡地隐去了。

没有人知道，琴师为谁而来。也没有人知道，琴师所为何来。

只有琴师自己知道，只有琴师手上的古琴和指缝间流淌的琴声知道。

2

琴师学琴的时间似乎并不是很长。琴师在学琴之前是一个奔走于乡野的弹花匠。那时，他的手中弹奏的不是深沉的古琴，而是一把长长的弹花弓。弹花弓的弦上翻飞的不是温暖的阳光，而是轻柔而纯白的棉花。琴师很享受弹奏的过程，无论弹琴还是弹棉花，从他指缝间奔流而出的都是跃动的有故事的旋律和声音。十年里，他跟随师父走南闯北；十年里，他每天扛着一把弹花弓周而复始地重复着与棉花的碰撞；十年里，他也完美无缺地成为盲人师父的眼。师徒情深，当师父最后一次艰难地弹奏棉花的时候，他知道到了分别的时刻了。那天，师父一边弹着棉花，一边从空空落落的眼里流出泪水。他永难忘记，那天师父弹棉花的声音，就像潺潺流动的小溪，一直流进他的心里和梦里。

师父倒下了，再也不能带他游走四方了，而他从此复归为一个不知父母在何方的孤儿。师父临死前告诉他，让他去找到自己的亲生父母。

3

他不敢再碰弹花弓，他从此告别了弹棉花的辛苦生涯。

他漫无目的地到处流浪。那年冬天，在江南苏州的一个破庙里，他遇见了他人生中第二个亲人——一个身体病弱的老和尚。老和尚盘坐于地，全身打着战。他将自己随身携带的干粮和水分给老和尚吃。他陪着老和尚度过了最后的三天三夜。临走前，老和尚无以为报，执意将珍藏的一架古琴倾情相赠。

他背着古琴继续流浪。每当夜深人静，每当寂寞无主，他都会支起古琴，像弹棉花一样弹古琴。声音陌生而又熟悉。每一次，他都从琴声里看见老和尚，弹着弹着，老和尚又渐渐变成了弹棉花的盲人师父。很多时候，有人问起他的父母。他在茫然中眼前总会浮现老和尚和盲人师父那慈祥的面容。

4

又一个十年过去了，他被人称为了琴师。有一天琴师走到一座深山中的寺庙门口时，突然感觉自己再也迈不动双脚了，于是他背靠山墙盘腿而坐，取下背上的古琴，像弹棉花一样弹起古琴来。琴声不可抑止地奔流出来，融合了山中飞鸟的鸣叫，融合了寺庙里悠长的钟声，琴声有时像婴儿的啼哭，有时像少年的欢笑，有时像侠客的壮语，有时又像隐者的悲歌。

一对一老一小的棉花匠扛着长长的弹花弓从他面前走过。在琴师古怪的琴声里，老棉花匠和小棉花匠向他深深鞠了一躬。琴师闭着眼睛，但他在自己的琴声里看到了从前的自己。

老棉花匠和小棉花匠渐渐走远了。琴师忽然有些惆怅。就在这时，隔空里，远去的小棉花匠用手中的棉花锤重重地撞击了一下背上的弹花弓的弓弦，铮铮的响声远远地传过来，传到琴师的耳里，他突然睁开了双眼，淡淡的笑容像一朵小花从他的嘴角缓缓盛开。琴师起身，收起古琴，迈步走进身后寺庙的山门。

5

琴师在寺庙里闻着似曾相识的香火味，他的双眼在急切地四下搜寻，渐渐地他的眼里浮出一层越来越浓的雾。和尚们成群结队地从禅房走出来，双手合十，目光凝注。被众多和尚簇拥的那个老和尚，琴师感觉似曾相识。老和尚伸出一只手臂，袈裟从手臂上滑落，琴师看见老和尚的手臂上有一颗黑痣。钟声响起，琴师向高大的佛像三叩首，然后缓缓起身，最后看了一眼那个念经的似曾相识的老和尚，大步走出了寺庙。

山门外，古怪的琴声又响了起来。但细细听，似乎又比他从前的琴声更和缓更从容一些。

羊 市

刘万勤

明亮如镜的池塘沿边，长着一排硕大的柳树，像一蓬蓬硕大的伞，隔绝天空毒辣辣的日头，罩下凉爽宜人的阴凉。那一片片阴凉里便是一片片奶羊，像一片片白云从天空中降落在柳树荫下。眼睛滴溜溜转的人们，在奶羊中不停地穿梭，不停地嚷嚷。这就是马儿庄夏日的羊市。

赵九敞开布衫两扇，露出古铜色的胸脯和鼓囊囊的肚皮。他腿瘸，站着不中受，就薅把青草，一半放地上坐下，一半放奶羊的嘴边。奶羊看着他，一根一根地慢慢嚼，像是在咀嚼羊市特有的味道。它个头大，抬头仰耳，后腿间夹着沉重下垂的一大疙瘩。赵九养奶羊有些年头了，总共三十来只。他靠养奶羊致富，走路也唱着小戏。近日手头紧了，他就牵出一只上等奶羊来到羊市。

赵九卖羊，总爱挑威武雄壮的，招人眼，出手快。羊市认识他的人多，打招呼的自然也就多，老赵长老赵短的。可都知道，他有个忌讳，你说啥都中，就是别叫他瘸子，他一听揭他的短就火冒三丈。月前，有个泼辣媳妇来买他的奶羊，看到奶羊小牛犊一样精神排场，又看着他瘸个腿，左一歪右一晃的，怪有意思，就止不住笑说："你是瘸子，可没你的奶羊长得排场。"他眼珠一翻："我是卖羊的，谁要把我买走，到家就洞房花烛夜，俺家的娘们咋办哩！"

赵九看一眼吃草的奶羊，约莫来约莫去，两千五是个桩，再多也不想。

一个歪嘴巴转过来，一瞟就认出坐在地上的赵九，又转眼看向他身边壮实的奶羊，两只眼睛看得不转圈儿。心想，这羊，下奶多，产崽壮，啥地出啥苗。他眼力中，可他做人不咋中，好办没屁股眼事。在羊市，屁点儿个事，几回跟人家抢胳膊挥拳头的，最后叫人拧住耳朵嗷嗷地叫，嘴巴歪到屁股上。

歪嘴巴的嘴巴要是一咧，上下嘴角像竖了起来。他知道赵九的忌讳，偏要犯忌，叫道："瘸子，羊咋卖？"

赵九也认出他，陡然火冒三丈，一拧头，嗵嗵响地说："不卖！"

"不卖？当样儿看哩？"

"就是当样儿看哩，它嘴要歪到腚上，我早杀了吃它了！"

歪嘴巴在赵九手里另有短处，忍忍，没趣地走开了。那是半年前，他买赵九一只羊，说钱不够，叫赵九到他们村西大石桥上等钱。赵九瘸着腿赶到大石桥，等他两个时辰不见人，急得直跺脚。要开口骂娘的时候，他才从村里钻出来。赵九接过钱正点着，他撒腿就蹿远了。

"哎，还差一百块钱哩！"赵九高声嚷道。

"谁说差？讹人不是？"他远远地挥起拳头。

赵九气个白瞪眼。没办法就翻过来想，遇啥人说啥话吧，没这一百块钱，穷不了！

歪嘴巴在羊市踅摸一圈儿，就看中了赵九的羊。他远远听见赵九那儿，有给他出两千三的，也有给他出两千四的。歪嘴巴想，两千八也值，想法儿也得弄到手。他随即踅到赵九跟前，先出两个指头，又伸出一把手："卖不卖？"

"不卖！"

"钱少出了？"

"没有。"

"没有，为啥不松口？"

"不想松！"

歪嘴巴知道，这不是黏缠的事，又踅摸着走了。可他迈不动腿，弄走奶羊的决心又一次下定。

赵九火气还没有消，"羊先儿"来到面前。两人很熟，羊有这病那病的都找他"羊先儿"。"羊先儿"仔细端详赵九的羊，忽而指指那硕大的奶说："老赵，便宜出手吧，你看奶上那片紫红，是个老赖病，要治，没个千儿八百块可是不沾边。"赵九猛一惊，紧紧锁起眉。

"羊先儿"转去了，赵九站起身咕哝着："不卖了，是一泡屎叫它臭自己，不能臭人家。"

歪嘴巴看赵九牵羊要走，一蹦一跳地蹿过来说："这羊，到底啥价你出手？"

"不卖了。"

"我零数给你出到——"他俩指头一捏。

两千六！赵九翻翻眼珠，还是那句："不卖！"

歪嘴巴急得直转圈儿。他挠挠脑袋，狠狠叫出一声："再长半个数，咋样？"

"再长个囫囵数也不卖！"

"你想要个老天爷哩？"他的拳头攥得咔咔响。

这时"羊先儿"转过来，轻轻插上一句："你这老赵是咋哩？人家把价钱出到哪啦？"他拉住羊绳，"今儿个这事我当家。"又说歪嘴巴，"掏钱！牵走！"

歪嘴巴接过羊绳，赵九一把抓住死死不松。

歪嘴巴大呼小叫起来："我看你不是来卖羊哩，是来日弄人哩！"

歪嘴巴从怀里掏出两千六百五十块钱，有整有零，当面点了三遍，啪地放到"羊先儿"手里，拽过羊绳，牵住奶羊大步流星地走了。

"羊先儿"把钱转给赵九："价钱不低，走吧！"

今儿个羊市的生意好过往常，才晌午头儿，柳树下的羊就稀稀拉拉没剩几只。高一声低一声的嚷嚷声、朗朗的欢笑声，像被一股风吹过，趋于宁静。

第二天一早，缕缕阳光照在赵九的羊圈里，赵九忙着挤羊奶，头上明光光的。忽然听见拍门声，赵九应过，门开了。走进来的是歪嘴巴，手里牵着昨儿个买的那只羊。

赵九停下手，只见走来的歪嘴巴嘿嘿地直笑，斜棱起来的上下嘴角直颤抖。

赵九说："我不卖，你要牵！"

歪嘴巴的嘴巴歪几歪，从口袋里掏出一支烟，递给他："老哥，抽烟抽烟！"